蒋介石

在大陆的最后十天

田闻一 ◎ 著

这是蒋介石从政生涯中最心酸的一段日子

惊心动魄的历史　紧张激烈的斗争

1949.12.01—10

台海出版社

图书在版编目（CIP）数据

蒋介石在大陆的最后十天／田闻一著. —北京：台海出版社，
2009. 11 （2019.1 重印）
ISBN 978 - 7 - 80141 - 664 - 3

Ⅰ. ①蒋… Ⅱ. ①田… Ⅲ. ①蒋介石(1887～1975)—生平事迹
Ⅳ. ①K827 = 7

中国版本图书馆 CIP 数据核字（2009）第 178272 号

蒋介石在大陆的最后十天

著　　者：田闻一

责任编辑：赵智熙　　　　　　装帧设计：天下书装
版式设计：刘　栓　　　　　　责任印制：蔡　旭

出版发行：台海出版社
地　　址：北京市东城区景山东街20号　　邮政编码：100009
电　　话：010 - 64041652(发行,邮购)
传　　真：010 - 84045799(总编室)
网　　址：www. taimeng. org. cn/thcbs/default. htm
E - mail：thcbs@ 126. com

经　　销：全国各地新华书店
印　　刷：三河市天润建兴印务有限公司
本书如有破损、缺页、装订错误,请与本社联系调换

开　　本：760×1040　　　1/16
字　　数：280 千字　　　　　印　　张：18
版　　次：2009 年 11 月第 1 版　　印　　次：2019 年 1 月第 3 次印刷
书　　号：ISBN 978 - 7 - 80141 - 664 - 3

定　　价：39. 80 元

目　录

华盖已无彩，哀不抵自欺。骑驴看唱本，万事常出奇。

曾几何时，他这个蒋委员长、东南亚抗日同盟统帅、世界四大国领袖之一，如今却已是江河日下，声名狼藉，只能这样偷偷摸摸进入成都。

自己是败军统帅？是罪魁祸首？

川省不安地，鞭在梢使劲。投鼠常忌器，试问可惊心。

虚中有实，实中有虚，胜负的关键，在于斗智。而刘文辉之所以叫"多宝道人"就在于善于斗智。他了解并熟悉蒋介石的性格，在他看来，蒋介石向来总是高看自己，把别人看得很低。而我刘自乾，长得矮小，从来也没有大红大紫过，肯定为老蒋小看。好吧，今天，被你老蒋逼到了死角的我，也来成都唱一出不是空城计的空城计。

四方云聚合，多人必多心。霸王离江远，优势在我身。

蒋介石计划用残余的军队，固守西南，拒解放军于四川境外，等待国际局势的变化，再图反攻。他给部下打气："我以往多次讲了进行'川西决战'的重要性、必要性。再说，我们也有打赢这一仗的条件。目前我中央军加上西南部队和

1

王主席组建的各地保安团、反共游击队，共计雄师百万。加上我们有强大的海军空军，总的优势在我们，打赢川西决战是有把握的。"

第四章　王陵基黉夜求教"贺婆婆"

小鬼夜间语，不似在人寰。阎王本虚假，阴间无一真。

"月光如水照楼台，透出了凄风一派；梨花落，杏花开，梦绕长安十二街"，王陵基乘着夜色乔装打扮潜入贺国光的公馆，得到嘱咐："不要只是把注意力放在刘自乾、邓晋康二人身上，还要小心那个死而不僵的潘文华。"

第五章　步步紧逼开始了

狐假虎威往日事，今天老虎惹猴急。原来威风都不在，自古忠心数几人。

"水晶猴"邓锡侯气不打一处来，干脆把话挑明："我看委员长是对我的军队不放心吧？不然不会命令我把军队开出城去，而且离城四十里……如果这样，委员长就是过虑了。我和自乾都打过红军，是人家共产党要打倒的大地主、大军阀、大官僚。退一万步说，就算我们有心投共，人家共产党能要我们？能饶过我们？"

第六章　蒋介石夜里被噩梦惊醒

风声有鹤唳，偏吓破胆人。大厦已然颓，小心只使船。

落地深紫金丝绒大窗帘仅仅稀开一条缝；他站在窗前，顺着这条缝往外看去。大墙外两百余米处是片萧索的菜地；地里兀立着几个低矮的、竹架支撑、谷草盖顶的，像是两片相互支撑着的瓦似的发黑的窝棚。其中有个衣衫褴褛、神情精明的小伙子伫立棚外，正在目不转睛地盯着黄埔楼上看。他当时没有太在意，因为思想上正走马灯似的运筹着下一步计划。可是，训练有素的职业军人的一种潜意识浸透脑髓，让他这会儿在一种潜意识中醒悟了过来。一种不祥的预感立即攫紧了他，他感到了迫在眉睫的危险。

戴笠的死让蒋介石感到悲哀，要是他在，自己至少不会在安全问题上伤脑筋……

寒风啸原野，红梅吐风华。试问凡尘事，真爱为仙家。

董重离开晋园、离开恋人原芳，按计划先去会见从新津来的同志钱毓军。久违了，我的家乡城。虽然离开成都十年，虽然国共决战在即，成都仍然处变不惊。市面上虽然比不上百业兴盛、歌舞升平的太平年月，但大街小巷里照样传出卖担担面的竹梆声、打锅魁的敲击声；黄包车一路洒出的叮当声，混合着街上少有的汽车喇叭声……杂声盈耳，构成了这座在蒋家王朝最后控制下的内陆大城市光怪陆离的风景。

并蒂莲之子，千古能发芽。问君怎命硬，我开自由花！

"天亮前，金鸡三唱，无非是报晓而已。没有金鸡三唱，天还是要亮。老蒋的政权就像天将亮前的黑暗……今天，我们共产党人从事的事业，远比谭嗣同、刘光第等人从事的伟大、光荣、崇高！一个崭新的、红彤彤的新中国就要诞生了。我愿在这最黑暗的时分，用自己年轻的生命划出一道绚丽的闪电；在阴霾寒冷的天际，爆发出一声响亮的春雷！"

秋来飞蝗折，千里羽慢烧。深冬周遭在，能有几个逃？

人，陆续散了。站在"中央疏散委员会"大牌子前面的"行政院院长"阎锡山，看着这一群离去的可怜虫们，心中也着实不忍。他不禁暗自欷歔，后天，等你们再来这里找我时，我"阎老西"早已飞过茫茫的台湾海峡，落脚在风景秀丽、椰林婆婆的台北草山官邸了。我不是存心要哄骗你们，我是救不了你们。我在这里说假话，也实在是没有办法的办法啊！

春申门下三十客，小杜城南尺五天。风流大国风韵事，而今谁人大智贤？

作为一个同解放军打过多年仗的集团军上将司令长官，胡宗南对目前的处境再清楚不过了。如果按照"校长"的想法，以极为有限的军力，同乘胜而来、气势正旺、人数占优的数百万精锐的解放大军进行"川西决战"——"成都决战"，那无异于以卵击石，后果是毁灭性的。现在，唯有将残余国军兵力尽可能收束，并有序地向康藏一线作战略性转移，方有一线生机。而且时间耽搁不起！

第十一章　中共地下武装的成都布局

成都小福地，罗网布其间。往日为地狱，魔鬼猖不闲。

蒋介石对王陵基赏识的乔曾希印象不错。可是，他们哪里知道，时任成都市自卫总队副总队长的乔曾希早就倒向了共产党，他现在是中共成都地下组织手中掌握的武装斗争的大将之一。

蒋介石更不知道，乔曾希与他有杀父之仇！

第十二章　刘文辉惊出一身冷汗

鸿门宴上客，至今留传奇。项羽真坦荡，不胜介石计。

一时间，空气紧张得像要爆炸了似的。蒋介石和刘文辉都没有说话，只是你看着我，我看着你，紧张沉默地对峙着。这是一场意志和心理的较量！从蒋介石锐利的鹰眼中，刘文辉读出这样的话语，"刘自乾，你背着我干的事，我都知道了。现在，就看你老不老实了！"而他依然神情坦然，似乎在用无声的语言告诉蒋介石："委员长，我刘自乾现在无话可说。我可是一片真心对你啊！"

第十三章　刘邓潘深夜金蝉脱壳

三国人物事，常思在胸怀。子敬与子翼，携子谈笑来。

黎明到来了。夜幕潮水似的退去，成都平原上如画的小桥流水、茅竹农舍渐次闪现出来，远处有公鸡啼喔。天刚亮明，"多宝道人"刘文辉和"水晶猴"邓锡侯、还有"百脚之虫"潘文华乘坐着"高级泥水匠"张群的专车，一路顺利，已经驶离了成都百余里。

主人马头要回转，瞥见地上一颗蒜，往日主席原形现，不意陵基是袍哥。

王陵基当即将胸脯一挺，慷慨激昂地表示："我生是委员长的人，死是委员长的鬼。值此艰危时期，我愿留下来，与胡长官捐弃前嫌，同共产党斗争到底！即使最后到了万不得已……"说到这里，他喉头有些哽咽："陵基愿杀身成仁，效忠党国。我王陵基誓死不戴红帽子！方舟愿做第二个文天祥……"

电报传宇宙，天下早归心。猴哥在肚腹，大恸儿子亲。

1949 年 12 月 9 日，这一天，对蒋介石来说，简直是灾难性的。一封接一封的急电、噩耗，雪片似的飞来：先是胡宗南部的李振兵团、裴昌会兵团同时宣布起义；同时，有二十多起四川地方军队响应；连历史上紧跟蒋介石、坚决反共的杨森、董长安都派代表去了隆兴寺联络刘、邓、潘，想找条退路；而第 15 兵团司令官罗广文和陈克非更是通过刘、邓、潘的牵线搭桥，同中共上层取得了联系，宣布起义。

婆媳分家家常事，摔瓢掷斋不为奇。可叹暗埋地雷弹，恨比小人胜三分。

红了眼的官兵见状完全不听招呼，一个个冲进库中你抢我夺。有的往荷包里塞满了金条，再抱上一箱银元；有的不知从哪儿弄来了口袋，把珍宝大把往里捧；即使手脚慢点儿的、后来的，也捞到了古玩玉器、珍贵药材……在一阵五抢六夺中，好些没有铸成条子的沙金，黄灿灿地洒满一地；撕烂了的名人字画一片狼藉。

帷幄之中施计谋，镁光灯下展口才。三分风流任人演，七分善恶天下评。

蒋介石靠近车窗，用手拽开一点儿窗帘，目光竭力透过眼前迷迷蒙蒙的夜雨

5

帷幕，想将这座饱经忧患、九里三分的历史名城看得清楚些，再清楚些。夜，还不是很深。但祠堂街已阒无人迹。流露出这座城市丰厚文化底蕴的长街已经沉睡，只能依稀听到更夫苍老的声音和着金属的颤音悠悠远去，余音凄凉。

第十八章 12 月 10 日，蒋介石最后的挥别

金陵成春梦，而今又黄粱。万劫非已过，去处水淼茫。

高速前进、性能优越的"中美"号专机不断地被云层笼罩，又不断地穿透云层，往前飞去。这时，充溢于蒋介石心中的是对大陆无尽的眷恋。故国难舍，故土难离啊！一种巨大的失落感、空虚感和无法排遣的愁肠别绪在他的心中交替着升起、升起。他感到自己确实是疲倦了，他确实是老了。

尾 声 "四川王"的穷途末路

几名解放军官兵拿出了手铐，上前一步，手铐在清晨的霞光映照中闪光锃亮。手铐"咔"的一声铐在了他的手上。

王陵基只觉得天旋地转，头"嗡"的一响，瘫倒在甲板上。这一天是 1950 年 3 月 3 日。

窗外，一轮红日喷薄而出。照亮了山，照亮了水，照亮了天府之国的锦绣大地。天府之国四川就此翻开了崭新的一页。

第一章　蒋介石空降成都

华盖已无彩，哀不抵自欺。骑驴看唱本，万事常出奇。

曾几何时，他这个蒋委员长、东南亚抗日同盟统帅、世界四大国领袖之一，如今却已是江河日下，声名狼藉，只能这样偷偷摸摸进入成都。

自己是败军统帅？是罪魁祸首？

1949年12月1日早晨，成都郊外凤凰山机场戒备森严。

四川省政府主席王陵基（字方舟）、成都市警备司令严啸虎站在空旷的机场上，焦急地恭候蒋介石莅蓉。

王陵基在茵茵草地上不住地踱步，若有所思。他瘦高的个子，穿件浅色风衣，不时抬腕看表；那张黄焦焦的瘦脸上，一双有些窝陷的眼睛中显出阴森；特别是那一副黑黑单薄的眉毛，像是往上拧开的两把钳子，隐藏着凶狠和霸气。

严啸虎像根木桩似的站在地上踟蹰，他长得很是高大魁梧，穿着一身将校呢黄军服，紫酱色的脸上疙瘩饱绽。那些饱绽的疙瘩，其硬度和密度完全可以和磨刀的砂轮相比；那一双鼓棱棱的大眼睛中不时闪过职业性的攫取意味。那副模样，简直就是川西平原边缘隆起的大邑县原始森林中的一只随时准备扑向人畜的山豹子。他们都没有说话，不时抬头望望阴云低沉的天空，长时间地保持着固有的姿势，神态凝重。

局势非常严峻。1949年10月1日，毛泽东在北京天安门城楼上向全世界宣告，共产党领导的中华人民共和国成立了。昨天，重庆"沦陷"……时至今日，除以成都为中心的西南这一带，整个中国大陆，除东南沿海还有零星的地盘、城市尚在国府手中，整个中国九百六十万平方公里的土地上，长城内外、大江南北，都已被共产党占领。

昨天晚上，王陵基接到俞济时从重庆打来的一个显得非常紧张、匆促的电话，说是委座明天一早到成都，要他和严啸虎到凤凰山机场迎接，不要张扬，尽可能地保守秘密……话没有说完，俞济时在电话中就没有了声音；只听到电话中传过来"咣"、"咣"的大炮声、紧张的跑步声、呼喊声和建筑物的倒塌声，听得他阵阵心惊。显然，那是委座一行正在仓促撤退，然后就失去了联系。过后，王陵基一直担着心。他知道，因为凤凰山机场没有夜航导航设备，如果不是情况万分危急，迫不得已，委座不会乘坐他的"中美"号专机飞来成都。现在天亮了，天气也还可以，王陵基看了看戴在手腕上的手表，已经是上午十时。这个时候了，应该说，委员长他们该来了，可是还没有来！不会出什么事吧？该不会落入向来兵贵神速的共军之手，当了共军的俘虏吧?!

王陵基不由得下意识地抬头看了看机场四周的警卫。机场周围，三步一岗，五步一哨，塔台上架着机枪……处处显现出一派紧张气氛。停机坪上，停着好些架大肚子的美制"空中堡垒"，还有三三两两的轰炸机、侦察机、驱逐机，全部整齐地排列在一起。

天光又亮了些。极目远眺，机场一边的凤凰山浓绿葱翠，状若凤凰，每根翎毛都闪闪发光；连绵起伏，迤逦而去。机场另一边，一派川西平原农村素常的景致，小桥流水，浓荫掩隐中的农舍，一派和平安宁，完全看不出战争已经逼近的气息。

忽然，他们精神一振，手搭凉棚朝天上望去。开始，只能听到西边天上隐隐传来的飞机轰鸣声。接着，一架银白色的四引擎大飞机率先从云层中钻了出来。十时半，蒋介石乘坐的"中美"号专机，在四架美制E—18型战斗机的护送下出现在机场上空。随即，平稳地降落在凤凰山机场。

王陵基、严啸虎大步迎上前去。

机门开处，蒋介石出现在舷梯旁。他身穿草绿色美国哔叽呢军常服，手戴白手套，微笑着向王陵基、严啸虎点头挥手，缓步走下舷梯。跟在他身后，鱼贯而下的有头戴鸭舌帽、身穿夹克衫和漏斗形马裤的蒋经国、高级幕僚陶希圣、秘书曹圣芬和侍卫长俞济时、侍卫室主任陈希曾等。簇拥在蒋介石身前身后的几名侍卫官，一律身着整洁的法兰绒中山服，官阶都是少校。表面看来，委员长们安之若素，细看，却有一夜未睡的疲劳和少许惊恐的痕迹。

王陵基、严啸虎赶紧向蒋介石立正、敬礼、问安。

"嗯，好好好!"蒋介石强作镇静，对王、严二人点了点头说:"重庆'沦陷'，想来你们都知道了!不过，这没有关系。政府本来也没有想过要在重庆与共军决战。也可以说，重庆是政府的主动放弃。而成都

3

就不一样了！我们要在这里与共军进行'川西决战'；成都也不会轻言放弃……"说话间，八辆小轿车挨次开了过来。待蒋介石父子上了中间那辆"克拉克"流线型防弹轿车后，王陵基、严啸虎一行人也上了车，轿车首尾衔接向城内疾驶。

十多分钟后，蒋介石一行驱车进入了成都市区。表面看来，重庆的"沦陷"并没有马上影响到成都。一路而去，各类店铺鳞次栉比，成都仍然繁华；街上却是行人寥寥，显得一派萧条。有的店铺将存货大拍卖，有的干脆将贬了值的大额金圆券用线穿起来，吊在竹竿上斜挑在店铺外。风吹过"沙沙"作响，好像是招魂幡。街上不时有拉响尖锐汽笛的警车驶过；间或有一辆辆十轮美制大卡车驶过，车上载满了从前线撤退下来的国民党中央军士兵。从番号上看，大都是胡宗南的部队。他们头戴锃亮的钢盔，手持美式冲锋枪、卡宾枪或掷弹筒；身穿美式卡克军服，全身上下裹满战争硝烟，杀气腾腾。

蒋介石想，到了成都，他要下的第一道命令是：撤销成都市警备司令部，组建成都防卫总司令部；任命胡宗南的爱将、属下第三军军长盛文为总司令；给严啸虎在成都防卫总司令部里挂个副司令的名……

蒋介石多次来过成都。成都历史上是公认的温柔富贵之乡，这点，他印象深刻。而这次来，感觉不一样了，一种大厦将倾的悲凉感扑面而来。蒋介石痛苦地闭上了眼睛。他不由得想起抗战刚刚胜利，在重庆接受陪都几十万人热烈欢迎时的情景。事前，他的侍卫官们从安全方面考虑，无论如何要他坐防弹车出去。可是他不！素有"文胆"之称、足智多谋的陶希圣等高级幕僚也都劝他乘坐防弹车出去，理由是："陪都百万军民莫不渴望瞻仰领袖风采，可是恐怕难免保证没有异己分子混杂其中！"然而，他心中有数。他觉得自己是深得民心的。没有人敢杀他，也没有人杀得了他。他毫无顾忌地坐上敞篷军用吉普车去同陪都广大民众见面了。

巡行的路线是：从军事委员会所在地出发，经南区公园、两路口、中二路、中一路、民生路、民权路、民族路和林森路后返回原地。

侍卫官们神情紧张地坐在几辆小车上开道押后。蒋介石身穿陆军特级上将军服，手戴白手套，微笑着，站在一辆美式敞篷军用吉普车上。车开得很慢。只见他一只手扶着挡风玻璃，一只手举起来，不停地向两边人山人海夹道欢迎的人群挥手致意。那是何等的志得意满啊！那是何等的盛况空前啊！虽然车子经过的路上，每隔三五步就布有一个宪兵和一个警察维持秩序、监视人群，而且在他的前后左右都有侍卫官们护卫。但欢迎的人委实太多了，他乘坐的敞篷军用吉普车和在他身前身后前呼后拥的保护车队，只能在人群中蜗牛似的慢慢爬行。笑逐颜开的老百姓不停地向他鼓掌，有的还大喊："拥护蒋委员长！""蒋委员长万岁！"……虽然保护他的侍卫官们都紧张得捏着一把汗，然而他心里却一点儿都不怕。

曾几何时，他这个蒋委员长、东南亚抗日同盟统帅、世界四大国领袖之一，如今却已是江河日下，声名狼藉，只能这样偷偷摸摸地进入成都。

自己是败军统帅？是罪魁祸首？

他在心里一遍一遍地问着自己。是的，胜者为王败者寇。一种失败的悲哀，顿时涌上心头。

车队正在行进中，突然停了下来，他正想问是怎么回事，王陵基由俞济时陪着前来报告，说不巧遇到了成都的"城隍出行"……蒋介石说，好吧，那我们就等城隍出巡过去。王陵基、俞济时得令赶紧布置警卫等处理一应事务去了。蒋介石、蒋经国坐在这辆里面可以看清外面，而外面却看不见里面的防弹流线型轿车内，好奇地、蛮有兴致地打量着城隍出巡。

只见前面十字街口，正在走过一支奇形怪状的长队。走在最前面的是一个硕大的城隍木像，彩衣着身、神气活现，由八个人用敞开顶篷的八抬大轿抬着，走得闪悠悠的。八个抬轿者身着浅蓝色绸质短装，与城隍相得益彰。城隍后面是怪模怪样的三神同行，簇拥在他们身边的旗、锣、伞、扇都是两对两出，与戏台上的官府出巡仪式相似。接着跟上的是龇牙咧嘴的牛头马面鬼卒，有的手执阴阳伞，头戴写有"正在拿你"的白色高帽；有的手执哗啦作响的铁锁链；有的是吊着长舌的鸡脚神……每种鬼群都有二三十人，可谓规模浩大。然后是阴五昌、阳五昌，每起五人。他们头上皆扎有一尺多高的飘飘纸钱，脸上红绿相间；目光灼灼，状若捕人；手持铁叉，狰狞恐怖。

长队中，最令人心惊肉跳的是走在中间的"罪犯"们。他们都是生前或不孝，或忤逆……犯下种种罪孽之人。这些人不仅由鬼用铁链锁着拖着走，而且身上正在遭受各种酷刑：有的身上插刀、有的被铁叉贯肢、有的被小鬼用锯锯开……与之形成鲜明对比的是接着走上来的一群衣着鲜亮的儿童。他们一律装扮成神仙或英雄，骑着高头大马，锦鞍玉辔，两侧有仆人扶持。最后走上来的是几顶神轿，有彪形大汉扮作判官轿前引路。他们手执生死簿，背负长约两米的大算盘，意思是要与每一个将要进入阴间的人算清账。

城隍巡行在鼓乐吹奏、鞭炮齐鸣中一路缓缓而行。两旁街道上人山人海，人们纷纷向城隍虔诚跪拜，像着了魔似的口中喃喃自语；家家户户门前设香案摆香帛；男女老少向城隍顶礼膜拜，毕恭毕敬……

蒋介石对这些视而不见，他正在想着昨天在重庆的死里逃生：前天，11 月 29 日，共军的大炮声就在重庆市郊响起了，蒋经国劝他走，侍卫长俞济时等也都劝他走……但都被他断然拒绝，他要亲自看到山城的毁灭。事前，他就让保密局局长毛人凤拟定了炸毁重庆的方案，并由他亲自批准实施。

昨天黄昏时分，在预定的时间，炸毁山城的爆炸开始了。轰、轰的巨响一声又一声，他在心里一直数着数。忽然，爆炸声止息，屋内的电灯也熄灭了。透过窗户望出去，全城一片漆黑，不时有烛天的火光在夜空中燃起。

"娘希匹的!"他在黑暗中霍然站起，大声骂着毛人凤，就要找毛人凤问罪时，一阵尖锐的电话铃声惊乍乍地响起。他拿起电话，一听是毛人凤的声音，就要大声责骂时，毛人凤的一句话却让他胆战心惊。毛人凤紧张地向他报告：共产党一支精锐小分队正向委座方向穿插而来……他立刻丢下电话，喝令侍卫长俞济时、侍卫室主任陈希曾快快备车，立即驱车去白市驿机场。可是，已经迟了，路上已是混乱万分、紧张万分。一路上，人群、车辆浑搅如粥。他们的车子混在其中，又不敢派卫士们下去开路：说是委员长的车在里面，让其他车让路……就这样一路走走停停，停停走走，蜗牛爬似的。也幸好混乱，幸好是月黑风高夜，没有人认出他和他的车。如果认出了，很难保证不出事。

好不容易到了白市驿机场，已是半夜。虽然专机无法夜航，他还是让经国等一行人上了专机，一夜都住在飞机里。在戒备森严中，他让机长依复恩将飞机发动，以防万一；万一共军打来，他就让依复恩驾机冒险升空往成都飞。好在一夜有惊无险，飞机在天亮后才起飞。从空中俯瞰重庆，山山水水，回旋起伏的山城已被共军占领；而且，共军的先头部队正在向白市驿机场快速推进……这真是劫后余生。

虽然成都与重庆相隔不过千里，但到了成都，他一下就觉得安全了。因为这中间是步步设防，可谓兵山一座，固若金汤。共军要想过来，不是那么容易的，不说中间还有川军杨森等人的部队给共军以层层阻击；沿途有王陵基组织的四川省自卫队骚扰；更主要的是，之间除了有胡宗南的精锐部队，更让他安心的是，他摆了一着妙棋：这就是他深为信任的，由原国防部作战厅厅长、现 22 集团军总司令兼 72 军军长、有"黄埔之花"称誉的郭汝瑰统率着一彪劲旅，遵照他的命令，沿沱江一线摆下了一字长蛇阵——这是成都正面的一道坚实屏障。另外，他还有空军。目前，在川国军精锐部队总共有五十多万人，加上四川的地方部队，王陵基在全省组织的二十多万自卫军、反共游击队等等，总共足有百万人。而这些，大都摆在面向重庆的正面……尚可一战！他亲手制订的"川西决战"方案，不仅坚决要打，而且还要打得漂亮！然后，他再率部沿川藏公路向西徐徐后退，给跟进共军以迭次致命打击，从容完成、实现他预定的战略目的……

这时，坐在他旁边的儿子蒋经国忽然打断了他的沉思。

蒋经国不以为然地指着正在前面经过的、声势浩大的城隍巡行的队伍，很有感慨地对父亲说："胡适先生说过，我们中国是'五鬼闹中华'。这'五鬼'是疾病、贫穷、愚昧、迷信、灾荒，胡博士的话说得何等中肯。这个时候了，成都人还在搞这一套！"底下的话蒋经国没有说下去，只是摇头。

儿子的这番话，蒋介石听了却不以为然。他对儿子说，这其实是中华民族源远流长的民族民俗文化的一个方面，一个反映。不过，一到成都，就看到城隍出巡中有这样惨烈的场景，他觉得有些不吉利。城隍出巡过去了，车队重新启动，很快，车队首尾衔接，风驰电掣，过了北门大桥后，一拐进入了一条幽静的长巷，然后鱼贯进入了北较场——成都中央军校。

夜深了。熄灯号响过之后，这座位于府河畔，占地上百亩的中央军校的灯都熄了，异常安静。恍然一看，这座有师生一万五千余人，占地广宏的军校，像是一艘在茫茫的大海里夜行的超级军舰。夜幕中，一切都是朦朦胧胧的。

然而，军校中有一盏灯还亮着。这就是军校中的制高点——五担山下，浓荫隐映中一幢叫黄埔楼的法式小楼上，二楼正中亮着的灯。这一片明松暗紧。表面上看不出有什么特别的警戒。然而，假山后、树丛中、林荫边，到处都有游哨——他们是校长张耀明从军校警卫连中特别挑选出来的官兵警卫；他们躲在阴暗处，睁大警惕的眼睛，监视着一切的可疑。而在他们之后，还有蒋介石的侍卫官们在暗中监视、警戒。

这盏灯是蒋介石的。

这时，着一身军便服、身姿笔挺的蒋介石久久地站在窗前，处于一种观想中。落地玻璃窗垂着厚重的金丝绒窗帘。乳白色的灯光下，可见红豆木地板上铺着足有两寸厚的波斯绿绒地毯，脚步过处，无声无息。显然是刚刷过漆的墙边，摆放着一排雕龙刻凤的中式书柜，书柜里摆放着他爱读的《曾文正公全集》、《史记》等典籍。

灯光从侧面把蒋介石的身影投在地毯上，抹在墙壁上。于是，那一抹黑影就长久地黏在那些地方，显出怪异。

要描写、刻画蒋介石，不如借用抗战期间担任过中国战区参谋长、前美军驻华司令官史迪威将军的一段话来得干净、准确："他身材修长，言谈简洁，脸上毫无表情，但一双眼睛很机敏，好像一个人带着假面具以其犀利的目光洞察一切。他的卓越才干不在军事上而在政治方面，他这种才干是在各个派系和各种阴谋之间玩弄奥秘的平衡术而锻炼出来的，因此人们把他称为'不倒翁'。"

美联社记者约翰·罗德里克也这样描述过蒋介石："在中国，最强大的思想传统是儒教，尽管有其他外来的影响，蒋中正仍是一个守成不变的中国人。他沉默寡言，讳莫如深。他姿势挺直，有军人作风，留着短发，不苟言笑。他虽然不是一个思想家，却有一种神通。他深谙纵横捭阖之道，而且他习惯于指挥命令。"

这时的蒋介石在想，局势再清楚不过了，也再严峻不过了！在他身后首当其冲、对他紧追不舍的以刘（伯承）、邓（小平）二野为主力的数十万共产党大军，正以排山倒海之势，雷霆万钧之力向他最后占据的四川、大西南席卷而来。但是他不怕。时势造英雄，英雄也可以造时势！一切都是可以改变的。三十年河东，三十年河西。他不由得想起他这一路是如何走过来的。

思绪绵绵，像是一团理不清扯不断的线，别有一种苦涩。在这个夜晚，他的思绪走得很远，他想起了他的家乡和他的小时候。

浙江省奉化县溪口镇是个只有十几户人家的浙北山区小镇。风景很美，交通便利。他八岁以前，家境富裕，过着无忧无虑的日子。他是溪口镇上有名的"孩子王"，常把同他一起玩耍的小伙伴们打得鼻青脸肿。为这，母亲王采玉不知向别人陪过多少礼，道过多少歉。就在他八岁那年，陡然间，他的好日子结束了，好像一下从天堂掉进了地狱。作为大盐商的父亲蒋肇聪病故后，不仅家道开始急剧中落；作为填房嫁过去的母亲和作为"拖油瓶"的他都受到蒋家人的欺负。母亲只得忍气吞声，从蒋家分得三间楼房、三十余亩田地和一片竹林单独过日子，窘迫艰辛。十二岁时，母亲将他送到离家一百华里的嵊县葛溪村的外祖父家，就读于姚宗元开设的私塾馆。他们孤儿寡母实在凄凉。每当他离家去读书时，母子二人总要抱头痛哭一场。1935年，他成为一国之尊后，在一篇《报国与思亲》的文章中，很有感情地回忆过这段生活："中正九岁（虚岁）丧父，一门孤寡，茕子无依。其时清政不纲，吏胥势豪，夤缘为虐；吾家门祚既单，遂为觊觎之的，欺凌胁逼，靡日而宁，尝以田赋征收，强令供役"，"产业被夺，先畴不保，甚至构陷公庭，迫辱备至；乡里既无正论，戚族亦多旁观，吾母子含愤茹痛，荼蘖之苦，不足以喻。"一种强烈的出人头地、改换门庭的欲望与愤世嫉俗交织在一起，成为他愈挫愈奋的动力。他发誓要成为一个人上人，要抓军权，完成改朝换代的大业。

1906年4月，十九岁的他，毅然辞母别妻，只身漂洋过海去日本学习军事。但当时大清学生在日本学习军事须由清政府陆军部保送才行。没有办法，他只好在日本学了半年日语回国。

为了达到目的，同年冬天，他抱病考入了保定军校的前身，通用陆军速成学堂。凭着顽强的个人奋斗，在以后孙中山领导的推翻清王朝的斗争中，他终于露出峥嵘并受到孙中山先生的赏识。他一直很看重四川，天府之国以其特殊的地缘优势和丰饶的物产，历史上成就了多少人物啊，而且让这些人物往往挽狂澜于既倒。三国时期的刘备在中原一败再败，根本站不住脚，最后不也是在四川逐步发展起来，强大起来，与曹操的魏国、孙权的吴国形成了蜀、魏、吴三国鼎立之势吗？远的不说，抗战八年，党国不正是以四川为最后的堡垒和民族复兴基地，最终取得胜利的吗？这是近百年来中华民族第一次取得的胜利！四川，居功至伟。今天，他要再次以此为基地，取得反共戡乱胜利，首先是打好"川西决战"，让唯利是图的杜鲁门大吃一惊，让全世界大吃一惊！

民国草创期间，他还在随侍先总理孙中山先生时，就提出想到四川抓军事，孙中山欣然同意，并给四川督军熊克武写了封亲笔信，推荐他入川担任四川省警察厅厅长。入川前夕，他向好友四川人张群（字岳军）征询此事，却受到了张群劝阻。张群告诉他，熊克武不易共事，作为外乡人的他入川后肯定会受到排挤；张群劝他不如就留在广州、留在孙中山身边，这样前途会远大些。于是，他接受了张群的建议，打消了入川的念头。而这时张群却又提出来，不如让他这个四川人回去当四川省警察厅厅长。他愿意成全张群。不过，当他去请示孙中山时，孙先生不悦；却又碍于他的面子，也给张群写了封推荐信。不过，将原先拟定给他的四川省警察厅厅长一职降了一级，改为成都市警察局局长，张群不高兴了，最终没有成行……

思绪一转，转到了他信任的张群身上。张群是华阳人，在四川有句话："成都过华阳——县过县"，意为两县实际上就是一县，后来华阳县撤销，并入成都，因此，张群也就是成都人。张群最初是他在保定军校的同学、密友，志同道合。后来当他们一起去日本东京士官学校留学时，张群本来学的是炮科，他是步兵科。为了与他在一起，张群放弃了炮科，转入步兵科。张群过后一直深受他的器重，委以重任。这之间，除了多年的关系和张群对他的忠心外，张群本身也有相当的才具，特别是张群的额头上有颗朱砂痣，按相书上的说法，这是一颗"福痣"；加上张群长得不高不矮，天庭饱满，地阁方圆，走起路来缓行鸭步，遇事不慌，能言善辩，真正具有古代宰相的风度。历史上，张群对他是有功的，大功！当年，北伐战争胜利后，他的第一件事就是整编、裁减他的北伐同盟军阎锡山、李宗仁、白崇禧、冯玉祥的大部队。他们当时就有异议，说他是过河拆桥，怎么能这样说呢？我蒋某人是一国之主是不是？既然是，全国就不能一盘散沙、军阀们各自为政。全国应该是一个政党、一个主义、一个领袖、一支军队才是。

他的裁军、整编，大大伤及了阎锡山、李宗仁、白崇禧、冯玉祥的利益。昨天的盟友马上翻脸为敌。西方有句话说得好，没有永久的朋友，也没有永久的敌人，事实证明就是如此。1930 年，中原大战，又称为"蒋冯阎大战"的开始。双方陈兵百万，在中原打得天翻地覆。双方的力量相当，呈现出拉锯战。当他在郑州火车站一辆旧车厢上指挥战斗时，还差点儿被冯玉祥派出的郑大章的骑兵队俘虏。后来，双方都把目光投向关外的少帅张学良。张学良的父亲张作霖张大帅，是有名的"东北王"、奉系首领，曾经一度占领北京，几乎统一中国。后来，在北伐军兵过黄河，节节胜利之时，靠日本人起家的张作霖，已今非昔比。当狼子野心的日本人借机敲诈，向他索取更多利益，以换取关东军对他的支持时，民族主义占了上风的张作霖坚决不同意，这就触犯了日本人，以至在大帅张作霖乘专列回奉天（沈阳）、过皇姑屯时，被处心积虑的日本关东军炸死。

双方都派人去关外游说、争取张少帅。蒋介石派去的是张群，结果张群把张学良争取了过来，少帅带二十万东北军入关助蒋，战争的天平一下子倒了过来。这让他对张群不能不另眼相看。还有，年前，国共东北战事由开初的顺利转为不顺时，又是张群给他出主意，委婉地提示他，不能只是从军事上着眼，而应该转为政治。切实可行的一个办法是，让孙科出面召开记者会发布一些消息，比如说东三省的共军背后有苏俄支持等等。他从谏如流，果然收到奇效，不仅得到大批美援，西方自由世界也一致声讨苏俄……

抗战中，在刘湘（字甫澄）自投罗网地率军出川抗日后，川中有多个实力派争夺四川省政府主席这个宝座，他借力发力，将当了几天省主席的王缵绪（字紫泥，号治易），还有王陵基、刘湘这些留在蜀中的大将们都借抗日这个名义扫地出川。堂堂一国之尊的他，竟来兼任四川省政府主席。当时，有记者就此事采访他，问："委员长已经秉了'行政院院长'，似不应兼管辖下的四川省主席，却是，何以如此?"他当即借报端昭告："行政院院长"我可以不当，四川省政府主席不能不做。

同时发表《告四川同胞书》谓："川省幅员广阔，地利丰饶，人口庶众，习于勤劳，在天时地利人事上，皆为复兴根据地，实不愧为中国之首省……中正受命中央，兼理川政，虽在事务繁剧之际，亦不敢不承命将事，悉力以赴。"其实他哪里忙得过来，他不过占了位子，所有事务工作，都由他任命的四川省政府秘书长贺国光（字元靖）办理。待他坐稳后，立即将这个位子让给了张群，他假国民政府命令："四川省政府兼理主席蒋中正呈辞照准，遗职由张群兼理。"

不过，张群这个人能干是能干，就是太"油"了些。淮海大战后，他将"行政院院长"一职推给了阎锡山；四川战局吃紧，他将西南军政长官公署一职推给了国防部参谋总长顾祝同（字墨三）……张群有两个绰号：一是"华阳相国"，二是"高级泥水匠"。前者意在说他是华阳出生的"宰相"，位高权重。而后者就不那么恭敬了，意指他办事不讲原则，面面俱到，像高级泥水匠一样，只图抹平了事。

在对待四川实力派"多宝道人"刘文辉（字自乾）、"水晶猴"邓锡侯（字晋康）及"百脚之虫，死而不僵"的潘文华（字仲三）这些人上，张群与王陵基的态度迥然不同。张群同这些人关系很好，而王陵基与这些人却形同水火。而在对待"川西决战"这件事上，张群是模棱两可，王陵基又是坚决的支持者和拥护者。现在，他得好好利用这两个人——用王陵基的硬来挟制刘、邓、潘这些人；又用张群的"油"来抹合之间可能出现的裂痕。

夜深了，蒋介石感到有些寂寞，他想到了这时远在美国的夫人宋美龄。他的思绪转到了宋美龄身上。

宋美龄大家出身，美国名牌大学毕业，仪态万方，有才有貌，精通除英语之外的多国语言。她的父亲原是传教士，后来做过孙中山的秘书；她的大姐宋霭龄是绰号"财神"的民国财政部部长孔祥熙的夫人；她的二姐宋庆龄是比她大了许多的国父孙中山的夫人；哥哥宋子文也毕业于美国哈佛大学，是中国少有的金融人才。当年，当蒋介石第一次在孙中山先生那里看到宋美龄时，就爱上了她。经过许多曲折，他们终于结了婚。

想到这里，他情不自禁地走到办公桌前，拉开抽屉，拿出一本装帧精美的相册。翻开来，赫然显现眼前的是一张 1927 年 12 月 1 日他和宋美龄在上海的结婚照。他不禁久久地端详着这张照片回忆起来。

15

当时，上海《字林西报》的一篇报道，可谓淋漓尽致、惟妙惟肖地展现出了当时的盛况：

"新娘穿一件漂亮的银色旗袍，白色的乔旗纱用一小枝橙黄色的花别着，轻轻地斜披在身上，看上去非常迷人。她那美丽的挑花透孔面纱上，还戴着一个由橙黄色花蕾编成的小花冠；饰以银线的白色软缎拖裙从她的肩上垂下来，再配以那件长而飘垂的轻纱，她穿着银白色的鞋和长袜，捧着一束用白色和银色缎带系着的淡红色麝香石竹花和棕榈叶子……"

以后，在共同的岁月中，他才发现，夫人宋美龄不仅美，仪态绰约，而且具有多方面的才干，是他难得的助手和最好的伴侣。他不止一次公开和私下说过，夫人可以抵他的六个精锐师。给他印象深刻的不仅是夫人在西安事变中的表现，还有在西安事变和平解决后，有次趁他高兴，夫人对他说，其实西安事变是可以不发生的。你太性急，张少卿年轻不懂事。你让他带兵去围攻、解决延安，本意是还他一个情——因为中原大战中他帮了你的大忙。反过来，你让他带兵去解决在延安的共产党，要解决，是很容易的。结果他中了共产党人的计，共产党在他父亲身上做文章，对张学良说，你父亲都是被日本人炸死的，你张少帅不去打日本人，怎么反过来打我们？中国人不打中国人！张少卿听进去了，他在政治上幼稚，他哪是周恩来这样的人的对手！他不打了，你急了，赶到西安。你有满肚子道理，可是暴躁，不改军人脾气，有话也不好好对张学良说，骂一顿后，问张学良你究竟还打不打？不打就把你的部队拉到福建去修整，陈诚（字辞修）已经带九个精锐师上来了……结果，这都是你激的。

夫人还说他不重视舆论。因为不喜欢、不善于同记者打交道吃了许多亏，特别是吃了共产党的亏，让影响力很大的、由知识分子群体组成的第三种势力跟着共产党跑……夫人这些话让他猛醒，以后他听从了夫人的建议，成立了一个专门对西方进行宣传的新闻宣传处，并让毕业于美国哥伦比亚大学普利兹新闻学院第一期的董显光任处长。就此，确实得到了不少好处……

他将捧在手中的相册——翻开，那是一张宋美龄 1943 年在美国国会演讲大获成功的照片。照片真实、生动地记录了宋美龄 1943 年 2 月 18 日在美国国会演讲时的场景。她身穿一件黑色紧身富有成熟女性魅力的中国旗袍，一头柔和卷曲的黑发，松柔地从前额梳向后颈，并在那儿挽成一个光滑的发髻。她身上唯一的装饰品是胸前那枚镶有宝石的空军大扣花，那是她从事卓有成效的航空事业，担任航空部部长时得到的荣誉。她那一双又大又黑的眼睛，像熠熠生光的玉髓，白净的瓜子脸像木兰花瓣那样白皙。

1943 年 3 月 1 日，美国《时代》杂志以显著的版面报道了宋美龄在国会演讲时的情景，这样写道："她的演说不长。但她面面俱到地讲到了她那正在遭受苦难的人民和他们的理想，她的丈夫及其献身精神，甚至讲到了她自己认为她自己属于中美这两个伟大国家的事实……她的讲话，引起全场起立，掌声雷动。"

然而，时过境迁。在美国一再碰壁的夫人，现在住在纽约长岛、大姐宋霭龄的家，不过，夫人仍在努力。刚才他同夫人通电话时，夫人再次向他转达了美国朝野的声音，那就是，他如果能证明自己的能力，就会得到美援……

这样的好消息，无异给他打了一剂强力吗啡针，坚定了他打"成

17

都决战"的信心和决心。

"爹爹，你还没有休息?"这时，长相酷似生母毛氏的蒋经国轻步走进屋来，轻轻问了一声。

"唔。"蒋介石望着刚进不惑之年，微微有些发胖的儿子，笑了笑，笑里有了些从未有过的关爱。

"刘自乾到成都来了吧?"他问儿子，这是他最想要问的。

"来了。"

"他住在哪里?"

"刘自乾的公馆很多，他住在成都最大最堂皇的玉沙公馆里。所谓狡兔三窟!"蒋经国说时一笑，表情是不以为然的。又思索着说下去："在四川，我发现一个很有趣的现象——刘自乾和杨森都是小个子，但他们各有一个最多。杨森是妻妾最多，刘自乾是房子最大最多，还有就是心机也最多。四川有句俗话叫'巴地草根多，矮子心多'。这话用在刘文辉身上最为合适。"

"怎么，经国?"蒋介石听出儿子话中的意思，问："胡宗南私下又找过你了?"

"爹爹，我觉得胡宗南说得很对。"蒋经国也不辩白，直接说出他的担心："我担心刘自乾这个人! 这个'多宝道人'历史上就同中央离心离德，心机又深，我们把握不住他。如果届时他有异心，在雅安金鸡关把门一关，我们的后门就被他关上了，后果不堪设想!"

"那你的意思?"

"采取果断措施! 他既然来了，就不如将他径直送去台湾，或者干脆采取别的措施，以除后患。最少是……以免我们担心。"

"不可，万万不可!"蒋介石边说边气愤地在屋子里踱起步来："川中情势复杂万分，牵一发动全身。况且刘自乾这样的人是有影响的，我们对待他如何，不仅仅是他个人的问题，而且也是四川的问题。我们不

18

能让四川人寒心。嗯？中央入川，好些事都要依赖他们，务必慎重!"说着转过身来，看着儿子连连诘问："你们现在对他仅仅是个怀疑、疑虑？还是发现他有什么不轨，对中央有异心？嗯？可得要有证据!"

"那倒还没有。"蒋经国老老实实地说。

"刘自乾历史上同中央离心离德，这点是。但他一个大地主，大军阀，打过红军，双手沾满了红军的鲜血，这样的人，我就不相信他要投共？共产党能要他，能饶他?"

"爹爹，'三个法宝'是毛泽东的发明。这'三个法宝'是：共产党和共产党绝对领导的军队，还有统一战线。这么多年，我们中有那么多人都被他们'统'过去了，刘自乾很难保证不会被'统'过去。"说着他举了几个人，如傅作义、程潜等等，就是被共产党"统"过去的。

身着一身中式长袍马褂，身姿笔挺，显示出一种职业军人气质，很自信的蒋介石，好像被儿子这几句话说动了。他那一双鹰眼中锐利的目光闪了几下，透出一丝狐疑、一丝犹豫、一丝暗淡……

"嗯!"蒋介石想了想说："经国你，还有胡宗南，你们的担心也不是没有道理。但是，我有我的办法。"

蒋经国知道爹爹的脾气，既然话说到这里，不能再说了。

蒋经国说："好，爹爹你该睡了，我这就下去安排明天的会议。"

第二章 "多宝道人"成都探营

川省不安地，鞭在梢使劲。投鼠常忌器，试问可惊心。

虚中有实，实中有虚，胜负的关键，在于斗智。而刘文辉之所以叫"多宝道人"就在于善于斗智。他了解并熟悉蒋介石的性格，在他看来，蒋介石向来总是高看自己，把别人看得很低。而我刘自乾，长得矮小，从来也没有大红大紫过，肯定为老蒋小看。好吧，今天，被你老蒋逼到了死角的我，也来成都唱一出不是空城计的空城计。

1949年的冬天，似乎比往年来得早些，也冷些。在12月1日这样一个深夜，住在成都玉沙街自家公馆里的西康省政府主席兼国民政府24军军长刘文辉，从梦中悚然惊醒，拥被坐起。清晨，天空中嗡嗡的飞机声告诉他，蒋介石应该已经到成都了。这是他人生的关键时刻，一直从容不迫的他，似乎比任何时候都要紧张。这时，高墙外，正在敲打三更——

"嘡——嘡——嘡！各家各户，小心火烛！"更夫苍老的声音和着铜更水波纹一样的金属颤音，越过高墙袅袅传来，再渐渐远去。更声落尽，万籁俱寂。窗外，寒风呼啸，落叶沙沙，平添了一分萧索和孤寂。刘文辉靠在床头上，在黑暗中睁大了眼睛，想竭力看清温暖如春的卧室里的一切。可是，什么也看不清，只能感觉到现实美好的一切尚在，这与他好不容易才从噩梦中挣脱出来的情景相差十万八千里。这让他惊悸不安的心在此刻踏实了许多，浑身上下觉出了慰藉和温馨。

他宠爱的三姨太杨蕴光，就睡在身边，伸手可及。夜阑更深中，三姨太睡得很熟很甜很沉，发出阵阵轻微均匀的鼾声，热烘烘地散发着只有成熟漂亮女人身上才有的绵软、丰腴、可人的气息。庭院深处，不时隐隐约约传来一声两声轻微的金属磕碰声，他知道，这是夜巡的卫弁们手中的枪械不小心磕碰到哪里发出的，之后一切又归于沉寂。这种声响、这种气氛，是他熟悉的，让他感到特别的安全舒适；这不是一般人可以享受到的。但这会儿，他却觉得，他这座占了半条街的偌大的玉沙公馆，似乎在朝一个不可知处潜沉；心中犯堵，沉甸甸的。

他再也睡不着了，心中喟然一声长叹，伸手将身后雪白蓬松的大枕头再往上提提，闭上眼睛假寐，竭力让思维同刚才的梦境对接。日有所思，夜有所梦，这话说得很对，他是一个心细如丝的人，他开始细细搜索让他深陷噩梦的原因。他总觉得，这会儿蒋介石就站在他旁边哪个黑暗角落里，正阴沉地打量着他、窥视着他。

时年五十四岁的他，在中国绝对算得上是一个不可多得的人物。他本系大邑县安仁小镇的一介布衣，从保定陆军军官学校毕业后，前程茫然，还不如与他同时毕业的两个同学：田颂尧、邓锡侯。是顾念亲情的刘湘，及时向他伸出了援手，这就让他像一根很会攀缘的青藤，很快爬了上去，并蔚然成树、成林；成为蛟龙腾游于天。刘湘是他的侄儿，却长他四岁，发达很早，是四川最早的两个师长之一，另一个是但懋辛。后来这两个师，被中央政府升格为军，他们又成为军长。刘文辉家中有

21

兄弟六人，在家他是老幺，因此往往被人叫做"刘幺爸"。刘湘之所以拉他一把的原因，不仅顾念血缘亲情，还在于刘湘是个知恩必报的人。刘湘小时家境贫寒，他考取四川陆军学堂去成都时，还是刘文辉的大哥刘升廷资助的；当然，刘升廷对他的帮助，还不止这些，比如刘升廷从小就看出了刘湘的潜质，经常给他鼓励，要其发愤等等，因此刘湘一直感念在心。爱屋及乌，当刘文辉投到他门下时，他要加倍予以偿还。

刘文辉本身也很会来事，又有刘湘照顾，因此很快一路升了上去。最后当上了刘湘独立师的师长，率部驻扎在既是富庶之地，又是水陆码头，交通便利、战略地位重要，位于长江上游的川南重镇宜宾。财源滚滚而来。想到"打虎要靠亲兄弟，上阵要靠父子兵"，他将在老家做小酒生意、极善理财的五哥刘文彩请出来，做他的帮手。果然很快大发而特发了，他既富了自己，又扩充了军队、扩充了势力。俗话说，"有枪就是草头王"，那么，有很多枪有很多人呢?! 有实力作后盾，刘文辉很快攀升。中央政府委任他作了四川省政府主席兼24军军长。这时的他，身居高位，拥甲二十余万；有占全川三分之二、七十多县的地盘，而且很大一部分还是川西南富庶之区。这时，川中诸多的军阀都不在他眼中了，能稍微一谈的只有与他三军共管成都的保定军校同学、时为28、29军军长的邓锡侯和田颂尧。但是，他却不敢小视刘湘！时为四川军务督办兼21军军长的刘甫澄，踞以重庆为中心的整个巴东地区；进出四川的水路门户夔门和长江三峡，也都在他的掌控中，军力很强，绰号"巴东虎"！刘湘手下有六大师长，他们分别是：唐式遵、潘文华、王陵基、王缵绪、范绍增；最后一个模范师的师长是绰号"刘神仙"的刘从云。这人说来很可笑，原来是乡间一个"一贯道"点传师。那时民智未开，封建迷信盛行。刘从云是"一贯道"中的高手，不几年间，不仅聚敛了巨额钱财，信徒滚雪球似的滚遍了四川城乡，川军中也遍布他的门徒。就连刘文辉、刘湘、田颂尧、邓锡侯这些人也都不能免俗，请"刘神仙"赐予了法号。"刘神仙"有意带着人马、钱财倒向刘湘，刘湘也乐得，这样一拍即合，互相利用；刘湘封"刘神仙"当师长。当然，这个"师长"仅是个名，实权在刘湘手中，因为"刘神仙"压根带不来兵，打不来仗。

后来在"二刘"大战中，即刘光辉和刘湘的大战中，刘湘胜出，顶替刘文辉当了四川省政府主席兼川康绥靖公署主任，成为真正意义上的"四川王"。刘湘为履行"二刘"大战前，执中央权柄的蒋介石对他支持的许诺，过后统率二十万大军，分兵六路对踞川东北通（江）南（江）巴（中）为红色根据地的、以徐向前为总指挥的红四方面军进行围攻，却最终铩羽而归。"常胜将军"刘湘，在主动宣布下台之时，竟异想天开地任命"刘神仙"为代总指挥，糟糕的结果可想而知，"刘神仙"最后成为一只替罪羊。

有句话说得好：人为财死，鸟为食亡；卧榻之旁，岂容他人酣睡。"二刘决战"，是刘文辉引起的。最初，是他收拾了田颂尧，这就是1932年爆发的成都巷战，又称省门之战。接着，在他动手收拾邓锡侯时，刘湘参战了。这就是"二刘决战"，是四川历史上规模最大、最为惨烈之战；也是四川军阀史上最后一战。

决战之前，还有个插曲。刘文辉深知刘湘厉害：刘湘的兵虽然没有他多，地盘没有他大，但兵练得比他精，刘湘比他会打仗；更可怕的是，刘湘有一支空军。虽然这支空军不过是象征性的，不过就是几架破旧的德国造双翅膀的土黄色容克机。但那时四川人没有见过飞机，飞机

23

只要在天上一飞，就有威慑力。因此，开战前他做了充分准备，花重金派人去日本购买了大批先进武器。其中，有当时世界上最先进的战斗机二十架。这批武器运到上海后，再打包分箱装船，经三峡入夔门，沿江而下。不意船过王陵基驻守的万县时，被王"吃"起了，全部扣押。他心急火燎地赶到重庆，逼着刘湘归还这批武器，刘湘跟他打起了"太极拳"，就是不还。没有办法，刘文辉只好从老家搬出大哥刘升廷去要。刘湘却不顾大伯的面子，把责任推给王陵基，说是王方舟不肯还，他也没法。大哥是个老实人，不解地问："这姓王的是你刘甫澄的部下，你给他下道命令，他敢不听?"

"天地君亲师，一日为师，终生如父。"刘湘对大哥说："大伯，这些话是我小时候，你经常教导我的古训。这王方舟当过我的老师，经常在我面前抠起架子，我拿他没有办法。这样，我把电话打给他，大伯你同他说，他如能答应，我哽都不打一个。"刘湘装模作样地把电话打给远在万县的王陵基，让大哥去接。电话中，大哥同王陵基吵了起来，"咔嚓"一声，王陵基干脆把电话挂了。

"二刘决战"就这样打起来了。结果，刘文辉被打得弱弱而败，刘湘的前敌总指挥唐式遵率军将他赶到了雅安，而且已经拿下了金鸡关，就在他收拾东西准备逃跑时，刘湘下令唐式遵收兵罢战。是刘湘网开一面，让他保留了军权，并为他建立西康省创造条件。他管辖的西康地域辽阔，但经济落后，只有大小凉山间的河谷地区适宜种植鸦片。鸦片又被称为"软黄金"，他下令在那些地方大种鸦片，广进财源。当时，川康地区年产鸦片六七万吨，绝大部分都产在他的防区内。黄炎培去了趟西康后，有感写诗："我行郊甸，我过村店。车有载，载鸦片，仓有储，储鸦片……红红白白四望平，万花捧出越西城；此花何名不忍名，我家既倾国亦倾……"后来时机成熟，刘湘又利用所兼川康绥靖公署主任一职，替他向中央政府再三申请，让他单独建立西康省。最终得到批准，他把省会定在了雅安。当然，这些，刘湘不仅是顾及亲情，更主要的是出于战略考虑：西康位于川藏之间，既是西进的跳板，又是成都的屏障。因此，刘文辉并不太领刘湘的情，私下他对人说：这是刘甫澄要我给他看守西大门。

刘湘成为真正的"四川王"后，与蒋介石的矛盾马上加剧。刘湘是个强烈的地方主义者，他要把四川搞成一个针插不进、水泼不入的他的家天下。而执中央权柄的蒋介石一心要把天府之国四川拿过去。两抢两争；中央和地方，暗斗转为了明争。就在双方剑拔弩张时，1931 年占据了中国东三省全境的日本企望吞下整个中国，大兵压境。一时，战云笼罩。中国何去何从？对日是战？是和？还是降？国民党中央内部争论激烈。1937 年，蒋介石在南京召开了最高国是会议，与会的刘湘是主战派代表人物。会上，他慷慨激昂地表示，要竭天府之国四川源源不绝的人力物力军力抗战，并主动向中央请缨，率军出川抗战。四川是中国首省，刘湘此举犹如在首鼠两端的蒋介石背上猛推一掌。于是，蒋介石不再犹豫，宣布抗战，伟大的抗日战争开始了。

蒋介石提出：抗战一起，就地无分南北，人无分老少男女，人人皆有守土抗战之责任！中央将全国划分为十个战区，刘湘被任命为第七战区总司令。刘湘从南京回到成都，立即召开会议，在会上他传达了最高国是会议精神，并表示要身体力行，立即率军出川抗日。刘湘此举，好些人不理解，觉得刘湘前后矛盾，刘文辉却是理解刘湘的。

刘湘是个强烈的地方主义者，更是一个强烈的民族主义者。"国难当头，匹夫有责！""皮之不存，毛将焉附！"这些古训不仅在他的口头上，而且已经融化到了他的血液中。当民族矛盾上升时，刘湘的地方主义就没有了。为救国，刘湘可以不管不顾，可是蒋介石呢？老蒋是另有所图，这点刘文辉看得很清楚。所以，抗战中，刘文辉躲在天高皇帝远的西康不动，随你老蒋怎样调，他就是稳坐！

刘湘在蜀中，被广泛地称为甫公，有很高的威信。可是，在那天的会议上，第一个站起来反对刘湘的竟是傅常。傅常是刘湘言听计从的高参，是刘湘读四川陆军学堂时的同学挚友。傅常比刘湘年长一些，傅常当时就慧眼识珠，看出刘湘虽然罕言寡语，却不是个庸常之辈。傅常像个大哥哥似的关照他，呵护他；及至刘湘发达后，傅常更是对刘湘忠心耿耿，鞍前马后，劳苦功高。

傅常那天的反对意见，其实代表了好大一批人，他的背后有一大批人。

傅常说：甫公，你这样做，岂不是开门揖盗么……可是，无论傅常怎样据理力争，刘湘就是毫不动摇，还很动感情地说："我刘甫澄关起门来打了二三十年内战，至今都报不出盘。如果国难当头，这时我们还缩在四川患得患失，就不是人生父母养的！"甫公这样一说，还有人敢说什么、能说什么?!

会后刘湘请准中央，组成了22、23两个集团军。令邓锡侯、孙震为22集团军正副总司令兼45、41军军长，走陆路出川。病中的刘湘兼23集团军总司令，唐式遵、潘文华为副总司令兼21、23军军长，水路出川。一时，全国"无川不成军"。在北方水瘦山寒的季节，数十万身着短衣短裤，身背斗笠和大刀，脚穿草鞋，持一杆破枪的川军火速奔向全国战场，用最差的武器却打出了威风。让国人，甚至连武装到牙齿的日军也不得不刮目相看。抗战最艰难的时候，四川单独一省承担了全国财赋的三分之一；平均十五六个川人中就有一个在前线抗战……四川出兵最多，牺牲最重，各项指标都是全国之冠。牺牲的高级将领，当然也是全国之最。

刘文辉果然没有看错，蒋介石行一石二鸟之计，用川军打日本人，又借日军消灭川军。当时，几十万出川川军被蒋介石分割开来，东一块西一块，用邓锡侯的话说，就像是一群没娘的孩子。人在病中，又在前线的刘湘多次给蒋介石建议：将我们川军团聚在一起，要死都死在一起。可是却被蒋介石坚决拒绝。结果，刘湘又气又急，1938 年年初于武汉万国医院溘然而逝，年仅四十八岁。刘湘去世后，蒋介石又假惺惺地备极哀荣，将刘湘封为一级陆军上将，在成都南郊公园下国葬。这些，完全是做给人看的。

另一件事再次印证了刘文辉的看法：抗战胜利后，蒋介石有一次到军政部去检查工作，很不高兴地问何应钦，杂牌部队早就该逐步淘汰了，怎么到你手上却是越来越多?! 就借这个由头，蒋介石将何应钦与陈诚的职务来了个对调：陈诚当上了军政部部长，让何应钦去当了陆军部部长，老蒋终于报了一箭之仇。这是有来由的：西安事变前，蒋介石就觉得何有野心；西安事变中，何欲调大兵征讨张学良、杨虎城。蒋介石认为，这是何借机要他的命。当时，在南京，夫人宋美龄坚决反对何应钦对西安张、杨用兵。她在写给蒋的信中，也认为南京是戏中有戏……

随后爆发了抗战。何应钦时为大本营参谋总长兼军政部部长，这个职务最为重要，蒋介石担心陡然撤换何会引起时局动荡，就没有动，而这个"账"蒋介石早晚是要算的。

这就是蒋介石!

蒋介石早晚也要找他刘文辉算账。

其实，双方都在算账。早在抗战胜利后，刘文辉和邓锡侯就早早留了后路，暗中同共产党高层取得了联系。1948 年，时为四川省政府主席的邓锡侯，因为不听老蒋的话，被叫去南京逼着写了一份辞职书；蒋介石将他最看重的四川省政府主席一职，从邓锡侯手上拿过来，给了王陵基。王陵基是四川一个老资格军人，绰号"王灵官"，意思是鬼点子多。抗战中，刘湘病逝后，刘湘的大将们分成了两派，唐式遵、王陵基等因为紧跟蒋介石，步步高升，最受重视。而潘文华却因为不听劝，而

27

受到打压，或是一贬再贬，明升暗降，最后回到四川，挂了个西南军政长官署副长官的虚职。

当时，邓锡侯在被撤职后，到上海找到了与中共高层有关系的乡人张澜，邓锡侯是怀揣中共高层交给的锦囊妙计回成都的。

而刘文辉与共产党的关系则更早一些。抗战胜利后，他在重庆时，就秘密去见了中共高层人物周恩来、董必武等，表达了他弃旧图新反蒋的决心。他受到了周恩来、董必武的欢迎，把他看成自家人。随后，中共高层给他派出了以王少春为组长的三人小组，携电台从延安到雅安，这个秘密电台现在就安放在雅安他的司令部里，随时同延安中共高层保持着联系。日前，中共方面又给他派去了联络员杨春江。

年前，在重庆，刘文辉、还有邓锡侯、潘文华一起去找了代总统李宗仁，说"王灵官"在四川搞得太不像话了；一心紧跟蒋介石，派款拉夫征粮，不遗余力；还组织了一支几千人的"铁肩队"来往奔波于险峻的秦岭金牛道上，为胡宗南部队服务，搞得天怒人怨，他们一致要求撤换王陵基。可李宗仁说，我虽然名为代总统，实际上，啥子权都是蒋先生抓在手中的。别说撤换一个省长，就是撤换一个县长、区长，都得蒋先生说了算。况且，蒋先生又要复出了……邓锡侯当即气鼓鼓地说："李代总统，如其这样，到时候不要怪我们倒拐啊！"

"倒拐"是四川话，相当于普通话中的转弯，但内涵和外延都要大得多，深刻得多。李宗仁好像听懂了这句四川话，一惊，将他们看了看。李宗仁是要离开重庆，经香港去美国治病。在重庆白市驿机场，他们送李宗仁上飞机时，李宗仁只是泛泛而论地劝他们要以国家利益为重云云，显得相当的无力。

重庆是 11 月 30 日解放的。之前两天，刘文辉还在雅安。蒋介石的侍卫长俞济时，在重庆代表蒋介石打电话给他，要他到成都……电话中，俞济时在传达蒋介石这个意思时，似乎对他还有征询之意。但他知道其中暗含的玄机，蒋介石是对他不放心！他马上就答应了。他能不答应吗？答应与不答应，简直就是一块试金石。如果他不答应，就表明心虚，就是他心中有鬼，就是暴露自己。老蒋早就防着他的，早就对他有戒心，老蒋把胡宗南三个集团军中最精锐、最忠实的李文兵团放在新津、邛崃一线，那可不是吃素的。现在好就好在老蒋弄不清他的真实思想，对他心存幻想，心存侥幸。如果老蒋一旦弄清了他，那就糟了、糟透了。他的 24 军哪经得起李文部队打？他的 24 军满打满算不过四万人，更主要的还是装备不如人、训练不如人、战斗力不如人；况且 24 军还不集中，分布在雅安、大小凉山……撒花椒面似的。刘文辉是熟读《三国演义》的，之中，诸葛亮上演过一出《空城计》，那可真是险。关键的是诸葛亮稳得起，提大兵骑大马的魏国大将司马懿父子挥兵城下，却看到诸葛亮神态安详地在城上琴声悠扬地焚香操琴；两旁书童捧剑侍立。城门大开，城内城外看不到一兵一卒，只有两个老者在城门外洒水扫地……好像在欢迎乘胜而来的魏国大军入城。面对这个情境，司家父子开始了争论。司马昭认为，这是诸葛亮在故弄玄虚，干脆让他挥兵杀城去，活捉蜀相诸葛亮。儿子这个"幼稚"的想法，立刻被颔下一部花白胡子的老子，大司马司马懿制止。司马懿能征善战，足智多谋，是三国后期唯一能与诸葛亮抗衡的大将军、帅才。他认为诸葛亮一生谨慎，用兵如神。之所以摆出这个架势，是想把他们哄进去，而且，说不定周围就有伏兵，危险就在眼前，急令退军。

就在司马懿下令退军之时，诸葛亮这才充裕退去，结果争取了时间，反而打了司马懿一个反击，转败为胜。如果老子司马懿真听了儿子的话，让司马昭带人杀进城去，那诸葛亮只有自杀，侍立在两旁的书童捧在手中的剑原本就是为自己预备的。这叫什么？这叫虚虚实实，虚中有实，实中有虚，胜负的关键，在于斗智。而刘文辉之所以叫"多宝道人"就在于善于斗智。他了解并熟悉蒋介石的性格，在他看来，蒋介石向来总是高看自己，把别人看得很低。而我刘自乾，长得矮小，从来也没有大红大紫过，肯定为老蒋小看。好吧，今天，被你老蒋逼到了死角的我，也来成都唱一出不是空城计的空城计。

刘文辉早就得知，在"川西决战"抑或称为"成都决战"上，现在手握蒋政权最后一支重兵的胡宗南和蒋经国同蒋介石存在着明显分歧。胡宗南、蒋经国认为成都无险可守，进行"川西决战"完全是贻误战机！当务之急是迅速解决刘文辉，拿下他的24军，占领战略要地雅安，确保川藏公路畅通；让仅存的四十万国军精锐部队沿川藏公路徐徐有序地退往康藏境内。然后，利用川藏间的崇山峻岭、深涧峡谷，给跟进的共军以有效的迭次打击。这样一来，仗就打得长了。而且，据说，连中共高层估计这仗也要打四年。期间，又不知时局会有些什么变化！美国参议员兰德就借报端透露过，只要蒋政权在中国大陆再坚持半年，美国不惜出兵干涉；更不要说，其间蒋政权会得到以美国为首的西方"自由世界"的大力援助。退一万步，退到康藏的蒋政权还可以再退，退到缅甸或印度……如果真是这样，还真是麻烦了。

可是，蒋介石坚决要打"川西决战"，他是要打个漂亮仗给美国人看。蒋介石之所以如此坚持，其中　个原因是他受到了美国朝野的一个强刺激，也可以说是受到了侮辱，他是"不蒸包子，争口气"。年前，蒋介石让夫人宋美龄代表他去美国争取美援。可是，夫人这次赴美，与抗战中赴美完全是两回事。夫人第一次赴美，大获成功，所到之处都受到热烈的、英雄般的欢迎；可这一次却受到了冷遇，处处碰壁。在白宫，杜鲁门总统甚至引用一句中国哲语来讽刺她的丈夫蒋介石："天助自助者！"杜鲁门认为蒋介石是"扶不起来的阿斗"，这就极大地刺激了蒋介石，这仗非打不行，非打好不行！

至于蒋介石之所以不急于向刘文辉、还有邓锡侯、潘文华这些人动手，一是不摸虚实，二是认为他们是大地主、大军阀，双手沾满了共产党人的鲜血……这样的人，怎么会去自投罗网呢?! 还有就是他们在川康间很有势力，关系盘根错节。用一句四川话说就是："扯到叶叶藤藤动!" 老蒋心存顾忌……虽然刘文辉在电话上答应了俞济时马上去成都，但心中还是忐忑不安。要知道，这是自己去笼起! 如果真出了事，那是连哭都来不及的。为此，他去找了中共联络员杨春江问计。

杨春江这个中共联络员刚来雅安时，刘文辉根本就没有把这个"土八路"放在眼里。

刘文辉的西康省会所在地雅安，离成都不过两百来里。这个城市如果放在内地不算大，但在川藏之间就是最大、最繁华的城市了。出成都西行，一路上都是成都平原素常的美景：绿色为底的平原上五彩斑斓，小桥流水，烟村人家，像是一幅极有韵致的水墨画。这样的景致过了新津、邛崃就开始发生了变化：地势渐渐抬高，成了起伏的丘陵地带。到这里，成都平原就算走完了。

雅安城坐落在雅安坝子中。四周重叠的山峦簇拥；而在雅安城的对面，是一夫当关，万夫莫开的金鸡山上的金鸡关，这是成都一路而来的第一险隘、军事要地。羌江从万瓦鳞鳞的城中穿过，江两岸绿树成荫，风光如画。雅安又称雨城，一年四季天上都要洒点儿毛毛细雨，空气非常清新。雅雨、雅鱼、雅女是雅安三绝。

一路西行的川藏公路，像一条金色的飘带，从成都而来，从金鸡关上跌下来，从羌江对面飘过去；飘上群山，绕几绕，就不见了踪影。再看，就只见大山纵横，云天苍茫了。

24 军军部坐落在苍坪山上。这山很奇特，从远处往山下看，它是山，而上得山来却很平坦，容得下千军万马。山上树木葱葱郁郁，遮天蔽日，简直就是一片绿色的沧海。

刘文辉一家人住在军部大院后面一个单独的小院里，这是一幢中西合璧的小洋楼，小院很清静，鸟语花香，一派洞天福地的景象。

刘文辉每天早晨都要召开一个例会。与会的军长、师长中，好些都是他的子侄，如刘元瑄、刘元琮、刘元瑭、刘元璜，还有伍培英等等。开会的场面散淡，可议题却大都庄严。从山上望下去，绿树翁郁的雅安城、穿城而过的羌江、羌江对面遥遥高耸云天的金鸡关等等，历历在目。而在一个台地上，十多株合抱的苍松和翠柏，虬枝横空，好像是贴在大玻璃窗下方，给人一种古诗中"古枝横斜"的幽远意味。

他开会时，一边喝茶一边抽烟，是水烟。这抽水烟简直就是一种艺术。他二郎腿一跷，从茶几上拿起那只白铜水烟袋，"啪"的一声用大拇指扣开烟盒盖，两根枯瘦的手指从烟盒中掏出切得蒙细的、黄金杠色的什邡水烟丝，捏按在烟筒上。然后颈子一伸，那张没有胡子的，老太婆似的嘴"噗"的一声吹燃捏在手上的捻纸，再将捻纸上那束暗蓝色的火苗往烟筒上一拄。

"咕嘟、咕嘟！"只见他那皮肉松弛的脸颊收缩间，按在烟筒上的烟丝已被点着，并迅速变黑、塌下去，成了烟灰。而在他的腮帮鼓缩间，一股带着焦辣味的青白色烟雾，从他微微张开的嘴间呼出的同时，从他的两道鼻孔间徐徐喷出。一袋水烟抽完，他把水烟筒一抽、脚一跷，烟筒往鞋底上一磕，烟锅巴磕落在地，这又开始了他抽第二袋烟的循环动作。自然，磕在地上的烟锅巴，立刻有候在旁边的弁兵上去收拾干净。

他开这样的例会时表面上显得随意，或涉及某一个人某一件事，或西康未来如何，现在要做哪些事……往往是，军长出题，大家各抒己见。这样，因为没有压力，反而能激发大家的思想火花，集思广益，他就有这样的本事。有时兴之所至，他还要出个对联。他说上联，指着谁，让谁对下联，如果谁对得不好，他就用相当诙谐的语言，以老辈子的资格，对谁谁谁骂一阵，奚落一阵，联系谁谁谁小时的趣事逸闻笑说一通……这样，会也开了，乐也乐了。俗话说，"打是心痛骂是爱"，被幺爸军长骂了、数落了的谁谁谁绝不会生气，反而高兴。何况，中午还有一顿很不错的宴会等在那里。这样的会，大家私下里叫"神仙会"。

而那天，他开会的主题是迎接中共高层从延安给他派来的联络员杨春江。

那天早上同往天一样，细雨霏霏。因为是在自己家里，他的着装同以往一样，很国粹：长袍马褂，头戴瓜皮小帽，脚蹬黑直贡呢朝元布鞋。

初见杨春江，很有些失望，觉得这个人土气，个子不高很结实，皮肤黑黑的，手脚粗大，凹额头，胸脯挺得很直，一看就是劳动人民出身的，打过仗的"土八路"。不由心想，人说共产党都是些土包子，这个人看来还真是。杨春江三十来岁，寡言少语，唯有那双有些凹陷的眼睛里，时时闪射出星星横掠夜空般的亮光。

介绍杨春江与他的部下们认识后，刘文辉看着窗外飘洒的雨丝，来了个命题作文。心想一会儿把题绕到这个联络员身上，看看这个人有没有点儿本事？

他环视了一下场上的刘元瑄、刘元琮、刘元瑭、刘元璜、伍培英等高官们说："你们看，我们这雨城雅安一年四季，天天都要落一阵雨。今天这个天气，不知哪位能贴切地来上几句？要文！"

话刚落音，刘元琮马上接嘴道："雨如流弹叭叭叭。"

刘文辉仰头大笑："这细雨下得无声无息，哪来的雨如流弹叭叭叭？"

伍培英是24军中有名的才子，他说："既然军长出题，我也来凑个

33

趣，叫'雅风雅雨润羌江'，可还要得？"

刘文辉不置可否，他不想绕了，掉头看着中共联络员杨春江："杨先生，你看呢？"

杨春江说："我看还是用杜诗'随风潜入夜，润物细无声'贴切些。"

刘文辉心中一惊，暗想，看来这个人还是读过些书的。他就试探着问："杨先生想来是读过些书的？"

杨春江说："不敢，我只是大学毕业而已。"

"是哪个大学毕业的？"

"苏联伏龙芝军事学院。"

苏联伏龙芝军事学院在世界上大名鼎鼎。"啊！"刘文辉不禁哑然失声："原来杨先生是喝过洋墨水的！"他看定杨春江，脸上明显流露出探询的神情："那么，想来杨先生一定是精通国内外若干战例？有一事，我多年迷惑不解，想就此请教杨先生？"

"承蒙刘主席看得起。"杨春江话说得很客气，但骨子里的那份从容、自信却是显而易见的："尊敬不如从命。刘主席请讲，我就来个班门弄斧吧。"

"当年。"刘文辉陷入痛苦的沉思："我的兵力比我的侄儿刘甫澄多一倍，又占据着四川最富庶的川西数县，却败在了他的手下，我至今不知败在哪里？"

"轻敌、骄傲。自古骄兵必败！"杨春江成竹在胸，侃侃道来："惜乎将军当年过分自信。以为凭借掌握在手的二十余万大军和七十余富庶州县的财税就可打败刘湘，荡平全川；而忽视了战略上的合纵连横，远交近攻。将军既打刘湘，又打田颂尧，再打'水晶猴'邓锡侯；以至分散兵力，坐失良机，这样焉有不败之理……"

坐在一边的刘元琮，看着这个新来的，看起来很土的杨春江这样振振有词地"教训"军长，很不服气，不快地侧目而视。而刘文辉却听得口服心服，心中有如茅塞顿开，拿眼色制止了就要发作的刘元琮。从此，刘文辉改变了对杨春江的看法，心中充满了敬重，有什么委决不下的重大问题，他都要去找杨春江问计。

这天，他只身去成都的想法，在杨春江那里得到了肯定和支持。杨联络员高度肯定了他的智慧。说成都现在就差你刘将军这样一个有计谋的领头人。刘主席你若这时不去成都暗中组织起这股反蒋力量，那么，工于心计、善于打内战的蒋介石必然将邓锡侯、潘文华等一个个分而治之。那时你孤掌难鸣，事情就难办了。不如趁目前蒋介石摸不清你刘自乾将军的虚实，心存侥幸，举棋不定之际，光明正大，洒洒脱脱地只身赴蓉，不惊不诧，如野鹤闲云。这样，不仅会使蒋介石暂时放松对你、对你们的警惕，分散他的注意力；让他不致对西康用兵；还会促使老蒋在他的战略决策上投出一枚关键的臭棋。现在，时间就是生命，就是胜利！将军应该主动出击，赢得先机！

他知道，这其实不止是杨春江个人的意思，也是中共上层的意思。于是，刘文辉不再犹豫，只身携三姨太杨蕴光上了成都，住进了他的玉沙公馆。

静夜中刘文辉思来想去，朦胧中一时有些恍惚。我这究竟是在雅安，还是在成都……忽听高墙外敲打四更，这才猛然清醒，成都，我这是在成都，我已身陷虎穴龙潭。这个时候，能救我刘文辉的只有我自己，还有背后共产党的暗中帮助、支持……

一更二更又三更，刘文辉就这样贴饼子似的在床上翻来覆去，直到天快亮时，才朦胧着睡去。黎明前是最黑暗的时分，也是最好睡的时分。为迎接马上就要开始的紧张战斗，避开明枪暗箭，完成中共高层交代的"对蒋介石'关门打狗'"的任务，他现在要养精蓄锐，沉着应对。

第三章　黄埔楼里的"川西决战"

四方云聚合，多人必多心。霸王离江远，优势在我身。

蒋介石计划用残余的军队，固守西南，拒解放军于四川境外，等待国际局势的变化，再图反攻。他给部下打气："我以往多次讲了进行'成都决战'的重要性、必要性。再说，我们也有打赢这一仗的条件。目前我中央军加上西南部队和王主席组建的各地保安团、反共游击队，共计雄师百万。加上我们有强大的海军空军，总的优势在我们，打赢川西决战是有把握的。"

12月11日上午，蒋介石精心策划了一个"试探会"，他要让应该参加的人都来参加。那就是试探一下大家，特别是刘自乾、邓晋康这些人对川西决战，也就是成都决战的态度。必须统一认识，得心往一处想，劲往一处使。

黄埔楼底楼一间长方形的大会议室里。佩戴着上将、中将和少将勋标的将军和身着毛料中山服的高级文官们，沿着铺有雪白桌布的长条桌已经正襟危坐。他们中，有的在小声交头接耳，有的在独自苦思，大都面露忧戚。这些与会人员中，有蒋经国、阎锡山、张群、顾祝同、胡宗南、刘文辉、邓锡侯、潘文华、王陵基、王缵绪、唐式遵，以及有关方面要人如钱大钧、肖毅肃、罗广文、盛文等。

随着门外警卫"啪"的一个立正，蒋介石在侍卫长俞济时的陪同下，一阵风似的进了门。与会者赶紧起立、挺胸，两手紧贴裤缝，向委员长行注目礼。

"唔，坐，大家坐。"蒋介石走到会议桌前站立，用两手往下压了压，自己率先坐了下去。

蒋介石用他那双鹰眼将与会者挨个审视了一番。只见他坐姿笔挺，保持着标准的军人姿势，连军服上每个风纪扣都扣得严严实实的。

"嗯，诸位知道。"蒋介石说话了。他说着一口浙江宁波味很浓的北平官话，话说得慢，声音也轻："最近共军叶飞部窜上金门岛，他们想一鼓作气，在拿下海南岛后拿下金门，继而为攻占台湾做准备。然而，我军将士抱破釜沉舟、有我无匪、有匪无我之决心，振武扬威，与来窜共军激战三天三夜，使共军伏尸累累，惨败而回。金门一战，我俘获了共军包括高级将领在内的万余人。"蒋介石说到这里，与会者们"唰"地鼓起掌来。

蒋介石轻轻咳了一声，会场上掌声停息。窗外清风拂来，顿觉些许凉意。

蒋介石接着昂起头说下去："我相信，金门大捷就是川西决战的前奏。而即将开始的川西决战更是会让全世界大吃一惊，我们将要在国际反共史上大书辉煌的一笔。在座的都是党国栋梁、功臣。然而就我们即将展开川西决战之际，在座者中，就好像有人有不同意见！"说时看了看胡宗南，还有刘文辉、邓锡侯，"这是我们开的有关川西决战的最后一个会议，请诸位各抒高见。会议要达到这样一个目的，即统一认识，加强团结，服从指挥，共赴国难！"说到这里，他的话戛然而止，目光灼灼地看着下属们。

四川省政府主席王陵基立即起立表态。他很动感情地说："委员长亲手制定的'川西决战'方案高瞻远瞩，非常英明，胜利可期！陵基坚决拥护!"说着动了感情:"陵基年前在江西省政府主席职上被中央调回四川主政，深感责任重大，深感中央信任。"坐在一边的邓锡侯下意识地看了看刘文辉，刘文辉稳起，只听"王灵官"继续表白道:"在此国事日益艰危，党国命运系于一发之际，委员长不顾委屈，不顾年事已高，再次从家乡出山，义不容辞地挑起挽危澜于既倒之反共戡乱救国的重担。这是国家有幸，民族有幸! 在总裁英明领导下，陵基深信，党国虽经百厥，但终能战胜共产党并取得最后胜利。四川是抗战的大后方，也是反共复国的大后方、坚强的后盾和堡垒。四川物殷民丰，虽然现在有困难，但四川人民决心在这场总裁领导的反共戡乱救国决战中竭尽人力物力，甚至作出最大的牺牲而不惜。"说到这里，王陵基话题一转:"经总裁批准，陵基已在全省组织了二十个保安团，共计二十二万人，现正加紧操练武装，随时可以拉出来配合国军正面作战，而当前，首先就是要维护各地社会治安……"

就在王陵基慷慨激昂，泛泛而论地说完后，胡宗南却不以然地说:"王主席把话题扯远了，我们今天是讨论'川西决战'。"说着看了看坐在他对面的刘文辉，扬了扬大刀眉。胡宗南长相一般，个子也不高，可他那副眉毛却又浓又黑，就像戏台上武生画上去的眉毛；就这点，让他有了一种威风。在刘文辉面前，胡宗南当然不好把他的意思表述得那样清楚、那样直接；但他要求放弃川西决战，保存有生力量，主力这时就沿川藏公路退到康藏……他含糊而清楚地表述了他的意思。

胡宗南之后，会场上没有人接他的话，蒋介石看了看刘文辉，清瘦的脸上挤出一丝干笑:"自乾，你看呢?"

"文辉以委员长意旨为准。委座指到哪里，我刘文辉就打到哪里，以委员长马首是瞻。"

而就在蒋介石笑吟吟地对刘文辉这番表白点头称好时，平时脾气不好，不能吃亏，连铁钉子都咬得断的"王灵官"王陵基却在对胡宗南刚才说他"把话题扯远了"怄气。他实在忍不住，对胡宗南发作了。

"胡长官说话有些伤人！我王陵基怎么把话题扯远了？胡长官总不能说要人就要人！你三天两头问我王陵基要粮、要钱、要人，我都给……当然，竭尽可能地向以胡长官为首的中央军提供人力、物力是我们地方上的责任，但胡长官总不能像四川乡下人一句俗话说的那样：'老母猪过门槛，肚子要得紧！'过了门槛就认不到人了！"四川人说话机趣、幽默，名堂深沉。王陵基这番弯来绕去、暗含尖刺的话把胡宗南幽惨了，也骂惨了。

"咦，王主席！"胡宗南的脸气成了猪肝色，反击道："你恐怕要搞清楚，我们退到四川是戡乱反共，是为了国家民族，不是来你王陵基手上要饭的……"

王陵基更不是好惹的，两人大吵了起来。

"好好好，不要吵了，不要吵了，话明气散、话明气散！"张群这就站了起来，显示出他"高级泥水匠"的本领，手两摇，打起了圆场，两边劝。两人这才熄了火，安静下来。

"都不要扯远了！"蒋介石阴着脸，环顾全场，狠声问："跟胡长官一样的意见，还有没有？"

蒋委员长的性格，在座的没有人不清楚：一言九鼎，非常固执！他一旦下定决心，那是九头牛都拉不回来的。真可谓：不撞南墙不回头；不到黄河不死心；不见棺材不落泪。再说，都听说蒋经国赞成胡宗南的看法，而蒋介石连自己的儿子蒋经国的话都听不进去，在座的又何必去自讨没趣呢！

"没有了是不是？"蒋介石又问，见大家不开腔，就说："那就是大家对'川西决战'没有异议？"

"好！"蒋介石这就一锤定音，唱起了独角戏："既然大家对'川西决战'没有异议，那就通过了！以后不准谁在背后再有异议。胡长官有不同看法，可以保留，但不能不执行今天通过的决议。"说着虎着脸站起来。

在座的大员们也马上站了起来听令——

"现在我宣布以下命令！"蒋介石会上宣布了三道命令：

"一、为了确保川西决战胜利，从即日起，成立由阎锡山、顾祝同、钱大钧、肖毅肃组成的临时战斗政府。由西南军政长官公署长官顾祝同、副长官兼公署参谋长胡宗南组成川西决战指挥部，负责日常工作。西南军政长官公署副长官刘文辉、邓锡侯、潘文华即日参加指挥部，与顾总长、胡长官联合办公。

二、四川省政府主席王陵基兼四川省军管区司令、四川省保安司令；王缵绪为四川省游击第一纵队司令，唐式遵为游击第二纵队司令。

三、正式成立成都防卫总司令部，盛文为总司令……以上正式任职令，随后下达。"

被点到名的大员们，一个个站起来"是、是、是"的挺胸收腹接受命令。

蒋介石宣布了这些命令后，接着给大家提劲、打气："我以往多次讲了进行'川西决战'的重要性、必要性。再说，我们也有打赢这一仗的条件。目前我中央军加上西南部队和王主席组建的各地保安团、反共游击队，共计雄师百万。加上我们有强大的海军空军，总的优势在我们，打赢川西决战是有把握的。"说到这里，他右手握拳，狠砸下去："党国命运在此一举。川西决战只许成功，不许失败！各位有没有信心？"

"有!"与会大员们齐声回答。在川西决战前夕，这个由蒋介石亲自主持召开的高级军事会议就这样草草结束了。

下午，按照定下来的时间，张群、贺国光、顾祝同、王陵基到黄埔楼来了，蒋经国当然也在。他们一坐下，蒋介石就问顾祝同："刘文辉、邓锡侯会后去指挥部报到没有?"他没有问潘文华，因为潘是光杆司令，而刘、邓手里是有枪杆子的。这里，需要专门介绍一下平时似乎不显山不露水的贺国光。贺国光，湖北人。是刘湘早年读四川陆军学堂时的同学，过后却成为蒋介石的心腹大将，专门挖四川的墙脚，为蒋介石的事业不遗余力。他先后作过中央驻重庆的军委会参谋团主任；抗战期间任成都行营主任兼重庆市市长、防空司令、卫戍副司令、宪兵司令等多项要职；时任西南军政长官公署副长官。这个人表面看来其貌不扬，说话软绵绵的，从来不见其发过脾气，在川多年，被最善于给人取绰号的川人，根据他的性格特征，给他取了两个绰号:"贺婆婆"、"贺甘草"，可谓抓准了其人的本质特征。"婆婆"，是指他的长相，他的脾气;"甘草"就深刻了些。都知道甘草是一味中药，性甘味平，最能调和;几乎所有的中药合剂里都不能缺少甘草。推而广之，这么些年，几乎所有的川事里，都不能少了贺国光其人。

顾祝同说没有，他们没有来。

蒋介石鹰眼闪霍，看了看在座的几个亲信，意思是很明显的，要他们发表对这件事的看法。

张群替刘、邓打圆场。说刘、邓二人肯定会来的;据他所知，刘、邓二人目前都有些病……

王陵基很不满意张群这个态度。他觉得张群这个"高级泥水匠"是在给刘、邓打掩护，抹平了事，全不以国事为重;他马上顶了一句，揭底:"据我所知，刘自乾、邓晋康根本就没有病。"

41

蒋介石抹起脸，那他们这样岂不是抗命?!

张群坚持说刘、邓二人有病;王陵基坚持说没病。张群清楚，王陵基同刘文辉、邓锡侯关系紧张得平时连面都不能见，话都不能说，就乘机建议:"他们有病无病，不如派一个人去他们家中看看就清楚了，以委员长的名义去。"

"那好呀!"蒋介石当即拍定，他问贺国光:"贺主任你看派谁去合适?"

"贺甘草"当然知道张群的意思，他低着头，奋着眼皮说:"那就不如请王（陵基）主席去! 王主席是四川省政府主席，请王主席出面，代表委座去看看他们最好了。"

张群马上表示赞成。

"糟糕，中张岳军的计了!"王陵基心中连连叫苦，但是，既然委座开了口，他不好意思拒绝，也不能拒绝。就在他忍气吞声，欲言又止时，发现贺国光在对他使眼色、递点子，就假装高高兴兴地答应了下来。

王陵基离开黄埔楼，出了中央军校，想到刚才因中了"高级泥水匠"张岳军的计，今晚不得不去面对两个冤家——刘文辉、邓锡侯时，又气又恼，脑子有些混沌。及至坐上了他的雪佛莱轿车，半天都没有吭声，竟然忘了让司机开车。

"主席，往哪里开?"坐在前边副驾驶座上，手中拿着公文包的秘书问。

王陵基吩咐:"去红照壁长元里。"那是他的小妾红芙蓉住的地方。车开了。在四川的大官中，王陵基的公馆不是最多最好，但也不止一处。他除了有东马棚街的大公馆，那是他和发妻及儿女们住的地方，还有红照壁长元里的一处小公馆，那是他单独给姨太太红芙蓉置办的。

长元里地处红照壁，属于市中区，却是闹中有静。长元里是条半截巷，巷子不大，呈口字形，里面只住了三家人，当然都是有钱人。三户的格局大体一致，高墙深院，黑漆大门。进大门是一座小院，小院里有花有草，还有幢法式小楼，很是清新雅致幽静。王陵基的小公馆是当中一幢。回到他的小公馆时，王妈和他安置在这里的一个弁兵都显得很吃惊。因为时间不对，以往他大都是晚上过来，而且今天脸色也不对，铁青！

"太太呢？"王陵基边问跟在身边的王妈边往小楼上走。

"在隔壁李太太家打麻将。"

"嗯？总是打麻将。"王陵基的语气是不满的，虽然红芙蓉爱在隔壁李家打牌，他是清楚的。再说，红芙蓉这样的人，不让她打牌那让她干什么？她能干什么？让她去唱戏，干老行？这话红芙蓉倒是说过的，但一个堂堂的四川省政府主席，让自己的小妾去登台演戏，岂不是让人笑掉大牙？再者，依红芙蓉那样的水性杨花，让她出去演戏，她找个相好，给自己戴顶绿帽子也是完全可能的。

王陵基停下步来，掉过头，盯了王妈一眼，他的意思是很明确的，他是在说：王妈，你可得给我看好了！王陵基爱戴一副黑膏药似的眼镜，让他看得清你，你看不清他。这王妈年约五十，虽是一副乡下人打扮，却显得精明，是他专门从乐山老家挑来照顾小夫人红芙蓉的，名说照顾，实际上有监视的意思。红芙蓉是他在刘湘手下当师长驻万县时娶的。那时，红芙蓉还是个刚刚在川剧界出道的小姑娘。他娶她还出了些事情。

1934年，刘湘打败了幺爸刘文辉，统一了四川，当上了真正意义上的"四川王"。身任四川省政府主席兼川康绥靖公署主任的刘湘，真个是上马管军，下马管民。为了兑现之前蒋委员长对他支持的许诺，刘湘动员、组织了全川几乎所有的军队，二十多万人，分六个方面军，对以徐向前为首的、踞通（江）南（江）巴（中）为革命根据地的红四方面军围攻。王陵基为第六路军总指挥。那场战争打得惊天动地，你死我活。年关将近时，是一个战斗的间隙。已经娶了红芙蓉的王陵基，这时感到生理和心理上都很焦渴。俗话说"老牛吃嫩草"，他这只老牛已经多日没有吃到鲜嫩欲滴的红芙蓉了，很想吃。色胆包天，这话说得很对。于是，他竟疏于职守，从前线悄悄梭回万县吃"嫩草"去了。殊不知红军因为向来得到老百姓的支持，消息灵通，得知王陵基这只"老牛"梭回万县吃"嫩草"去了，徐向前派虎将许世友率一彪劲旅，在一个月黑风高之夜，向王陵基部发起闪电一击。王部顿时溃败，兵败如山倒，这话是一点儿不错的。红四方面军趁机撕开，扩大战果，让有"常胜将军"之称、以为稳操胜券的总指挥刘湘铩羽而归。红军趁势进攻，一发不可收拾，差点儿将川北重镇顺庆府（今南充）也收入囊中。全局震动，全国震动！南京蒋介石闻讯大为震怒。羞愧难当的"四川王"刘湘不得不向蒋介石辞职。虽然蒋介石最终没有接受刘湘的辞职，但刘湘的颜面已经丢尽。刘湘这下再也顾不得王陵基曾经当过他的老师，当众责骂王陵基后，撤了他的职，让王陵基坐了几年冷板凳。刘湘不发脾气则已，一旦发作，又高又大的他，光是那双眼睛就很吓人，一双虎眼，就像两把闪闪发光的利剑。

现在，王陵基平时都是同他的结发妻子住在一起，但并不是心甘情愿的，他倒是巴不得天天都同红芙蓉在一起。从内心说，发妻年轻时也是个美人，但美人是要有青春作保证的。年轻就是美。一个女人年轻时或许说不上美，也许她的五官并不好，但皮肤可能好；或是丰乳细腰肥臀……总有一面是好的。但年龄大了就不行了，尤其是女人。男人年龄大了，麻渣麻渣的，看不大出来，女人就不行了。女人无论年轻时有多美，一旦老了就什么都不是了。这还仅是容貌方面，生理方面，女人更是不能同男人比。就以发妻来说，与他差不多的年龄，但已经完全不能过性生活；就像一条原先总是淙淙流淌的小溪，现在已经完全干涸了；而他则是老当益壮，性欲旺盛。性欲同食欲一样，饿了是要"吃"的，就连孔（子）圣人也说过："食色性也。"他之所以经常偷偷摸摸过来，一则老妻厉害；二则他怕被那些专门贩卖花边新闻、名人轶事的小报记者抓住，捅出去。委员长是最讨厌看到这些事的，因此，他不得不处处小心，免得找麻烦。

而且，王陵基知道红芙蓉骚，不能不满足她。俗话说"三十如狼，四十如虎"。算一算，春情难耐的小夫人红芙蓉也已经到了如狼似虎的年纪，他得小心些。因此，他不仅从乐山乡下老家挑了个王妈来，名为照看，实则监视红芙蓉；从安全考虑，还调了个能干的弁兵过来保护她们。

王妈懂他那声从鼻子里哼出来的"嗯"的意思，连忙解释："夫人红芙蓉的生活一如既往，就是爱到隔壁李家打打麻将，李家的情况主席也是知晓的，她没有一点儿出格的。"隔壁李家的情况他是知道的，没有什么不放心的。李太太的丈夫是省建设厅一个庶务科长，胆小老实，走路都怕把蚂蚁踩死。李太太是个本分的家庭妇女，没有什么不良嗜好，就爱打几手麻将。

王陵基这才点了点头，一边朝楼上走，一边对下边的王妈和弁兵吩咐，我要睡一会儿，不要有人来打扰我。至于王妈向他请示，是不是到隔壁去叫太太回来，他没有吭声，没有表示。

小公馆里本来就安静，他这一吩咐后，王妈和弁兵，还有女佣都生怕打扰他，弄出些什么声响，于是他们分别把关：树上叫的鸟吆了，猫吆了，狗也吆了……大家踮起脚走路，小声说话，院子里清静如水。王陵基上到小楼上，进到他和小夫人住的卧室，屋内一色的板栗色家具，靠壁一间大花床，地上铺着厚重的土耳其花地毯，阔窗上的挑花窗帘垂地，非常的温馨、宁静。

王陵基摘了墨镜，脱了风衣挂在衣架上。然后，他用他那双职业军人的眼睛细细搜索了一下屋子，确信红芙蓉没有什么可怀疑的，没有背着他做偷鸡摸狗的事，才把门关紧，放了窗帘，开了收音机——这是一架美国的无线电收音机。

他"咔"的一声扭开开关，将声音调到最低。

"向前、向前、我们的队伍向太阳……"收音机里，随着一阵雄壮的、山呼海啸的《解放军进行曲》之后，传出一个说标准北平官话的男中音，声音浑厚，饱含磁性：

"北京，中央人民广播电台，中央人民广播电台……"王陵基一惊，这才省悟道，中国已经改天换地了，除了云贵川西南这一小块，偌大的中国都成为共产党的天下。毛泽东、朱德、周恩来、刘少奇等中共领袖已经住进了中南海、紫禁城；一个新的时代开始了。

悲哀、可怕！他就像被枪弹打中了似的，默默地坐在那里听。

收音机里播送着一段时间以来解放四川的战况：

"我中国人民解放军第二野战军、第一野战军，在司令员刘伯承、政治委员邓小平和西北军区司令员贺龙的领导和指挥下，遵照中共中央和中央军委的战略方针，分路对龟缩在该地区的国民党军队实施迂回、包围。从11月下旬起到12月初，我军以迅雷不及掩耳之势，先后解放了西南重镇重庆及川东、川南广大地区，切断了国民党军队向黔滇的退路……

"……在重庆，我西南局、西南军区成立。中共中央、中央军委任命邓小平、刘伯承、贺龙分别担任中共西南局第一、第二、第三书记；西南军区由贺龙任司令员、邓小平任政治委员；西南军政委员会由刘伯承任主席，经管川、滇、黔、康及西藏……"

王陵基听得毛骨悚然，越听越可怕。他调了台，这是国民党的中央台，一个女播音员在播送。一阵软绵绵的音乐响过之后，女播音员软绵绵的声音响起:"蒋委员长近日向全国、全世界郑重宣告,我西南防务固若金汤……在四川,我国军精锐部队,加上地方保安团、游击队,足有雄师百万;我还有强大的空军、海军,加上天府之国的山川形胜,定让共军有来无回,在成都折戟沉沙,川西决战必胜!"听到这里,王陵基觉得广播有些空洞、在空喊。接着听下去,女播音员老调重弹,又开始标榜最近的两大胜利了:

"日前,共军叶飞部窜上金门岛……而我守岛国军,报有我无敌,有敌无我之决心,与叶飞部激战三日,取得大胜,歼敌万余。而近日在川东酉(阳)秀(山)黔(江)彭(水)一线,我宋希濂部取得龚滩大捷……这都说明,我戡乱反共胜利可期……"

深知内情的王陵基当然知道,所谓的"龚滩大捷",其实是日前一个很小的战事。攻进酉秀黔彭的解放军派出一支侦察小分队,在龚滩与宋希濂的大部队不期而遇,吃了点儿亏而已。过后,固守重庆前哨白马山一线的宋希濂部溃败,时至今日,重庆已被共军占领。而负责守卫重庆一线,有"鹰犬将军"之称的宋希濂率残部落荒而逃,至今死活不知……就在他沉思默想间,敲门声起,王陵基知道,红芙蓉回来了。他赶快关了收音机。

门开了。"嗨!"是小夫人红芙蓉不无夸张的、娇滴滴、唱川戏似的声音:"方舟,你关门做啥子?"

王陵基不理她。

"方舟,你咋不高兴呀?"红芙蓉看了看王陵基的脸色。这时他已经别有用心地坐到了床沿上。

"我咋个高兴得起来嘛,委员长交给我的任务,简直要命。"说着叹了口气。

小夫人问他是啥事,他这就说了。红芙蓉头脑好使,有见识,头脑打得开调:"好大个事嘛!"红芙蓉轻描淡写地一句:"你咋个不去找'贺

47

婆婆''贺甘草'呢，找他保险得行。"

"你说的是贺国光?"他眼睛一睁。

"是，你们不是关系还可以嘛!"他猛地想起在委员长那里开会时，贺国光给他递点子的事。

"嗨，还真是!"王陵基猛然开窍，用手拍了拍小夫人飞红的鹅蛋脸:"狗日的小婆娘聪明，你看我咋个就没有想起!"王陵基平时人前假正经，周武郑王的，可是在人后，特别是在他宠爱的小夫人红芙蓉面前张口就是怪话，这就叫打是心痛骂是爱。他用怜爱的目光欣赏着身边这个长有一双猫眼的小夫人，想到不知在哪本书上看过的西方人的一句哲语:"女人智慧，是蛇的智慧。"他想，这话才叫精辟。

……

晚饭后，为稳妥，王陵基先给贺国光去了一个电话，说明来意。

贺国光就像早知道他要去似的，表示欢迎，说:"正好。你不来我还正想去拜会你呢。"

"有事?"

"有事。"

"能不能透露一二?"王陵基是个急性子。

"来后再说吧。"电话中，贺国光轻轻咳了一声，放了。

因为贺国光住家的地方，离红照壁不远，在少城实业街，去时要经过皇城和皇城坝。这一段很有看头。因此，王陵基不坐汽车，让秘书和他放在红芙蓉这里的弁兵在身上暗藏手枪，三人都化了装走着去。虽然秘书、弁兵还有红芙蓉都竭力反对，但哪能犟得过王陵基!

第四章　王陵基矗夜求教"贺婆婆"

小鬼夜间语，不似在人寰。阎王本虚假，阴间无一真。

"月光如水照楼台，透出了凄风一派；梨花落，杏花开，梦绕长安十二街"，王陵基乘着夜色乔装打扮潜入贺国光的公馆，得到嘱咐："不要只是把注意力放在刘自乾、邓晋康二人身上，还要小心那个死而不僵的潘文华。"

成都的皇城和皇城之前的皇城坝，像极了北京的天安门和天安门广场，这在全国都是个例外。它们的来由是：明朝开国皇帝朱元璋，因最宠爱他的十三子朱椿，所以在开国之初他将众多的儿子分封全国各地当藩王时，不仅封朱椿到天府之国当蜀王，而且网开一面，让蜀王在修建自己的藩王府时比照天子才能享用的北京的天安门和天安门广场。成都的皇城和皇城坝，就是这样来的。以后，这座气象森严、巍峨壮丽，雄踞西南的宫殿式建筑，在历史的长河中几经沉浮。明末，在张献忠打进四川、打进成都，建立他的大西国时，皇城作为他的皇宫。一心迷信武力的张献忠，在不到三年后兵败退出成都前夕，一怒之下，将有四十万人的成都，连同城中所有的建筑物一火焚之。这就将早在唐宋时期就是全国五大都会之一的成都，糟蹋、蹂躏成为一片废墟，以至在以后的一百多年的时间里成为虎狼出没之地。人口只剩下区区几万的四川，不得不将省会迁往离陕西相对近些的阆中。以后，清朝建立，随着从清初开始的长达一百多年的"湖广填四川"，天府之国才又重现生机；省会移回了成都，成都的标志性建筑——皇城以及皇城坝又开始了新一轮的修建。皇城和皇城坝是一部四川史的活的见证。

暮色如水一般漫起。化了装、戴墨镜的王陵基在秘书和弁兵的暗中保护下，经过皇城时不禁停下步来，细细看去。作为一个生于斯、长于斯的四川人，作为四川省政府主席的王陵基，每次经过这里，都会流连忘返，有一种特别的感情。

冬天的夜黑得早，在夜幕笼罩中的皇城显出它优美的剪影：高墙深院、崇楼丽阁，后面还有一片森森的柏树林。这些参天的大树上，栖息着体态潇洒、舞姿翩跹的白鹤。这会儿它们已经归巢了，安息了，看不到它们在浓荫一片、沧海般的树上跳舞的倩影。但是，这个遗憾，很快就被眼前熟悉的景象所冲淡，所代替了——

高大巍峨的皇城下的皇城坝，像白鹤亮开的双翅，又像巨人逐渐合起的双臂。两边鳞次栉比展开的馆子，大都是回民开的。这些馆子都亮了灯，不是电灯。因为成都只有一家私营的启明电灯公司，发电量很小，只有像省府、市府、中央有关部门驻扎的励志社、中央军校等要害部门及达官贵人家中才能用电灯。但即使如此，午夜之后，好些部门也要被拉闸。这些饭馆、面馆点的是煤油灯、电石灯、还有油壶子……林林总总，远远看去，像是远海的渔火。幺师们站在外面，挑声夭夭延客入内；空气里弥漫着红锅馆子炒回锅肉、炝宫保肉丁的香味；白面馆子里打锅魁的梆梆声，甩三大炮的当当声，声声在耳……

看着这一切，王陵基感到亲切。特别有趣的是夜幕笼罩中的皇城坝。皇城坝，又叫扯谎坝，里面卖打药的、看命算相的、耍猴的……应有尽有。有个地方人围了个里三层外三层，因为时间还早，王陵基好奇，就挤了过去，跟在他身边的秘书和弁兵不敢怠慢，赶紧贴在他身边，注意看去。场子中间是个卖打药的汉子，在这个冬天的晚上，他脱了上衣，露着赤膊，下身穿着一条粉红色彩裤。只见这个汉子走到圈中，闪闪腿，试试拳脚，兜个圈子，扯圆场子，双手作拱道：

"嗨，各位！兄弟今天初到贵处大码头。来得慌，去得忙，未带单张草字，一一问候仁义几堂。左中几社，各台老拜兄，好哥弟，须念兄弟多在山冈，少在书房，只知江湖贵重，不知江湖礼仪。哪里言语不周，脚步不到，就拿不得过，拈不得错，篾丝儿做灯笼——（圆）原（亮）谅、（圆）原（亮）谅……"

这一席川味浓郁的行话，把人们吸引住了。汉子耍了几趟拳脚后，扯起了把子：

"嗨！兄弟今天卖的这个膏药，好不好呢？好！跌打损伤，一贴就灵。要不要钱呢？"他在胸口上"啪"的一巴掌："不要钱，兄弟决不要钱！"说时，脚在地上一顿："只是饭馆的老板要钱，栈房的幺师要钱。穿衣吃饭要钱，盘家养口要钱。出门——盘缠钱，走路——草鞋钱，过河——渡船钱，口渴——凉水钱……站要站钱，坐要坐钱；前给茶钱，后给酒钱；前前后后哪一样不要钱？穷居闹市无人问，富在深山有远亲。有钱能使鬼推磨。莫得钱，亲亲热热的两口子都不亲……"他这一席话说完，一套拳也打完了，这就托起一个亮晶晶的银盘，里面装满膏药，一路兜售过来："各位父老兄弟，帮帮忙！"但看的人多，买的人少，闹哄哄的。

秘书附在王陵基耳边，轻声一句："王主席，时间不待了，我们走吧！"他这才恋恋不舍地离开了皇城坝。

一过西御街，就进了习惯意义上的少城。这里原先有一段城墙，将少城与大城隔开来。辛亥革命前，清朝时的少城是一座专供满人居住的城中城，相当于上海外国人的租界，住在里面的人，相当享受。辛亥革命后，清朝被推翻，这一段城墙被拆除。但是，少城还是少城，只不过住在少城中的人，已不再是满人、八旗子弟，而大都是官宦人家，或长袖善舞、财大气粗的商界巨子、地主老财。一入少城，一种令人舒爽的，绝不同于一般的气息扑面而来。宽阔整洁的街道两边绿树成荫。贴少城公园边上，有一条流水淙淙的金河，在静夜中轻轻流淌；夜空中飘散着花香。少城，非常的美丽清幽，像一个娴静绝美的处子。少城里的街道名字也大都有讲究，什么宽巷子、窄巷子、实业街……每一个街名，都是一个故事，饱含着历史沧桑，是一部断代史。

少城的建筑，像极了北京。只不过北京称为胡同的，在成都称为巷子罢了。少城的街道，整体看像条游动着前进的蜈蚣虫。主街相对整洁、宽阔，两边牵出多条胡同——巷子。这些巷子悠长、清静，两边排列着相互相依、而又完全独立的公馆。这些公馆，青堂瓦舍，高墙深院。院子中透出百年老树翁郁的浓绿树冠，间杂着几丛修竹；黑漆厚重的大门整天关着，只有一扇小门若开若掩；大门上嵌着一颗颗硕大的金色泡丁，垂着兽环；大门两边，一边蹲坐一尊惟妙惟肖、脚踩绣球的石狮子。好些人家的墙上还嵌着红砂石凿成的拴马桩，有种历史的沧桑。

他们经过西御街"万春园"戏院时，只听戏院里传出一阵高亢的川戏帮腔声、铿锵的锣鼓声、悠扬的胡琴声，时断时续，发人思绪。听得出来，"万春园"在演《水漫金山》。

到实业街的贺国光家时，贺国光已经派管家等在门前了。

贺国光的公馆，有明显的清朝特色，很像北京城内过去的王府，不过规模小些罢了。

"啊，王主席稀客！"来川多年，能说一口四川话的贺元靖在王陵基进了门，转过照壁，走在花木浓荫夹道的石板甬道上时，迎了出来，抱拳作揖，降阶相迎，显得格外客气。

"打搅了，不好意思，不好意思！"王陵基连忙抱拳作揖还礼。他注意到，刚进门就听到一句川戏的闸板声。他早就知道贺国光喜欢听川戏、吃川菜，却没有想到贺国光对川戏沉溺这样深。

贺国光一边将他往后面客厅让，一边解释说，他明天一早就要到西昌去了，王主席你不来我都要去找你，告个别。

王陵基听后吃了一惊，脚一停，看着贺国光："莫非元靖兄要走？"

"里面谈，里面谈！"贺国光把手一比。

在贺国光那间处处雕龙刻凤、极中式的小客厅坐定后，贺国光吩咐跟进来的女佣给王主席上茶、上好茶。

茶上好了，女佣轻步退出，并为他们轻轻掩上门。

"夫人、孩子呢？"王陵基一手端起茶碗，拈开茶盖，轻推茶汤，一边看了看显然已经收拾过，显得有些空荡的客厅，低头呷了一口茶，连说好茶。

"走了，我先一步把他们送到西昌去了。"看王陵基凝神屏息的样子，贺国光就说了个大概。他说，为防不测，委员长决定在西昌成立警备司令部，派他去当司令；同时，已经陆续调去了一些国军精锐。他明天就得去西昌了。这事，现在还没有宣布，是秘密的；这事，他也只对王陵基说，因为在川多年，他们相处得不错……

"啊！"王陵基说："是该未雨绸缪了！委员长调你去是对的。"

贺国光很客气地说："王主席时间金贵，这个时间来，不知有何见教？"

"我是无事不登三宝殿，我是来向贺主任请教的。"王陵基打了几个假哈哈："不意遇到了贺主任要去西昌高就。这样吧，我的事几句话就可以说完，不急。君子不夺人之好。不如让刚才那个女子把贺主任点的《情探》唱完，我进来听到正在闹板！老实说，这个戏我也爱看，爱听，可以说是百看不厌、百听不厌。我也来沾沾元靖兄的光，过过眼福、耳福。"

《情探》这出戏，是蜀中大文豪赵熙的代表作，是讲究文辞精美的

53

川戏的典范，内容取自冯梦龙的三言二拍。原先这出戏，文辞粗粝，形象狰狞，戏名也不叫《情探》。赵熙看后觉得实在可惜，接过来改了。赵熙是清末蜀中著名文人，他是荣县人，作过清朝编修，声誉卓著，桃李满天下，郭沫若就是他的关门弟子。赵熙诗书画三绝，少城公园（现人民公园）里，那座剑一般指向蓝天的"辛亥秋保路纪念碑"的正面，镌刻的八个遒劲有力的大字，就是出自赵熙的手笔。赵熙改后的《情探》，文辞清丽，故事情节跌宕起伏，人物命运催人泪下，常演常新，长盛不衰。

"那就尊敬不如从命了。"贺国光这就唤出里面的女子，让她再唱，是清唱。明灯灿灿下，这女子不过十七八岁，长得秀气，脑后梳根大辫子，红衣绿裤。

女子将牙板轻敲，唱将起来。这一段表现的是，曾经被丐帮头的女儿焦桂英救过，并成了亲的丈夫王魁进京赶考，高中状元后忘恩负义，像陈世美似的休妻再娶，善良而多情的焦桂英闻讯后的心情。女子的声音清亮如水，在这静静的冬夜里唱得映山映水的：

更阑静，月色衰
月光如水照楼台
透出了凄风一派
梨花落，杏花开
梦绕长安十二街
夜间和露立窗台
到晓来辗转书斋外……

"好！"唱完后，王陵基轻轻鼓掌叫好，贺国光让女子下去后，王陵基这就把他要向贺国光请教的话说了。

"你没有看到今天我给你递眼色?"听完了王陵基的话,笑眯眯的贺国光轻言细语地说。

"看见了。我只是有点儿不明白,张岳军在那里替刘自乾、邓晋康说假话,咋个贺主任不给他揭穿,反而点我的水?"

"我是给大家留面子。再有,张岳军与委员长的关系你也不是不晓得。我给你递点子,就是有些话下来说。"

王陵基"啊哈"一声,说那就请教贺主任,这个事看咋个整?

"张岳军这个人并不是没有看出刘自乾、邓晋康这些人的问题。"贺国光分析得条分缕析:"他是有私心。他在给自己留后路。张岳军从来都是这样子的。你用不着去找刘、邓碰钉子!"

"那么,我如何向委员长交差呢?"

"你今天晚上就要去向委员长交差?"

"是,委员长急,等着我呢。"

"好办。你就说你去过了,说是看不出他们两人有病。你问起他们就参加川西决战指挥部一事,而两人都语焉不详,顾左右而言他。"

"这事如果穿帮(揭穿)了咋办?这不是欺君之罪吗?"

"没有关系的。你就是去了,事情也肯定就是这个样子。况且,你去还要受刘、邓的气。我们不是外人,我才给你出这个主意。究竟咋办好,王主席自己拿主意!"

王陵基想了想,说:"是。就这样办好、就这样办!"他看着贺国光,显得有些留恋:"贺主任走得这样急?陵基是想置水酒一杯,明天为元靖兄饯行。"

贺国光摇着头,苦笑道:"不必了,我走,目前还是个秘密。方舟兄的情领了,以后吧!如果还有以后!"

就在贺国光将王陵基送出门,他们告别,互道珍重时,贺国光没有忘记嘱咐王陵基:不要只是把注意力放在刘、邓二人身上,潘文华也要注意。并且要他把这个意思在合适的时机、场合设法传达给委员长。贺国光说，这潘仲三也不是个简单人，他是百脚之虫，死而不僵……

王陵基说："感谢元靖兄的提醒。"回去后，他立刻让司机开车去中央军校，一路上他都在想着贺国光的提醒，想着潘文华这个人。

潘文华同唐式遵一样，都是四川省仁寿县人，都是刘湘最先21军的师长，都是刘湘的大将。可是刘湘病逝后，他和唐式遵走的路是不一样的……潘文华戴副眼镜，显得很文，经历却最为坎坷、蛮勇，最具传奇性。他的传奇经历让不少说书艺人编成段子讲，在蜀中传诸久远，家喻户晓。

潘文华小时家贫，六岁时就死了父亲，不得不在很小的时候就背井离乡，到成都一家药铺当了学徒工。工作之余，少年的他很爱看门前不远处一个清兵营里清兵们的训练，他觉得最好看、最好玩的是翻杠架。没有人时，他就学着翻，很快无师自通地在单杠和双杠上都翻飞得风车似的。不久，一个相当于新军排长的清军下级军官发现了他的过人处，介绍他去吃粮投军。当兵可以不受师傅的气，有吃有穿，每月还可以领得一些碎银寄回家去，何乐而不为？他兴高采烈地答应了，这就当了兵，是清兵。很快，他就显示出过人的才华，他除了杠架翻得好，还很会轻功，逾墙上房如履平地，在全军打擂比赛会上得了金牌，是全军出了名的"潘鹞子"（鹞子是一种体形矫健，性格凶猛的猛禽）。

以后，他被保送进四川陆军速成学堂，学习了一段时期。辛亥革命前西藏叛乱，他随军进藏平叛。过后，全国形势如一团乱麻，到了拉萨的川军，解散的解散，哗变的哗变，潘文华也在其中。1913年，已经作了一个下级军官、率领一百多名士兵的潘文华，因对时局极度失望，又不能原路返川，这就将所部的枪支全部变卖，将钱分发给大家，每人得大洋六十余元。听说印度好发财，他就闯了去想试试运气。不意发财无望，钱用得精光，只好同几个同伴经缅甸步行回国。一路之上，备尝

56

艰辛，形同乞丐。途中遇到一队云南马帮，便与之结伙翻越蛮荒的野人山。好容易翻越了野人山，走过中缅边界的一座原始森林时，见路边堆放着当地人砍伐的原木，年深日久，布满青苔，首尾衔接，长约三四里路。已到中午时分，他们将行军锅靠在一根粗大的原木上，生火做饭。不意，火点燃不久，那原木竟蠕动起来，锅也给掀翻。这才看清，这哪是原木，竟是一条水桶般粗大的巨蟒。原来它头尾插在原木堆中，懒得动，时间久了，身上也长满了青苔，很容易被看成是一段原木。看这巨蟒蜿蜒爬走，潘文华等人面面相觑，惊叹莫名。倒是那些马帮见惯不惊，笑说，这蛇还不算大，前面不远处，死过一条比这还大的巨蟒，那才吓人，粗大得起码四五个人才抱得过来；几十丈长，最少有上千年了；尸体现已腐烂，方圆十余里内恶臭难闻，弄得我们这几年根本不敢从那里过。潘文华不信，非要马帮带他去看，果然是。不过蟒身已经腐烂，巨蟒的皑皑骨架，七零八落地摆了七八里路长，仅肋刺便有碗口粗细，令人咋舌，毛骨悚然。

第二天上午，潘文华一行到达中国境内的一个小县城，就此与马帮分手。这时，他们的盘缠已经用尽，仗着他们是打过仗的落难军人，便到县衙要求资助。好在县长是四川人，姓董名奢，听说了他们的经历，大为感动，设宴盛情招待他们。酒酣耳热之际，董县长听说了他们途遇巨蟒一事，说那有什么稀奇的，就在你们看见的丢下骸骨的地方，我亲自处理过一桩事情，那才吓人。

那已经是好几年前的事了。董县长说，就在巨蟒留下骸骨的不远处，有一处高崖，林木森然，崖高不过数丈，当地人将之称为"升天崖"，整天云遮雾障。叫人咋舌称奇的是，每有村人的鸡犬类小动物经过那里，都会被一种神力吸引上崖。而只要一被吸上去，从此便再无下落；而且还有村人的小孩被吸去不见的事发生，让村人闻风丧胆。消息报告上来，当时董县长刚刚到任，年轻气盛，想为当地做些好事，留个好名，决心查个水落石出，于是当即带上二三十名县衙前去查看。到了现场，向来嗅觉敏锐的董县长就觉得气味不对，却又不知究竟。遂令差衙将带来的多只鸡、兔等小动物用粗麻绳缚紧，放在崖下，而人则全部隐入林中。少顷，只见被粗麻绳缚紧的鸡、兔等，被崖上一股神奇的引力吸起。差衙们赶紧拔河似的将这些被粗麻绳缚紧的鸡兔用力拉了回来，一看，这些小动物已经毙命，身上糊满了又腥又腻呈白色粘液状的东西。董县长心中有数了。想来是什么异物隐身高崖上作祟，便命令精干差衙多人，带刀带枪，悄悄从后面山崖摸上去，砍树伐茅，披荆斩棘，待把那片高崖清理干净了，立刻真相大白。原来是一只巨蟒，头比方桌大，粗大的身肢蜿蜒而下，因体形太大，吃得太饱，多年来没有动弹过一下。因此遍身布满泥土、青苔、茅草，早与山崖混为一体，倏忽间根本无法辨别。巨蟒呼出的气，在崖间萦绕，那些白日飞升的生灵，全被它吸了上去，生生吞进了肚里。董县长气极，命令一神枪手攀上林中一高树，端枪对准巨蟒的头连发数枪，不意蛇皮太厚，根本打不进去，打去的子弹权且给巨蟒挠挠痒。也许多枪连击，打痛了蛇头，巨蟒吃力地抬起头，吸了一口长气，竟然把那神枪手也吸了进去。董县长见巨蟒太大，动弹不得，于是赶紧令县上的保安部队运来几百斤炸药，从上到下，在巨蟒所伏之处，埋设炸药包，并将这些炸药包串结起来，人躲到一两里地外，说声"点火"，只见数米长的引线被点燃，火苗呼呼地蹿过去。然后是惊天动地的一声声巨响，爆炸时，连两三里外的大地都在震动。硝烟散尽，董县长带人上去一看，巨蟒被从高崖上炸了下来，断成数截。这事听得潘文华等连连咋舌。

之后，董县长再三挽留潘文华等人留下来在当地做事。潘文华等笑笑，谢绝了县长的好意。住了两天后，潘文华等人离去时，董县长送了他们一些盘缠。与董县长洒泪而别后，潘文华一行五人晓行夜宿，两天后到了四川境内的盐源县，因各有各的路，各有各的家，各有各的打算，就此分别了。潘文华改走水路，乘船沿江而下，准备到宜宾，转成都。一路之上，观山望景，头脑中始终萦绕着临别前夜，董县长专门把他请到家中，关上门为他摸骨看相后说的一番话。董县长精通八卦阴阳，在当地是出了名的。董县长说他有富贵相，而且此次由印度经缅甸回国，异地连见两巨蟒，是非常人之举，这本身就说明，君将来有惊人之举，惊人造化。世界上当然没有不可解之事之物，但什么人什么事都有个定数。这些都是通过异于常人的常事常物予以暗示。《儒林外史》中有一句话说得好，"自古无场外的举人"。君如能将这些暗示，提升到意识层面，从而因缘附会，积极进取，追随明主，必将成为升上九天的将星或文曲星……

　　眼看离"长江第一城"宜宾已经不远，他们乘坐的船却在过水急滩险的老鸦滩时，因艄公搬艄稍微迟缓，船撞礁石当即被咆哮的江水打成碎片。除潘文华因为身手敏捷抱着了一块木板侥幸逃生外，船上乘客大都葬身鱼腹。时序已是深秋，潘文华并不会水，被恶浪呛了好几口，身上的衣物也被冲光。他载浮载沉了三四十里，才在一个荒无人烟的江边靠岸。踉踉跄跄地走上岸来，这才发现身上有几处皮肉擦伤，这还不打紧，麻烦的是赤身露体，狼狈万分，如此怎能见人！瘦骨嶙峋的他，用细瘦的双手扪着私处，走上岸来。走了好几里路，才在一山凹处发现一处人家，柴门虚掩。他在门前的芭蕉树上摘了两片蕉叶，遮住私处，大着胆子前去叫门。柴门开了，出来一位相貌清俊，十七八岁的村姑。一见他这模样，又羞又怕又气，赶紧退回家去，关上门。潘文华隔着柴扉，将自己的由来，一五一十地诉说给了女子，请求帮助。女子这才轻启窗户，给他丢了一条农村老者穿的那种叫"反扫荡"的大腰裤出来，叫他穿上再说。女子说，父母都上街赶场去了，她一个未出阁的女子同他照面多有不便，说着又给他递出一碗水，两个玉米粑粑。要他等在外面，有什么话，等她父母回来再说。潘文华说"好的"、"好的"，并连连致谢，在门外阶沿上一坐，狼吞虎咽起来。事后回忆起来，他说那是他一生中吃得最好的饮食。

村姑的父母赶场回来后，听说了这一切，非常同情他，并邀他进屋。正好那天赶场割了点儿肉，做了回锅肉请他吃，老爹还陪他喝了自家用包谷高粱酿的酒。当晚留他在家住下，第二天，潘文华走时，乡下老爹不仅给他指路，还送了他盘缠，感动得潘文华差点儿要给老爹跪下。

世事匆匆。一心思念报答的潘文华过后才发现了自己的疏忽，忘了问老爹他们所住的村子是何村，老爹是何名，但他深信自己还能找得到那个地方。

潘文华在宜宾加入了刘湘的部队，进步很快，半年后就当了连长。他特别抽了一个专门的时间，备下厚礼，带了弁兵，一路寻去；问了所有可以问的人，却全然不得要领。人家都说，那一带非常荒凉，根本就没有人家。潘文华坚决不信，凭着记忆寻去时，所有地形、地貌、风景，与自己记忆中的一般无二，可哪里有人家？只见那株葱绿茁壮的芭蕉树，在午后的阳光中摇曳着肥大的枝叶，似曾相识。这一切，让他感到恍惚，简直就是蒲松龄在《聊斋》中描绘出的那种招之即来，挥之即去的景致，而所有的一切，却又都是他切切实实经历过的。这时，他想起董县长给他说过的话，有了新的体会。以后他紧贴主官刘湘，果然步步高升。

抗战中，刘湘病逝后，潘文华因为对蒋介石不亲热，不紧跟，虽有战功，却被蒋介石不升反降，或明升暗降；现在，他同刘文辉、邓锡侯一样，也在西南军政长官公署挂了一个副长官的名。与刘、邓不同的是，潘手中没有军队，但是个有影响的人物；他与刘、邓等人关系很好；贺国光说得对，其人不可小觑。

当晚，王陵基果然依计而行。在黄埔楼，蒋介石、蒋经国父子听了他的汇报，什么都没有说。但王陵基从委员长的脸色可以看出，他的"状"是告准了，刘、邓如果再不听说听教，说不定会有杀身之祸。

王陵基前脚走，张群后脚就跟来了。蒋介石马上就见了张群。

"唔，岳军，夤夜而来，有事吗?"不管什么时候，蒋介石对张群总是客客气气的。走进屋来的张群神态沉稳，面带微笑，他西装革履，宽面大耳，鼻正口方。蒋介石让了座。他知道，别看张群这样沉稳，其实心中在打鼓。这段时间，张群只要知道王陵基来过，他就要接着跟来。因为王陵基对他的攻讦是公开的，说他这个人"华阳相国"、"高级泥水匠"，私心杂念重，随时替刘文辉、邓锡侯这些人掩过；讨好刘、邓这些人，是八面讨巧，四面卖乖……当然这些话，"王灵官"在底下想咋说就咋说；但是，在委员长面前说就不一样了，张群生怕委员长听进去。虽然他对自己在委员长心目中的地位是有底的，有信心的。但小心无大过。德国前纳粹头目戈培尔一句话说得好："谣言重复三次，可以变为现实。"王陵基现在在委员长心目中的地位、分量看涨，他不得不小心些。

蒋介石以为张群今晚赶来也是为这事，不意张群这晚不是。他是来献计的，他劝蒋介石赶快在励志社召开一个有在蓉主要媒体参加的新闻发布会。因为委员长来蓉后还没有公开露过面，也没有对外宣布，外界有多种说法，这样容易被共产党抢了先机，加以利用。不如请委座公开露面，这样也可以在公开场合宣扬宣扬"川西决战"……

蒋介石听了很高兴，连说"很好"、"很好"。张群告辞时，蒋介石竟然送了他两步，高度赞扬他不愧为"智多星"。还说："以后，我没有想到的事，请你多为我想想，想到就来告诉我。"张群连连答应。

第五章　步步紧逼开始了

狐假虎威往日事，今天老虎惹猴急。原来威风都不在，自古忠心数几人。

"水晶猴"邓锡侯气不打一处来，干脆把话挑明："我看委员长是对我的军队不放心吧？不然不会命令我把军队开出城去，而且离城四十里……如果这样，委员长就是过虑了。我和自乾都打过红军，是人家共产党要打倒的大地主、大军阀、大官僚。退一万步说，就说我们有心投共，人家共产党能要我们？能饶过我们？"

这天上午十时，一反往日，刘文辉、邓锡侯到"川西决战指挥部"报到来了。

"他们终于来了！"顾祝同、胡宗南相视嘲讽地一笑，从小楼上注视着一起进了将军衙门、先后下车的刘文辉和邓锡侯。

"咱们还是去迎一迎吧，总得做个样子。"顾祝同说，他们将刘、邓迎进作战室坐定，顾祝同就拿起一根细长的竹竿，指着正面壁上那张二十万分之一，足足占了半壁的军用地图敲打一阵，说了一些刘、邓两人一看就明白的"目前敌我态势"后问："你们看，我们制定的这个'川西决战'阵势，行还是不行？"

刘文辉敷衍一句："我看可以嘛。"

邓锡侯马上接上，"啷个不行！"

"那你们的军队该如何融入战斗序列？"胡宗南见"多宝道人"和"水晶猴"稳起，心中生气，便直截了当地逼了上来，"你们的 24 军和 95 军怎么调配？"

"你们看咋好就咋个调配嘛。"邓锡侯回答得很是干脆。

"说得好听。"胡宗南嘟囔道："你们的部队，我们怎么使唤得起！"

"好办。"刘文辉更是平心静气，他看着气呼呼的胡宗南说："我干脆将我这几个烂人几杆破枪交出来就是了，免得你们不放心。"

"自乾兄、晋康兄不必多心。"顾祝同看场面有些僵，开始打圆场："请你们出山和我们联合办公，这是委员长的意思！"说到委员长时，他身子一直，颈子一硬，又说："咱们一家人不说两家话，好不好？"

邓锡侯看顾祝同搬出委员长吓人，气不打一处来，他来个以攻为守，干脆把话挑明："我看委员长是对我的军队不放心吧？不然不会命令我把军队开出城去，而且离城四十里……如果这样，委员长就是过虑了。我和自乾都打过红军，是人家共产党要打倒的大地主、大军阀、大官僚。退一万步讲，就算我们有心投共，人家共产党能要我们？能饶过我们？"

邓锡侯这一番话说得入情入理，顾祝同听了连连点头说是。他想了想，和盘托出了主题。

"这是非常时期。为精诚团结迎敌，我看是不是就请自乾兄、晋康兄给你们的部队下道命令，以后凡是以'川西决战指挥部'名义下达的命令，两军官兵保证执行，如何？"

"对对对。"胡宗南很赞成。

"哎哟！"邓锡侯生性幽默，他夸张地喷了喷嘴，将了胡宗南一军，他说："现在而今眼目下，胡长官的兵最多，最精锐。如果我们这几个烂兵几杆破枪，胡长官也要收过去，那胡长官岂不成了韩信点兵，多多益善了。胡长官要指挥我们的军队，当然可以。谁叫胡长官是决战指挥部的参谋长呢！"说着看了看刘文辉："但不晓得我们两个土包子，是不是也可以指挥胡长官手上的三十多万精锐的中央军?"

胡宗南一听这话,满脸怒气,顾祝同也显出焦躁,心想,这不是胡搅蛮缠嘛!他们看出来了,刘、邓二人来是迫不得已,决非心甘情愿、诚心诚意;而"多宝道人"刘文辉决心把这出"双簧"演到底。

他不动声色地转移了话题。"顾长官!"他对顾祝同说:"我看,在这种形势下,最好的办法还是得借重胡长官,让他的精锐部队,好好打个胜仗,好好教训教训跟进的共军,这样才稳得人心、军心,鼓舞士气。不然'川西决战'不好打啊!"说着扣了扣脑壳。

顾祝同明明知道刘文辉、邓锡侯是在敷衍塞责磨嘴巴劲,但他并不发气,只是阴阴地一笑,看了看戴在手腕上的金壳表,开始骑驴下坡。

"自乾兄、晋康兄!"顾祝同说:"时间不待了,我们不谈公事了,下午再谈。二位就请在这里随便吃顿便饭,我这里通知人给厨下说一声,加几个菜,我请客!"

"情领了。"刘文辉婉拒,摇着手说:"我胃不好,得回去吃粑和点、热和点的东西。"

"我吃得清淡!"邓锡侯也是拒绝。顾祝同设法稳住刘、邓后,到隔壁机要室用专用电话向蒋介石作了报告。蒋介石听后略为沉吟,让顾祝同和胡宗南,还有刘、邓一起到北较场中央军校去,说是他请他们吃午饭,另外,还有些事情说。

刘文辉、邓锡侯知道这顿饭不好吃,但不能不去。

那天吃饭的有顾祝同、胡宗南、刘文辉、邓锡侯、蒋经国、张群。人不多,菜也不多,但精致,大都是川菜。吃饭时,蒋介石先大而言之地说了些国难当头、地方要与中央精诚团结之类的话后,转上了主题。他要刘文辉饭后立即以"川西决战指挥部"的名义,给他西康的部属下令,命令是两道:一是命令西康省代主席张为炯并康地民族首领们,迅速组织起百万民军,于七日内分批向成都开拔;二是给24军代军长刘元瑄下令,将24军散布于康、凉、雅三地的所有军队,立即分批到

64

雅安集结待命。时间是三天！三天之内，第一批24军官兵务必到达指定位置。若是需要，中央有关部门可抽调出一千辆大卡车紧急赶赴康地，将24军向成都紧急军运，并要顾祝同负责督促实行！

"是！"顾祝同应声起立，回答得很干脆。

"自乾呢？"看刘文辉没有表示，蒋介石盯着刘文辉问。

"是。"刘文辉表面上很镇静。

蒋介石又看了看邓锡侯，脸上显出一些杀气。

"自乾、晋康两位将军！"蒋介石说："外面最近对你们可有不少风言风语，说你们与中央离心离德，嗯？"说着鹰眼闪霍，盯着他们。

刘文辉、邓锡侯都做出一副惊讶莫名的样子，他们请委员长说清楚他们如何与中央离心离德？

"这个嘛，说，就让这些人说去。我要的是事实，只要你们有实际行动，这些话，也可以说是谣言，马上就会不攻自破的。"蒋介石说时看着刘文辉："最好的证明，就是你刚才答应我马上下发的两道命令，是不是真心？很快就可以证明！"说到这里，蒋介石用一双鹰眼阴鸷地看了看刘、邓，威胁道："如果不然，非常时期，为了党国的利益，我只好将你们的家眷先行送到台湾去！嗯？"

显然，蒋介石是想要将他们的家人先期弄去台湾，作为人质来要挟他们。这样一来，蒋介石也暴露了一个问题，原来他对他们仅仅是个怀疑。这让刘文辉和邓锡侯心中有了底。

刘文辉再次表示，坚决执行命令。

"晋康呢？"

"我的部队不是遵照委座命令，调出成都，沿郫县都江堰一线布防了吗？"邓锡侯做出一副莫衷一是，很委屈的样子。

"唔，是的，是的。"蒋介石这才意识到自己前言不搭后语，马上说："好的好的，通知你的部队随时准备接受'川西决战指挥部'的命令！"

邓锡侯马上依法炮制，站起来胸一挺，大声说："是！"

饭局结束回到黄埔楼上，蒋介石对蒋经国说："我知道你和胡宗南还是最不放心刘文辉，是不是？"看蒋经国不吭声，蒋介石得意地说："你没有看我给刘自乾下了命令，而且给他规定了时间，三天！他是不是真心？是不是对党国存有二心，三天时间就可以说明。他，还有邓锡侯，都捏在我的手心里，我就不相信他们能打出我的手板心，嗯?!"

"三天，三天？"蒋经国似乎欲言又止，坐在沙发上的蒋介石仔细打量着儿子的神情。随着时局的恶化，儿子蒋经国在他心中的分量越来越重。而且，他知道，蒋经国是美国人心中的希望之星。淮海之战后，本来在军事上他尚可以同共军一战，但无奈经济先崩溃了。如果将他握在手中的"戡乱反共"战争，比喻为一辆轰隆隆全速向前开进的战车，那么，经济就是这辆战车必须的油料、武器；而这些已近乎枯竭，美国继任总统杜鲁门不肯援助，而且连他向杜鲁门提出的，仅仅由白宫发表一篇在道义上支持他的宣言，也被断然拒绝。这个时候，蒋经国在上海开展了"打老虎"运动，即实行的"金圆券"新经济政策，至少在经济上争取了一年的时间。

蒋经国的长相酷似其母毛福梅。蒋介石一生有过四次婚姻，除了毛福梅外，以后还有姚冶诚、陈洁如。不过，她们两个都是不算数的，因为蒋介石与她们没有办过正式的结婚手续。在与宋美龄正式登记结婚前夕，与他正式办理离婚手续的只有毛福梅。因此，蒋介石只承认一生中有过两次婚姻。他与毛是包办婚姻，当时他只有十四岁，毛福梅还比他大些。在他去日本东京士官学校留学期间，毛福梅在老家浙江奉化老宅丰镐房生下了儿子蒋经国。

蒋介石与毛福梅离婚后，毛福梅因为与婆婆王采玉相处很好，沿袭老家的习惯，离婚不离家，在家一心侍奉婆婆，直到婆婆王采玉去世。

蒋经国出生于1910年冬天。1925年秋天，在他十五岁时，蒋介石将他送到苏联莫斯科中山大学留学。与他一同去的有六百多人，大都是国民党要员、元老的子女。在班上，蒋经国与从法国辗转而去的共产党人，当时叫邓希贤的，现在一直率军跟在他们后面追的邓小平，是年龄最小的两个。而且，蒋经国当时与邓小平的关系还不错，不意现在竟成了冤家对头。

在苏联留学期间，蒋经国表现得很激进。他不仅加入了共产党，而且，1927年，当蒋介石对共产党人大开杀戒时，时年十七岁的蒋经国多次走上讲坛严厉谴责蒋介石在上海发动"四·一二"反革命政变。在《消息报》等报刊上发表声明，与蒋介石划清界限；带着同学们到国际大厦前游行示威。但是，斯大林并不信任蒋经国，加上王明的调唆，斯大林将他看做是"红皮白心"的共产党人；后来把蒋经国作为共产国际要挟蒋介石的一个筹码，并被苏联政府送到了莫斯科附近的石可夫农村劳动了一段时间。

西安事变后，国共关系出现回暖趋势。最后还是经中共中央副主席周恩来出面，斯大林才同意蒋经国带着他的苏联妻子蒋方良和儿女们回国。

最初蒋介石很生蒋经国的气，不愿见他；还是他的心腹秘书陈布雷劝说他，说经国在苏联说的那些话，写的那些文章，实在是身不由己！蒋介石这才见了儿子。

在西湖畔的西泠饭店，按照中国的旧礼教，蒋经国见到父亲双膝下跪，叫了声"爹爹"眼圈就红了。父亲赶忙叫他起来，也不禁老泪长淌。他要蒋经国回家乡溪口闭门读书，并指派北洋军阀徐世铮的儿子、曾作过江苏省教育厅厅长的政学系少壮派徐道邻为蒋经国的老师，辅导他学习中国的程朱理学。

此时，与蒋介石解除了婚姻关系的毛福梅心情苦闷，万念俱灰，天天念佛。溪口有个大摩诃殿，是她与已经去世了的婆婆王采玉的礼佛所在。

蒋经国回到家，一眼就看见堂屋上坐着母亲和一个与母亲年龄相仿

的中年妇女。原来母亲是想试试他的眼力，看看已经离家十二年，离家时还是个少年的蒋经国还能不能认出谁是他的母亲？蒋经国一眼就认出了母亲，趋前两步，"扑通"一声跪倒在母亲面前，叫了声："妈妈，我回来了。"让母亲毛福梅惊喜莫名，一时疑为梦中；喜得浑身颤栗，扑上去紧紧抱着儿子。母子两人失声痛哭。母亲边哭边说："娘天天吃斋念佛，就是盼你回来。你终于回来了，你是娘念佛念回来的……"

蒋方良到家后，第二天就下厨帮忙，母亲很喜欢这个勤劳朴素的俄国媳妇。

以后，蒋经国到赣南地区当了专员。生活安定了，他曾多次要接母亲去赣南共享天伦之乐，可是都被老太太拒绝了，故土难离。1939年秋天。日机轰炸奉化一带，毛福梅被日本飞机炸死。蒋经国得知消息赶回老家，长跪在母亲灵前眼泪长淌，咬破了自己的嘴唇。他在安葬母亲遗体的摩诃殿前，饮泣写下"以血还血"四个大字作为母亲的碑文。

蒋经国将他的赣南地区经营得很好，有"蒋青天"之称。但最能充分表现蒋经国才具的是1948年在上海试行的"新经济政策"。

最初，蒋经国雷厉风行，在两天的时间内，出动了上海六个军警部门，对全市金融机构进行督查，并昭告上海市民，持家中所有黄金白银去银行兑换金圆券。说是："凡违背法令及触犯财政紧急措施条文者，商店吊销执照，负责人送法庭法办，货物没收……"他选拔了一万二千三百三十九个热血青年组成了"打虎队"。在十天以内，到街上游行，并带着武器到工厂、商店强制执行；甚至不惜翻箱倒柜、挖地掘墙搜查黄金白银。最初的成绩也着实可喜，在一个月的时间内，就收兑了黄金、白银、外币共计美元三亿七千三百万元。但是，蒋经国后来触动了有后台撑腰的"扬子公司"，逮捕了大姨妈宋霭龄的大公子、"扬子公司"经理孔令侃。宋美龄闻讯大发雷霆，不依不饶，逼着蒋介石下令要儿子蒋经国收手放人。蒋介石向夫人妥协了，让蒋经国强力推行的新经济政策破产。哎，没有办法，谁叫是夫人出面呢！平心而论，夫人宋美龄一生就求过他那一次。他觉得，连他的命都是夫人在西安事变中给他捡回来的，他没有理由不同意夫人的请求。因此，他明知夫人不对，还是依了她。西安事变中，大权在握的何应钦明明要他的命……是夫人站出来坚决反对！夫人背后站着的是美国！夫人在朝中很有势力、很有威信！是夫人逼着何应钦收了手。当时，在西安，他的处境凶险万端，随时有生命危险。他写信叫夫人千万不要到西安来看他，可夫人就是要来。临下飞机前，夫人将一只小手枪递给她的顾问端纳，对端纳说：如果到了西安有什么不测，你就拿这只手枪打死我……

父子俩人一时无话。

这时，俞济时前来报告，说毛人凤有要事向委员长报告，蒋介石说："让他进来。"

毛人凤疾步走进来，在蒋介石面前一站，胸一挺，敬了个礼后，报告了一个惊人的情况，说是发现刘文辉在宽巷子 11 号的小公馆里设有秘密电台，而且最近几乎每天公馆都在用密码向外发报。可是，就在今天午后不久，这个电台神秘地中止了发报……

蒋介石略为沉吟后，吩咐毛人凤："不要打草惊蛇，你给我继续秘密监视。有情况随时向我报告。记住，没有我的命令，任何人不得擅自行动，嗯！"毛人凤接受命令离开了。蒋经国看父亲一副胸有成竹的样子，就什么都不说了，他要父亲好好休息，然后到隔壁自己房间去了。

第六章　蒋介石夜里被噩梦惊醒

风声有鹤唳，偏吓破胆人。大厦已然颓，小心只使船。

落地深紫金丝绒大窗帘仅仅稀开一条缝；他站在窗前，顺着这条缝往外看去。大墙外两百余米处是片萧索的菜地；地里兀立着几个低矮的、竹架支撑、谷草盖顶的，像是两片相互支撑着的瓦似的发黑的窝棚。其中有个衣衫褴褛神情精明的小伙子伫立棚外，正在目不转睛地盯着黄埔楼上看。他当时没有太注意，因为思想上正走马灯似的运筹着下一步计划。可是，训练有素的职业军人的一种潜意识浸透脑髓，让他这会儿在一种潜意识中醒悟了过来。一种不祥的预感立即攫紧了他，他感到了迫在眉睫的危险。

戴笠的死让蒋介石感到悲哀，要是他在，自己至少不会在安全问题上伤脑筋……

成都中央军校城墙外，有一大片菜地。菜地中，挂着一个个低矮的不起眼的小窝棚。

在这个冬日的黄昏，蝙蝠在菜地上空乱飞，四周一片阒寂。寒风阵阵，干冷干冷。枯树上寒鸦聒噪，连野狗都陆续归巢了。然而这时，却有个守菜的年轻人斜靠在一个窝棚上，神情专注地打量着高墙里的黄埔楼。

他有二十来岁。尽管穿着一身臃肿的油渣子棉衣，却掩盖不了其勃勃的青春；不高不矮的个子，匀称的身材，清癯的脸上有双灵动的眼睛，他叫彭青枫，是大巴山游击队的一个战斗骨干，不久前由地下党派来成都执行特殊任务的。

那天也是这样一个天打麻子眼的时分。他跟着佝偻着身子、头上缠着白帕子、双手抄在袖笼里、嘴上衔根尺来长叶子烟杆的王二爸，沿着寒气越发加重的田坎来到这片菜地。

王二爸走到几个蘑菇似的窝棚中央的空地上站定，他是其中一个窝棚的主人。慢慢地从嘴里扯出叶子烟杆，很响亮地清出两口痰吐在地上，哑着嗓子吼道："各位拿耳朵听着，我带来了一个小伙子。人很可靠，他愿意在这寒冬腊月天来帮大家看菜守棚子，白天黑夜都守，光吃饭不要钱。快过年了，有他顶，大家免得在这里受罪。问一声大家，干不干？大家都言语一声。"

显然，这种廉价劳动力是受欢迎的。王二爸的话音刚落，黄昏朦胧的窝棚里就伸出了一个个头，像是一只只长颈项的鹅。

"各位该晓得我隔壁的苏打更匠哈？"王二爸拿着叶子烟杆指着来人介绍："这小伙子就是苏打更的亲戚，叫他彭娃就是了。他们川北乡坝头遭了灾，他这是上省来寻碗饭吃的。"

"各位老辈子多多看照。"叫彭娃的他很乖巧，赶紧说好话，并向各位棚主打躬作揖。

"对嘛。"一个嘴喷酒气的红鼻子中年汉子表示赞成："反正田坝头大宗菜都卖完了。彭娃是苏打更的亲戚，又是你王二爸引来的，有啥说的？得行，我们明天就一家出一碗米。不过话要抖清，菜丢了要他赔！"

"保险得行。请放宽心。"彭娃连连保证。

"当真只吃饭不要钱？"一个矮子还不放心，倚着棚子问。

"哪个没事跟你日白（说闲话）哟!"王二爸不屑地吐了泡口水。

"要得嘛。""要得。"于是，几个棚主异口同声表示认可。

红鼻子中年汉子巴不得回家抱着婆娘拉伸睡。他收拾铺盖时，流兮兮地调侃彭娃:"你娃娃不要弄些烂婆娘到这里睡哈! 不然，你两天屁股一拍走了，我们几辈子都霉不醒!"

"咋个说得到这些?"王二爸赶紧给顶了回去:"他是个嫩水水娃娃，哪像你色迷心! 他哪有心情说这些。"说着看了看彭娃:"你说是不是?"精明的彭娃连连保证:"不会，不会，请老辈子们放心!"

"莫涮坛子（开玩笑）了!"王二爸把烟杆在鞋底上拍得山响；再吹了吹，顺手插在那头上缠了三转、形如头箍的白帕子里。

"彭娃，我的铺笼罩被就不拿回去了，你用。"王二爸这样向彭娃作了交代后，抄着手，同几个棚主趁最后一线天光慢慢往家走，他们边走边展言子:

"那娃娃是个瓜娃子。"

"憨痴闷棒的。"

"珍珠掉进盐罐里，宝得有盐有味的。"……这些汉子正话反说，看得出来，他们对彭娃是放心的、喜欢的。棚主们说一阵笑一阵，然后消失在寒风萧索的天地里。

就这样，他在这里顺利安下了身。现在，他是在等人。他要参与一个重大的军事行动——谋杀蒋介石。

眼前，黄埔楼上的灯挨次亮了，在夜海里闪烁游移，像鬼眨眼似的。彭娃的眼睛也亮了，忽听脚步声，他转过头，见谢云昌来了。他三十多岁，身材修长匀称，举手投足干练机智。他原是解放军二野的一个炮兵连长，现在是炮打蒋介石的三人战斗小组组长。

"咦。龟儿这几天咋怪头怪脑的!"小彭看着黄埔楼说。

老谢循着小彭的目光，注意看去，只见黄埔楼三层楼上所有的房间的灯都亮着；一丝警觉不禁挂上了他的剑眉。

"小彭，"老谢深思着问，"自你来后，黄埔楼上的灯光天天晚上都是这个样子吗？"

"不。前天晚上才开始的。"小彭说时，他们躬身进了窝棚。

"是不是我们有什么不注意的地方，或是有什么地方有所疏忽，引起了里面的警觉？"老谢沉思着问小彭。

"没有。"小彭很肯定地说这话时，棚外响起了一阵由远而近的、沉重而熟悉的脚步声。

"马不然来了。"话未落音，老马已站在棚外。

"接着！"随着老马的腰一躬，递进来一捆用棉絮裹着的东西，看样子很沉。

小彭赶紧接过来，放在草席上，解开，里面是一门用油布裹着的崭新的迫击炮。

夜猫子一般梭进来的马不然，影影绰绰中，看得出，他身量中等敦实，动作灵活。一看就知道是个训练有素的军人。

"小彭，摸清老蒋住在哪间屋没有？"马不然大大咧咧地问时，随手从棉衣里摸出一瓶泸州大曲酒、一包花生米、一包牛肉干放在草席上。

"老谢，"马不然掉头看着组长说："不是吹！只要小彭摸清了老蒋住在哪间屋里，我保险一炮就可以将老蒋送上西天。"说着，仰起头来，嘴对着酒瓶，喉结一动，酒就下去了一大截。马不然原是刘湘部的一个炮兵排长，后来在战场上反正过来的；是一个神炮手，打迫击炮有百发百中的本领。

马不然喝了一大口酒后，把瓶口用手一抹，顺手递给了组长，"天冷！"他说："干几口热和热和！"

组长接过来，却没有喝，想了想说："我看事情还不好打整。"

73

"咋个呢?"马不然有些吃惊:"未必煮熟的鸭子都会飞?"

"你看那楼上的灯。"组长用手指着窝棚外漆黑的夜幕中高墙那边大放光明的黄埔楼,沉思着说:"这楼上的灯,要亮一起亮,要熄一起熄。你晓得哪盏灯是蒋介石的?我觉得咋个有些不对劲?好像是专为对付我们似的,莫非老蒋闻到了啥子风声?"

"老蒋闻到了风声?不会。"马不然的神情是不以为然的:"老蒋闻到了风声还不早溜了,他的命那样金贵!要不,也早出事了,还等得到这时候?老蒋犯得着和我们在这里玩老鼠捉猫的危险游戏?"老马说着又掉头问小彭:"这种现象有几天了?"

"就这两天。"

"我敢断定,他老蒋未必闻到了我们的风声,只不过是老蒋平生性格多疑、诡诈……"马不然的解释,看起来也合情合理:"他龟儿老蒋这是心虚,故意布下一个迷魂阵,生怕有人害他。这就叫真真假假、虚虚实实;虚中有实,实中有虚。我看老蒋肯定还是住在黄埔楼上,内线带出的消息也是这样的嘛。麻烦的是,我们现在不知道老蒋究竟住在哪间屋里。不过,也不要急,只等我们内线的同志传出准确情报,我们就开打,到时看我老马的手段!"马不然说话那口气,好像他很有把握似的,好像他才是炮打蒋介石的三人战斗小组组长。说着,满不在乎地又抓起酒瓶喝了一口,黑暗中,准确无误地将几颗五香花生米投进自己嘴里;一看,就是一个酒鬼,言谈举止间,有种玩世不恭的兵油子意味。

组长老谢一时显得有点儿拿不定主意,他征求二人的意见:"现在情况有些蹊跷。为了保险,我看老马还是趁夜把迫击炮扛回去稳当些。等弄清了老蒋的确切行踪后,再把迫击炮扛回来,你们看这样好不好?"

"还是先把迫击炮窖在这儿吧,扛来扛去的反而容易出问题。"马不然固执己见。

"小彭，你说呢？"组长征求他的意见。

"先窖在这儿也好。"小彭也这样说。

"那也好。"谢云昌犹豫了一下，觉得自己或许是多虑了些。他准备将这个新情况反映给川康军事小组组长董重再说下文。

他们当即将草席揭起，拨开谷草，用铁锹挖了一个坑，将油布裹得严严实实的迫击炮窖好后，再依次复原。

就要走了，老谢是个很谨慎的人，发现老马有些醉意，怕他出去出意外，要他等一会儿酒意过后再走，并要小彭照顾老马；又再三嘱咐小彭，这几天要特别谨慎，不要在窝棚外东张西望的，尽量不招人眼睛。并约定，明天晚上十二点三人再到这个窝棚会合，听他传达上级指示。随后，老谢像来时一样，狸猫般敏捷地闪出窝棚，乘着夜幕而去。

蒋介石最近行踪不定。经验告诉他，老住在一个地方是危险的，特别是在这样一个非常时期。而这夜，他住在中央军校黄埔楼。

夜已深。古城成都已经安睡，而蒋介石却长久地呆坐在沙发上，保持着职业军人才具有的正襟危坐的姿势。他在想，三天！三天之内，刘文辉会不会出问题？如果出，事情就大了。虽然他的主意已定，三天之后再说，但经国的话在他心中是有分量的；尽管一言九鼎，向来唯我独尊的他，再三再四强调"川西决战"不准任何人再有异议。但他看得出，儿子对他的"川西决战"是不以为然的，特别是对他在处理、对待刘文辉的问题上，是有保留的。当然，蒋经国的担心不无道理，但就是三天，三天就清楚了。

之前，就"川西决战"和刘文辉、邓锡侯这些人的问题，他也曾经私下分别征求过张群、王陵基的意见。这两人虽然搞不到一起，但在如何看待刘文辉、邓锡侯还有潘文华的问题上却是一致的。他们都认为，刘、邓、潘无论如何不会倒向共产党。这就更加坚定了他在这件事上的看法。张群是"智多星"，王陵基"王灵官"也不简单！也可以说，"智多星"张群和"王灵官"王陵基这两个目前他信任的人，是他的后台。而蒋经国的后台也不简单，是同共产党打了一辈子仗的胡宗南。

胡宗南和王陵基现在是他的左膀右臂，前者主军，后者管民，都是靠得住的；都是他深为倚重的；都是被共产党恨之入骨，上了中共高层拟定的战犯名单的。而二人在对待"川西决战"上，却又是见解不一。王陵基坚决支持川西决战，胡宗南不是。听说胡宗南还有个理论，叫做清扫后庭、夯实后庭！

想到胡宗南，这就不由得想起，与胡宗南一样，同是浙江老乡，同是黄埔军校毕业的，深受他器重、信任的另外两个学生：戴笠（字雨农，号春风）、陈诚……

胡宗南与戴笠关系很好，却与陈诚不睦。戴笠极具特工天赋，是原先军统局的局长，被西方世界称为"中国的希姆莱"。希姆莱是原德国纳粹头目，希特勒的红人。戴笠在黄埔军校毕业后，随他北伐。那时，蒋介石就发现了戴笠很鬼，是个谍报人才，但对他的认识不深。以后蒋介石下令成立了一个隶属于中央军事委员会的谍报科，戴笠是科长，不过几个人，两台破旧的收发报机，办公地点在南京一条不起眼的小巷里——鸡鹅巷，名字也不好听。不意其间，戴笠却鼓捣出了一件大事，扬了大名！那就是珍珠港事件前夕，也就是在日本人准备奇袭美国人设在珍珠港的美国太平洋舰队司令部前夕，戴笠破获了日本人的秘密，依次报告上来。当时蒋介石没有在意，他压根想不到戴笠他们几个人有这样的能耐。但美国是中国的盟国，他让有关方面将此事转给了美国人，却差点儿让美国人笑掉了大牙。

美国上层认为，这是中国穷极无聊，想拉美国下水。那是 1941 年，中国的抗日战争已经进行了四年。也就是说，积贫积弱的中国单独与穷凶极恶的、原先想三个月消灭中国的日本打了四年。1941 年的世界，阴云笼罩，黑云压城城欲摧。日本与德国、意大利组成了轴心国，企图通过第三次世界大战瓜分世界。美国是世界上最强大的国家，这时却隔岸观火，对日本军国主义采取绥靖政策。结果事实证明，戴笠提供的情报准确无误。美国被日本炸惨了，整个庞大的太平洋舰队几乎在珍珠港事变中被突袭的日军炸毁净尽。于是，美国对日宣战。这一下，戴笠声名鹊起，自然也受到了蒋介石的重视。蒋介石将戴笠原先的谍报科升格为军统局，戴笠任局长。由此，在很短的时间内，戴笠的力量迅速扩充、膨胀，很快就发展成为在册人数二十万，在国内外谍报网密布的，在国际上都有数的军事组织，美国海陆空三军争相拉拢、争夺"中国的希姆莱"。最终，戴笠同美国海军联手，在重庆歌乐山建成了由戴笠为主任，梅乐斯为副主任的中美合作所。由美方出先进武器先进设备，旨在双方共同抵抗日本，共享情报。抗战胜利后，这个情报所的性质发生了变化，变成了镇压共产党人的专门机构。

蒋介石又想起陈诚。抗战胜利后，在他对共产党大加挞伐前，曾经专门找大权在握的军政部部长陈诚来问，问他消灭共产党和抗日力量已今非昔比的共产党军队有没有把握？陈诚气宇轩昂地把胸脯一挺，很有把握地说，保证三个月消灭共党共军。结果呢？事实证明陈诚是在吹牛。而且陈诚做的蠢事还不止于此。抗战后，汪精卫的皇协军，还有东北溥仪伪满洲国遗留下来的几十万训练有素、装备也还先进的部队，本来是可以吸收过来的，却全被陈诚裁了。这就被共产党接了过去，经过改造，为我所用。陈诚实在是"为渊驱鱼，为丛驱雀"，蠢到顶了。

而戴笠却屡屡立功。比如，他在处理南京汪精卫叛国集团和华北王克敏叛国集团时，就能分清轻重缓急，为我所用，化腐朽为神奇。特别是毛泽东要来重庆谈判时，戴笠曾向他建议，由军统局出面，将毛泽东干掉。戴笠说，这样，国共之战可以避免云云。他当时听都不听，把戴笠臭骂了一顿，骂戴笠混账！说，你不想想我蒋某人在抗战中是东南亚同盟军总司令，又是世界上四大国的领袖之一，我是对美国人保证了的：保证毛泽东的安全。你这个下三烂的手段一用，叫我蒋某人怎样在世界上立足？嗯?！他声色俱厉，将戴笠骂了个一佛出世，二佛升天。后来戴笠在乘坐飞机时，不幸在南京附近的戴山殒命。此后，戴笠的生前死敌陈诚，还有中统局领导人陈果夫、陈立夫兄弟联手，强烈要求撤销军统局……因为多方面的原因，更主要的是戴笠不在了，他就将军统、中统合并，成立了保密局，由原戴笠的副手毛人凤任局长。而这个毛人凤和他的保密局，则与戴笠和他的军统局没有一点儿可比性。

时至今日，想起戴笠在重庆谈判前夕说的话，他有些后悔。当然，这些他从来没有在任何人面前提起过，哪怕就是儿子经国。毕竟，这些想法见不得人。

戴笠之死，现在想来都感到蹊跷——

那是1945年的春节。作为委员长的他，在窗明几净的书房里写春联，耳中可以隐隐听到大街上传来的鞭炮声。鞭炮声"噼噼啪啪"响个不停，打机关枪似的，很是喜庆。这是经过艰苦的八年抗战后，陪都重庆的第一个春节，到处喜气洋洋，连空气中都觉得出温馨。

这天，他起得很早，刚去国府出席团拜会回来。抗战胜利了，气氛大不同，处处都感觉得出来。以往，冯玉祥这样的人，见到自己总是假装没有看到；而今天，自己一到国府，冯玉祥马上就迎上来，紧紧握手，笑逐颜开，说个没完，亲热得不得了……

他沉浸在欢愉的气氛中，思索着，神采奕奕。

一缕金色的阳光透过窗棂，洒进屋来，在打过蜡的地板上闪烁游移，编织出一个个跳跃的、梦幻般的图案。古色古香的书房显得特别明亮。

摆在屋子正中那张硕大、锃亮的书桌上，副官为他研好了香墨，摆好了裁剪成一条条长杠杠的红纸后，站在一边侍卫，以备使唤。研墨用的不是端砚，而是鲜为人知的苴却砚。这种砚质地细腻沉重，很名贵，上面镶嵌着多个色彩各异、形态不一的满天星或"猫眼"，可作为单独的艺术品欣赏。当年曾被拿去巴拿马博览会参展，极为轰动。这种砚，止于滑而发墨；呵气研墨，历寒水冰，久贮不干。

身穿民国大礼服的蒋介石来到书桌前，面对窗户，从笔架上提起一只中楷狼豪毛笔，饱蘸墨汁，悬肘，"嗖、嗖、嗖"地在一张红纸条上写下了八个大字：元旦开笔，国事迪吉。

写完，放下毛笔，退后一步，端详良久。他的字写得还是很有功力的。小时候他读私塾时练的是楷体，以后练过柳体，魏碑也练过一段时间。被称作"圣人"的康有为就说过，练字务必要练练魏碑，魏碑沉雄有力；练好了，以后不管写的是哪家字体，即使是"我体"，内中也有一分魏碑的浸润。或许性格使然，或许是体形相似，他最爱的是柳体，写得最好的也是柳体。现在他留在纸上的，实际上是柳体的变体，内中有一部分他的发挥——"元旦开笔，国事迪吉"八个大字，字如其人，笔笔画画都写得硬邦邦的。

他眯起眼睛端详良久，大概意犹未尽，又在一张红纸条上写下了"元旦书红，世界大同"。

"大令！"他放笔时，朝里间喊了一声。夫人宋美龄应声出来了。那天她穿一件黑天鹅绒旗袍，一头油亮丰茂的黑发在脑后挽成一个髻，皮肤光滑红润，身材窈窕，丰满合度，步履轻盈，仪态典雅，显得比实际年龄小。她除了耳垂上戴有一副滴溜溜的翡翠耳环外，全身上下没有多余的装饰，流露出一种自然的雍容华贵的气息。

"你看我今天的字写得怎么样？"他指着书桌上的两幅字问。

"写得好极了。"夫人端详着两幅字，笑吟吟地连声赞叹："每个字都写得又漂亮又显功力。一样大小，间隔均匀，墨汁也好，又黑又浓，就像你今天的人，精神饱满。"宋美龄虽然从小在美国长大，应该说对中国字没有多少研究，但她毕竟是大家出身，有很好的中国文化根基，人也好学聪明。她这一番对字的评价并非溢美之词，显示了她在这方面有很高的水平。

"看来，字写得好不好，不仅要看功力，还得要看精神。"他被夫人说得高兴了，呵呵笑道："足见我的精神还不错吧?"

"那是。"夫人说："我感觉你最近各方面都表现得很有精神。"

"我感觉也是。"

"那你得谢谢我。"

"我为什么要谢你?"

"因为我给你从美国带回来了盖世维雄，维——他——命!"……

这自然是夫妻间的谐趣斗嘴了，副官懂事，早就躲了出去。而这时，他的书房门外响起了一声轻轻的咳嗽声，是夫人的贴身女佣王妈的咳嗽声。在这种场合，只有王妈才敢来打扰。王妈这一声咳，打断了夫妻两人刚刚开始的很有情趣的调侃。

"王妈，有事吗?"夫人在书房里问。

"是。"王妈在书房外答，她说着一口北平官话，带着夫人家乡海南文昌地区的尾音："戴先生来了，他说是奉先生命令来的。"夫妻相视一笑，毕竟是搞特工的，戴笠就是会收买人心。如果换成他人，王妈才不会来说的。

"唔，那就叫他进来吧!"书房里传出他一口浙江奉化味很浓的北平官话。

当军统局局长戴笠进来时，夫人已经进里屋去了。蒋介石在靠窗的一张沙发上正襟危坐，面前的茶几上如同往常一样，摆了一杯清花亮色的白开水。

戴笠站得端端正正，问了声："'校长'好!"挺胸收腹，行了个标准的军礼。戴笠总是称蒋介石为"校长"，这是戴笠的心机。蒋介石知道，戴笠对他这样称呼，容易唤起"校长"对他特殊的感情。

"唔，戴科长，你坐！"虽然戴笠已是军统局的少将局长了，但蒋介石总不记得，叫顺了口，总是叫他"戴科长"。过后蒋介石听说，戴笠对他这个叫法很不满，而且认为给的官也小了，说是"校长"在这些事上，总是把我忘了。如果真是评功，我戴笠早该是中将、上将了。过后想想，也真是。

那天蒋介石心情很好，让戴笠在对面坐下，不像往天见到戴笠总是狠声莽气，不给好脸色看，这并不是他不喜欢这个军统局局长，而恰恰相反，见面就打哈哈的人，比如冯玉祥，他就并不是真心喜欢，而是戴上了一副假面具。越是他视为心腹的人，表面上越是严厉。戴笠已经习惯了"校长"见到他时的声色俱厉。然而，那天一见"校长"笑嘻嘻的，戴笠反而一怔，做出一副受宠若惊的样子，半边屁股坐在凳上，半边屁股悬起。过后蒋介石才知道，唯一让戴笠心中不好受的是，作为"校长"的他总称戴笠为"戴科长"，那是戴笠早前的职务。不过，戴笠没有流露出来，一副毕恭毕敬、敬听领袖训示的样子。戴笠就有这样的本事。

"唔，你这次南京、上海之行，任务完成得不错。"他对戴笠说："不仅妥善处理了汪精卫伪中央要员们，如周佛海，这样的人留下来，对我们以后还是有用的。再就是将冈村宁次大将保护了起来，这个日本将军在军事上还是很有一套的，为我们以后对付共党共军大有裨益。特别是，从他手上接过了日军同共军的历次作战资料，这可是比什么都重要。"

"全靠'校长'栽培！"戴笠说时将胸口一挺，虽然心中大喜，但表面上并不露形。

"何应钦总司令今天早晨在载波电话中向我报告，东南沿海大城市，他已派兵全部占领。这下我就放心了，共产党的军队进不去了。"他如释重负地舒了一口气，随手端起杯子喝了口水，觑了一眼表现得毕恭毕敬的戴笠，对他诚惶诚恐的样子很满意。

"听说，这次何总司令去南京受降，有关日军受降部队的种种资料，还有何总司令所需电台都是你为他提供的？"

"报告'校长'！"这话问得正中戴笠之意，乘机奏了陈诚一本，语气中流露出诸多不平："陈辞修一当上军政部部长就辜负了'校长'的期望、栽培，一味意气用事，不以大局为重，对何总司令百般刁难。"

奇怪，戴笠、陈诚这两个最不该互相攻讦的人，却总是这样，不是你戳我的鼻子，就是我戳你的眼睛。

"我就不懂了。"蒋介石说："你戴雨农、还有胡宗南、陈辞修，都是我的学生，黄埔同学中的佼佼者，党国的栋梁。为什么你同胡宗南关系好得亲如兄弟，而同陈辞修却是格格不入？"

"报告'校长'！"戴笠牢骚满腹地说："陈辞修这个人总是自以为是、私心重，有野心。"

"好了，好了，我们不说陈辞修了。"他笑笑，挥手制止；随即抬起头看看自己深为器重的这个特务头子："嗯，美国人对你很赏识。这次乔治将军代表美国海军部来华访问，给你带来了一个好消息。"

戴笠一听大喜，一颗心都快要跳出来了，但他没有说话，当然更没有问，只是全神贯注地看着"校长"，等着"校长"将好消息告诉他。

"鉴于你在八年抗战期间，同美国海军在陪都中美合作所的良好合作，美国海军部部长向我提出，由你出任战后我国海军部部长；当然，他们为此开出了许多条件，比如，由你担任海军部部长后，美国海军对我的全面支援等等。"他说时，又端起那杯白开水抿了一口："我答应美国人了。"他说这话时，声音不大，但对戴笠来说，简直就是响过了一阵动人的春雷。

戴笠并不满足，他要求由他组建警察总部，兼任警察总部部长。如果成功，戴笠就可一手遮天了。

"你是有这个才干的。"他说："不过，考试院院长戴季陶说你兼职太多，他向我推荐李士珍担任此职。戴院长同我的关系，你是知道的。我们是多年的好朋友，当年一起留学日本，后来回国在上海又一起共事。戴院长对党国的贡献颇多，他是党国屈指可数的反共理论家。他那'举起右手打倒共产主义，举起左手打倒帝国主义'的名言，想来你也还记得吧?"

"那么，'校长'的意思是不是要将警察总监这个位置给李士珍?"戴笠急了。

见戴笠的样子，他把话说得活络了些："究竟由谁担任此职，还未定，以后再议吧!"看戴笠听了这话，脸色好了些，他给戴笠交代了一个任务：春节后，去一趟北平，解决原日伪华北王克敏临时政府汉奸集团问题。因为，全国人民要求严惩华北王克敏临时政府和南京汪精卫集团这两个汉奸集团的呼声日高，但南京汪精卫集团应当缓行，因为汪精卫死在了日本，"代主席"陈公博被抓后枪毙，周佛海手中还很有权，周放出话来，东南沿南方面，究竟是姓共还是姓蒋，不过是我周佛海一句话，对周得施优柔之计。他交代戴笠，在北上处理了王克敏等人后，径直飞去上海，检查、督促美国海军替我们向东北火速运兵一事……

"是。"戴笠霍地站起身来，大声答应："时间紧急，事不宜迟。我将家中情况向毛人凤做一些交代，最迟两三天之内动身去北平，请'校长'放心!"

戴笠这个人相信算命看相这一套，他当天接受任务后，便坐车去了重庆沧白路，要去找一个据说算命看相很准的叫仇庆荣、人称"仇神仙"的摸骨算命的先生。到了沧白路，戴笠让司机华永时将车停在一个不引人注目的地方，人不离车地等着。他和副官贾金南简单地化装后

83

就去找算命先生了。

据说那天"仇神仙"给戴笠算命很神。

"仇神仙"体形消瘦，身着一领道袍，花白的头发在脑后挽成一个髻。三寸宽的寡骨脸上，戴一副黑膏药似的墨镜，颌下一部飘飘冉冉的山羊胡，有点儿仙风道骨的意味。判断不清他的确切年龄，从精神、动作来看，仇庆荣不过半百。但既称之为神仙，那就不能用凡人的眼光来看了，说不定这个"仇神仙"已经经历了几个轮回。

轮到戴笠时，他让副官贾金南先去。

仇瞎子昂起头，只靠两只手在贾金南脸上、手上摸来捏去。

贾金南问："我要不要报出生辰八字？"

"不用，不用。"仇瞎子连连摇头："已经清楚了。"

贾金南瞪大一双蛤蟆眼。

仇瞎子这就直说了。说贾金南是一个跟班的命，为人还忠诚……见仇瞎子算得很准，戴笠这才坐了上去。

"仇神仙"伸出一双鹰爪似的瘦手，先摸戴笠的手；那不是摸，而是捏，挨次捏拇指，捏关节……捏得很细。然后两手上移，摸捏戴笠的脸、再移到额——相书上所说的"天庭"、"地阁"……摸捏着，仇瞎子的手有些发抖。掉过头，向着里屋吆喝一声："王二，给这位先生上茶，上好茶！"

"来了！"屋里长声应了一声，王二抢步出来，给戴笠上了茶，好茶。

"先生的骨骼峭拔神奇。"仇庆荣说这话时有几分掩盖不住的兴奋。戴笠心中一喜，等他说下去，"仇神仙"却又住了嘴，略为沉吟，侧着头，透过一副黑膏药似的墨镜看着戴笠，好像沉浸在一种巨大发现后的情绪里。是欣喜、惊奇，还是惊惧？似都是，又似都不是。戴笠凝神屏息，生怕听漏了一句。

"先生的骨相是人间少有的。"仇庆荣极富专业化的语汇滔滔而来，犹如鸣珠溅玉："先生的骨骼似文非文，似武非武；却又是文中带武，武中有文……先生是国家栋梁之才。"仇庆荣大加赞美之时，突然叹了口气。那光景，好像是从天堂一下子跌进了地狱，又好像是梦中骑着一只神奇的大鸟，飞到了一座到处都是闪闪珍奇的宝山上，口袋里装满了珍宝。然而，梦醒了，才发现一切都是空的。见"仇神仙"如此一说，戴笠刚刚像风筝一样飘飞起来的心，直往下坠。

"仇神仙"透过黑膏药似的墨镜直逼着戴笠看，神情幽深，追问一句："算来先生今年该是知天命之年吧？"

"是。"戴笠老老实实地说："我今年刚好五十岁。"

"先生的骨骼样样都好，就是鼻头有些毛病……"瞎子算得真准。戴笠的鼻子患有严重的鼻窦炎，整天哼哼哼的，什么好吃的都吃不出香味，当然也闻不出什么气味。不管到哪里，他都让贾金南给他带上一副从美国进口的洗鼻器，每天早、中、晚都洗一次。但是，即使这样，也根本无济于事。

"先生今年命交华盖。走得过去，以后更加前程似锦。"仇庆荣一番带有箴言似的话说到这里戛然而止，至于这"华盖"运走不过去，又当怎样，瞎子没有再说下去。

"望先生今年诸事多加注意，千万谨慎！"仇庆荣最后用这并不轻松的一句话闸尾。

"多谢指教。"戴笠说时站了起来，对贾金南将手一比。副官会意，上前掏钱时，戴笠轻声一句："银洋十块。"贾金南一怔。局长找这仇瞎子算一次命，竟给十块大洋！这可是一笔不少的钱。在上等人家拉包月的车夫，一个月才八块银元，可以供一大家人生活。而向来吝啬的局长这次出手如此大方，简直是太阳从西边出来了。足见局长对仇瞎子给他的摸骨算命之重视、之满意。

然后，戴笠带着人去了北平，并奔波于平、津之间。他先到北平，请准北平行署主任李宗仁将军，并以李宗仁将军的名义，向出席宴会的王克敏等人发出了"敬备菲酌，敬请光临"的请柬。

届时，戴笠担心的主角王克敏、齐燮元却未到场，他只好等，如果这两个在北平关系很广的大汉奸听到了什么风声，躲了，那就难办了。好在他们陆续出现了。

王克敏和比他小四岁的岳丈王揖唐谈着什么——这是一对政坛上的活宝。仅从外形上来看，就显得滑稽。比岳丈大四岁的王克敏打扮得像个大学教授，西装革履；而王揖唐长袍马褂，典型的国粹，手中还装模作样地拄了根拐杖。

戴笠迎上去，表示欢迎。不久，戴笠最关心的另一条大鱼——华北汉奸政府中手握军权的齐燮元游进了网中。

按照安排的席位，王揖唐、王克敏翁婿和齐燮元等同戴笠坐在一桌；其他人也都按座位入座。其间，身穿白色工作服的饭店侍者赶紧上前，给客人们端茶上点心，摆放餐巾等等，照顾得非常妥帖——其实，这中间有好些人都是事先安排好的军统特务。

灯红酒绿。花厅里，回荡着《何日君再来》的音乐；笺花宴摆了足足五六十席。

首座首席的军统局局长戴笠手举酒杯，笑吟吟地站起来致词。与此同时，几个身材高大的白衣侍者，站到了王克敏、齐燮元等人身边。

"各位来宾！"戴笠举杯在手，脸上一双机警的眼睛四顾频频："此次雨农北上公干，受北平行署主任李宗仁将军委托，盛情邀请诸位。在座的都是故都名流。承蒙诸位看得起，尽都出席，雨农为能结识这么多故都朋友，深为荣幸，深为高兴！"都以为戴笠接下去会说"请各位干杯"。可谁知戴笠接下去说的却是："雨农到北平后有一难事，希望能得到在座的一些朋友的帮助和体谅！"戴笠说到这里，场上顿时鸦雀无声，都看着军统局局长，凝神屏息。

戴笠的神情忽然严厉起来，目光闪霍："如今全国人民要求惩处汉奸的呼声日高。国民政府不能不顾及民意民情！"说到这里，他忽然盯着坐在对面的王克敏、齐燮元："奉委员长命令，请王克敏、齐燮元兄顺应民情——去监狱里委屈一段时期！"

"啪"的一声，外表斯文，其实利欲熏心，一生过着狂嫖滥赌、吸毒糜烂生活，早被掏空了身子的王克敏听到这里，气得手打抖、心一虚，端在手上的酒杯落在地上打个粉碎。

"戴雨农！"打雷似的一声吼，齐燮元站了起来，圆睁怒目，指着戴笠喝问："你原来是怎么说的，怎样向我们保证的？这会儿却设下圈套逮捕我们？"

"此一时，彼一时，国家利益为重，顾不得那么多了！"戴笠说时，一声狞笑，将手中酒杯摔碎，围在王克敏、齐燮元、王揖唐这些大汉奸身边，打扮成饭店侍者的特务们扑了上去——他们都是从重庆中美合作所特警训练班第一期毕业生中挑出来的高才生。与此同时，埋伏在四周荷枪实弹的军、警、宪、特也一拥而上，足有两三百人。按照国民政府制定的《惩治汉奸条例》，凡是在汉奸政府中担任过特任职、简任职的都在检举逮捕之列。这天逮捕的除原华北临时政府首要王克敏、齐燮元、王揖唐、王荫泰、王时景、殷汝耕等大小汉奸共六十余人外，计划中要逮捕的汉奸也无一漏网。

戴笠个人也收获颇丰。在北平仅有的几天时间里，他就将几座装满重要物资的仓库、一家无线电器材制造厂、一家很上档次的赢利宾馆和许多金银财宝、古玩玉器、字画等都攫为了己有。其中，有一把他后来送给宋美龄锻炼身体用的宝剑，据说是岳飞的……

然后，戴笠去了天津。他一是去视察军统在津活动的开展情况和整肃贪污；二是处理94军副军长杨文泉纳妾一事。虽然地方上，甚至地方部队有钱的男人、军官纳妾是常事。但在"中央军"是不允许的。本来，杨文泉可以做得巧妙些，也许没事，比如，在军营外搞个"金屋藏娇"；或是杨副军长将老婆安置好，不告，也没有任何人管这事。偏偏杨文泉笨。事情就是他老婆闹起来的，将"状纸"一直告到了军委会。社会舆论大哗。军统局局长戴笠是带着一种得过且过、敷衍的心情去处理此事的。

处理好了这件事，戴笠又返回北平。他要去看望在北平白塔寺中和医院住院的东北保安总司令杜聿明。杜大将军在东北举足轻重，手中拥有全副美式装备的十万大军。军统要在东北开展工作，必须得到杜聿明的支持。

时年四十一岁的杜聿明，陕西米脂人，又名光亭。黄埔军校毕业后即参加北伐战争，功勋卓著，递升很快。先后任国民政府军装甲兵团团长，第五军军长。1942年任中国远征军第一路副司令长官，率部赴缅甸对日作战。抗战后被委员长委以东北保安总司令，率十万大军坐镇东北。

看望杜聿明时，他们的晤谈很成功。而这期间在重庆军统局内部，发生了一桩谁也没有想到的事，事情说小也小，说大也大。无论是生活中还是历史上，无论是一个人还是一个国家的命运，其实有时往往就是由一个不起眼的小人物轻轻一拨弄而变得阴差阳错、南辕北辙的；好事变成了坏事，好运变成了厄运。戴笠那次就是。

戴笠五行缺水，他又迷信，所以多年来，一直都使用化名，一年一个。戴笠使用的化名都是水汪汪的，比如：江汉清、涂清波、沈沛霖、洪淼等等。其中，用得最久的一个化名是"沈沛霖"。说来也怪，自从戴笠使用了这些带水的化名后，事业上便一帆风顺。

而为戴笠拟就1946年化名的人，是与戴笠暗中有仇的局本部助理秘书先奇，这是一个微不足道的小人物。但因为先秘书字写得好，有次戴笠拟了份文件，要送呈蒋介石看。由于字写得潦草，就让先秘书抄正，而且要得急，得加夜班，第二天一早就得要。先秘书在局长面前做了保证。谁知在电讯室工作的刘明明是先秘书的恋人，那晚正巧值班，他们就在一起睡了一觉，耽误了时间。第二天一早戴笠大发雷霆，如果不是毛人凤给先秘书打掩护，找了些原因，脾气暴躁的戴笠，将先奇枪毙了也不是没有可能的。

先奇为了报复戴笠，给戴笠拟了一个尽是山的化名——"高崇岳"。对于这个化名，先秘书本来是不抱希望的，而当他去请示毛人凤审批时，不意毛人凤二话不说，提笔签了个"准"字。接下来的事就更神奇了——

1946年3月16日。随着夜幕的消退，北平西郊机场渐渐展现在清亮的晨曦中。长长的跑道起点上，停放着一架巨大的四引擎银灰色飞机，机型：C—47，编号：222，这是美国新近生产的一种性能优越的大型运输机。

一切都在按部就班地进行。

戴笠本来是可以乘坐专机的。可是，他为取悦"校长"，临时调了一架飞机。蒋介石提倡"生活上从俭戒奢"。

戴笠坐在那架临时调来的，机型为C—47，编号为222的飞机的专舱内等待起飞。副官徐炎向他报告，军统局人事处处长龚仙舫、人民动员委员会负责人金玉波、英文秘书马佩衡等一行随员已在后舱就座……

这当儿，一个身姿相貌姣好，二十来岁，身穿大红旗袍的空姐走了进来，她给局长送来了水果、点心。戴笠好色，旗袍姑娘一进来，他就注意到了，当姑娘微微弯下腰，从托盘上将水果、点心一一往外捡，露出一截丰腴雪白的大腿时，戴笠看得饿劳饿虾的。漂亮的空姐做完事，向他颔首一笑，轻启朱唇，声音婉转地说"长官，请慢用"时，戴笠半边身子都酥了。

"去去去！"戴笠突然有些光火，不厌其烦地对徐炎挥了挥手，赶苍蝇似的。

恍然醒悟的副官就要出去时又被局长唤住，嘱咐：我有事会按铃叫你。"

"是。"副官遵命而去时，不忘轻轻拉上舱门。发过火的军统局局长这才发现，刚才给自己送水果、点心的漂亮姑娘不知什么时候也去了，心中有些无端的懊悔。不过转念一想，这妮子肯定知道我是一个相当有来头的长官，但她不知我是可以决定她荣辱升迁的最高长官，脚一蹬，地都抖三抖的军统局局长戴笠。军统局局长兼了全国交通管制委员会主任等多项要职，对空中运输当然也是要管的。他得意地想，如果这姑娘知道我是谁，不知该如何震惊呢？我要她干什么，她敢不从吗？怕是想巴结还怕巴结不上呢！再说了，这架飞机要跟着自己几天，有的是时间，我一定会把这个漂亮的小妞搞到手的。

他开始走马灯似的思考几件要事：到上海后，同美国海军部代表乔治和第七舰队司令柯克上将商谈如何加速向东北空运海运国军一事；接下来，找律师办理电影皇后胡蝶同潘有声的离婚，同自己结婚。这些事办完后，还得抽时间穿插去南京。国都即将南迁，军统局大本部也即将迁回南京……杂七杂八的事不少，而且时间都很紧。军统在华北、东北的好些工作也需要布置。另外还有一桩要事，日前听自己安排在委员长身边、担任委员长侍从室负责人之一的亲信唐纵密报，中央警官学校教育长李士珍在戴季陶的支持下，最近活动得很厉害。如果自己出手不快不力，全国警察总监这个诱人的红果子，还真有可能被李士珍拿去。他还得赶回重庆一趟，在委员长面前力争。他相信，只要自己全力以赴，李士珍不是他的对手……

军统局局长坐在他的专门住舱里想着心思，他哪里知道外面正在发生的事情！

差一刻八点，专机正副驾驶员曹青、马忠已经各就各位，做好了起飞的准备。这两个驾驶员都是从国民党歼击机正规空军部队下来的王牌飞行员。尤其是正驾驶曹青，空中飞行时间长，飞行经验丰富，并且专门学过驾驶这种美国最新产飞机。可是，这时，一桩怪事发生了——

前方跑道上，一辆美式军用吉普车风驰电掣而来。车上有个人，向这边大幅度地扬着手巾。

两人惊了。心想，在飞机即将起飞之际，有人这样急如星火地赶来，一定是有十二万分的紧要事传达。

倏忽间，那辆淡绿色的美式军用吉普车驶到机前，一个急刹车。从车上陆续跳下身着黑皮卡克驾驶服的张仁和冯云山。张仁是四川人，绰号"小黑子"，二人都是早年北平航校十八期毕业的。

"什么事？"曹青一把掀开驾驶舱，探出头去问。

"队长让我和冯大哥来替换你们飞这一班。"张仁站在机翼下，用双手圈着嘴，仰起头，对他们说。

"什么，让你们来替换我们？"一时，曹青以为自己听错了。

"对。让我们来替换你们。"张仁的回答肯定无疑，而且"小黑子"的口气很横。

"这是怎么回事？"猛的，北平飞行大队王牌飞行员曹青眉一皱，像这种飞机就要起飞之际，临时撤换飞行员的事，不要说从来没有遇到过，而且连听都没有听说过。他是一个很机敏的人，看到"小黑子"

一副迫不及待的样子，他明白了：就是昨天，他和马忠接到大队长胡因的派遣令，要他们驾这趟专机去上海时，胡因对他话中有话地说：这可是趟美差，好些人都争着去。我让你飞这一趟，一来是让你顺便回回家，二来是让你去赚点儿钱。这段时间，上海的美金生意好做得很……说时，大队长胡因那张黑黑的宽盘大脸上，流露出明显的贪婪神情。胡因是向他索贿！他却装作不懂，不理，他讨厌这种假公济私。不用说，"小黑子"张仁和冯云山背后同大队长胡因作了"勾兑"，利欲熏心的大队长这就将他们临时作了调换。曹青的估计一点儿不错。当"小黑子"张仁昨晚对大队长提出，愿出大价钱替换曹青他们飞这一趟时，胡因思想上有过短暂的犹豫。作为大队长，他当然清楚这两对飞行员的情况。"小黑子"张仁和冯云山这一对，技术上根本不能同曹青他们相比。"小黑子"他们晴天飞行问题不大，但如果遇上气象条件恶劣肯定不行，因为他们只能凭经验飞行；对这架美国新式飞机上的罗盘等仪器根本看不懂。但是，这些天北平飞上海的天气晴好，应该不会遇上恶劣天气，胡因于是答应了"小黑子"他们的要求，决定临时换人。

副驾驶马忠非常愤怒，一边骂一边解开了腰带，从驾驶座上站起身，走下飞机。曹青的情绪受到马忠的影响，也下来了，他将飞行记录本上自己和马忠的名字叉去，递给"小黑子"张仁时，副驾驶冯云山说，大队长来了。说时，大队长胡因乘坐的那辆美式吉普车一溜烟地来到了他们面前。

"时间到了，时间到了。"胡因一边看着自己的手表，一边催促张仁、冯云山上飞机。

随即，戴笠乘坐的"222"号专机升空而去。

专机上，搞女人很有经验、很有一套的戴笠，果然不久就把他看上的那个空中小姐缪仙搞到了手。听刚到手的尤物说没有到过青岛，对青岛心向往之，他立即吩咐改变航线，让专机直飞青岛。

第二天早上，戴笠让专机从青岛直飞上海。这天天气很糟，舷窗外阴霾低垂，半个小时后，天上开始打雷下雨。不过，这仍然没有引起戴笠的注意。这样的天气，他经历得多了，况且这架专机性能相当好，装备着世界上最先进的各种仪器设备。这样的飞机从青岛飞上海，简直就是小菜一碟。

戴笠做事向来谨慎、周密。这天一早，在起飞前，他让副官通知机组多准备些汽油。如果遇上天气变化，在上海龙华机场降落有困难时，可直飞南京。他想好了，如果专机降落在南京，他可以先同何应钦商量一些要事，然后再回上海也不迟。昨天专机夜宿青岛，他命令飞机上所有东西都不得带下来，同时，任何东西也不能带上飞机，而且，他让军统青岛站站长亲自在现场带队，对专机作二十四小时的严密警卫。但是，人算不如天算。戴笠万万没有想到，担任此次飞行任务的竟然是两个完全不懂飞行仪表，仅凭经验飞行的"瘟猪子"。他注定难逃劫运！

专机一路上颠颠簸簸飞行了两个小时，上海还没有到。戴笠焦躁起来，按铃叫来副官问："这是怎么回事？"

徐副官神情蹴蹴地说："刚才机组通知，说是上海下大雨，机场上雾茫茫一片，专机试了几次，降不下去，他们请求改飞南京。"

"这还是我第一次遇见的怪事！"军统局局长发火了："这样先进的飞机，又是大白天，竟然降不下去？好吧，让他们改飞南京。"就在副官徐炎接受命令要出去时，戴笠叫住副官吩咐："到了南京，你查一下，看飞这趟飞机的两个驾驶员是啥样的人？"看来，他是要处分飞这趟飞机的两个驾驶员。

"C—47，222"飞机飞到了南京，南京上空也是大雨滂沱，云层压得很低。

专机请求降落，南京机场同意。

半空中传来一阵沉闷的嗡嗡声。机场上，值勤人员都抬起头，寻找着飞机；应急车应急人员都做好了准备。

这时是午后一时。谚语云：雨不过午。然而这天南京的天气很怪，大雨虽已停息，但小雨濛濛，将天地弥合在一起。铅灰色的云层不仅没有散去，反而压到了地面上，让机场不得不在大白天也打开灯。这个天气，在南京是罕见的。

天上，一阵闷雷似的飞机轰鸣声响过之后，飞机并没有降下来，五分钟后，飞机竟与机场完全失去了联系。

淫雨霏霏中，"222"号飞机出现在了南京市郊。在沉沉黑云的压迫中，戴笠乘坐的这架飞机飞得很低。突然之间，天崩地裂，飞机一头撞到了高不过千余米的南京近郊戴山上。它先是撞到一棵大树上，就在大树断裂之时，飞机巨大的机头一偏，直直向山体撞去……紧接着，一阵地动山摇后，飞机腾起一片大火。因飞机上带的汽油很足，大火一直燃烧了两个多小时。

现场一片狼藉，惨不忍睹。机上十多个人，个个都被烧成了漆黑的炭团。机身全部被烧毁，只剩一截尾巴，上面"222"的编号倒还清晰可见。

戴笠就这样去了，蒋介石感到悲哀。他想，如果戴笠还在，这会儿他至少不会在安全问题上担心、动脑筋。想到这里，他自然而然地想起军校最近连续发生的一些怪事：一次是他给军校全体师生训话，一次是他检阅军校师生，两次他都受到惊吓，甚至差点儿出事。第一次是在训话前，举行升旗仪式时，青天白日满地红的旗帜刚刚升到一半，旗绳突然断了，很杀风景；第二次是受他检阅的炮队经过他面前时，"砰"的一声吓了他一大跳，还以为是谁在放枪，却原来是经过他面前的一辆炮车瘪了胎。虽然这两件事，他表面上当时没有多说什么，下来后，怀疑军校中有可疑分子，让军校校长张耀明对军校可疑师生来了个突然袭击、清洗。结果在一个广西籍的学生王大北那里搜到一本不要紧的红壳子的书，又从王大北那里顺藤摸瓜，揪出了另一个思想有些赤化的学生，反复拷打折腾。最终虽然弄明白了军校并不存在共产党人和共产党的地下组织，但是报着"宁可错杀三千，不可放过一个"的宗旨，经过他的批准，保密局派特务将这两个军校学生暗杀在了凤凰山……

现在，他在成都，这是公开的秘密。凭他的经验，肯定共产党人在暗中追逐他，企望暗杀他……他就这样逻辑着，演绎着，坐在沙发上的他渐渐朦胧起来。不久，他突然惊醒，身上冷汗淋淋。他睁大惊恐的眼睛，猛然想起，下午，就是今天下午，他站在落地窗前的一幕。

当时，落地深紫金丝绒大窗帘仅仅稀开一条缝；他站在窗前，顺着这条缝往外看去。大墙外两百余米处是片萧索的菜地；地里兀立着几个低矮的、竹架支撑、谷草盖顶的，像是两片相互支撑着的瓦似的发黑的窝棚。其中有个衣衫褴褛、神情精明的小伙子伫立棚外，正在目不转睛地盯着黄埔楼上看。他当时没有太在意，因为思想上正走马灯似的运筹着下一步计划。可是，训练有素的职业军人的一种潜意识浸透脑髓，让他这会儿在一种潜意识中醒悟了过来。一种不祥的预感立即攫紧了他，他感到了迫在眉睫的危险。

他赶紧伸手往桌上的暗铃捺去。

儿子赶紧带着卫士长俞济时来了。

"爹爹，有什么事吗?"蒋经国站在父亲面前，看着神情不无紧张的蒋介石问。

"外面窝棚里一定藏有共产党人。"蒋介石霍地站了起来，用手指着窗外，谈虎色变地说:"他们想谋杀我!"

"爹爹，您一定是多心了。"儿子却不以为然，他给父亲倒了杯开水递过去，想让他安静清醒一下。最近他发现父亲不时有些神经质，这是可以理解的。战局瞬息万变，爹爹是太紧张了；爹爹虽然身经百战，意志坚定，但爹爹也是人，不是神，是人就有坚持不了的时候。

"不！"父亲生气地将儿子递过来的水杯推回去，急切地将这番话的来由告诉了蒋经国、俞济时。

两个人听完，不由也紧张起来了。侍卫长请命，立刻由他带一帮侍卫官去窝棚巡视、抓人；而蒋经国建议由军校的纠察队去。

"不！"蒋介石已经镇定下来，清醒过来，斩钉截铁地将手一挥，看着俞济时、蒋经国说："无论是侍卫官们，还是军校的纠察队，都没有对付共产党地下武装人员的经验、水平。经国，你立刻传我的命令，要毛人凤即刻派保密局的干员来连夜执行……除此而外，不必惊动别人，千万不要打草惊蛇，嗯！"

"是，爹爹！"儿子亲自到隔壁机要室给毛人凤打电话、下命令去了。蒋介石这就要侍卫长俞济时去立刻备车，他要连夜转移出去。

很快，四辆小轿车前后保护着蒋介石的流线型防弹车，悄悄驶离北较场，风驰电掣般驶向市区，驶向励志社。与此同时，毛人凤派出的一批精干特务从市区向北较场赶来执行任务。暗夜中，北较场高墙外菜地上的那座孤零零的窝棚没有一点儿动静。但是，一群鬼魅似的职业特务，还是将那座窝棚包围得水泄不通，然后悄悄摸了进去……

第七章　寒冬里绽放的爱情之花

寒风啸原野，红梅吐风华。试问凡尘事，真爱为仙家。

董重离开晋园、离开恋人原芳，按计划先去会见从新津来的同志钱毓军。久违了，我的家乡城。虽然离开成都十年，虽然国共决战在即，成都仍然处变不惊。市面上虽然比不上百业兴盛，歌舞升平的太平年月。但大街小巷里照样传出卖担担面的竹梆声、打锅魁的敲击声；黄包车一路洒出的叮当声，混合着街上少有的汽车喇叭声……杂声盈耳，构成了这座在蒋家王朝最后控制下的内陆大城市光怪陆离的风景。

颇具山西特色的"晋园"，坐落在祠堂街上，隔一道流水淙淙的金河，与景色优美的成都少城公园，还有园中那座利剑般傲指云天的"辛亥秋保路同志死事纪念碑"遥遥相对。

这是成都一家有名的餐厅，是家百年老店，建筑上也有特点：古色古香，红柱飞檐，前店后院，一楼一底。这家餐厅的主人名叫原纪成，早年曾在川军里当过团长，后来接受了马列主义，秘密加入了共产党。解放以后，他将这家最早由山西人开办的饭馆盘过来，博采众家之长，既保留了传统，又推出了一些很受劳动人民群众欢迎的大众菜。原纪成人很风趣。进门就可以看到他在菜牌上写下的这样一些话："如果我的菜好，请君向你的朋友说；如果我的菜不好，请君对我说。"……原纪成这个人和他的这家餐厅，在成都有口皆碑。原纪成暗中将自家的餐厅搞成了中共地下组织的一个联络点，后来被国民党特务侦破，原纪成遭到逮捕。因原纪成在狱中坚贞不屈，拒不出卖组织和同志而被杀害。现在，这家餐厅由原纪成的贤妻带着两个还没有出阁（没有结婚）的女儿继续经营着。

这天早晨十时，难得的冬阳冉冉升起。

原家一家人居住的小院里，一株很有形态的红梅怒放，散发着幽香。一间粉壁黑瓦绿窗的闺房里，一位明眸皓齿、身材匀称的姑娘坐在窗前，心不在焉地看着一本摊在桌上的英文版的大仲马的《茶花女》。她叫原芳，是原纪成的二女儿，还在四川大学英语读预科的她，秘密参加了共产党。这时，她明是在看书，其实是在等着她的心上人——川康军事小组组长董重。不知为什么，她心中有些忐忑不安。

原、董两家是世交。

20世纪30年代，追求革命的原纪成从川军团长职上挂冠而去，参加了共产党，成为职业革命家。为躲避国民党特务的追捕，他由成都辗转经朝鲜去了日本。在那里，他结识了在日本陆军大学兵科学习的董子参。二人很谈得来，成为朋友。

后来，学成归来的董子参在川军中虽然当上了旅长，但他心里却一天也没有轻松过；面对军阀混战、哀鸿遍野的神州大地，常常欷歔自叹。对比起共产党及共产党的所言所行，使他切感国民党自愧不如；及至后来，在八年抗战中，八路军、新四军浴血奋战，表现卓越，使他对共产党由同情转为了敬佩。因此，当年，董子参珍爱的长子董重要坚决参加共产党、奔赴延安时，董子参始终是睁一只眼闭一只眼。董重就这样参加了共产党，奔赴了延安。原芳是董重的恋人。分别几年，月前成为一名共产党军事干部，并经过特殊训练的董重，在成都解放前夕，突然回到了成都。他回来的任务是显而易见的。董重回来就忙，今天说好了的，要过来看她……

原芳突然从书上抬起头来，心跳如鼓。她清晰地听见了董重熟悉的脚步声和年轻爽朗的笑声由远而近。这年轻有力的脚步声和爽朗的笑声，在她听来，犹如一首别具韵味的青春进行曲。接着，她听见了董重在上房同母亲、姐姐说话。

静坐闺房中假意看书的原芳，透过窗棂往外望去。不大的天井中，那一株腊梅开得正艳。她的脸颊上不禁飞起朝霞般的红晕。她多想立即跨出门去看董重。可是不行！她还只能待在闺房里等董重过来，他们好单独相处，说说知心话。

董重从小聪颖过人。本来，他父亲早就给他安排好了一条通往锦衣玉食、封妻荫子的坦途。可是他在郭沫若、何其芳、李劼人等一大批名人就读过的著名的石室中学初中毕业后，没有在那所名校上高中，而是进了时称"陕北公学"的协进中学。

西安事变后，国共合作。在"陕北公学"读高中的董重，萌生了去延安的想法。董重与原芳的姐姐原姝是同学、同志；他们都已暗中加入了共产党并主持学校党总支工作，时有往来。因为这个原因，董重得以与原芳认识，因志同道合，彼此爱慕，燃起了炽热的爱情火焰。

董重奔赴延安前夕的一幕恍然就在眼前，可是，已经过去十年了。

那时，十七岁的董重已长成一个英俊少年。高挑的个子，气宇轩昂，满怀抱负。

"爹爹同意我要走，不同意我也要走！"因为父亲不同意他去延安，董重窝了一肚子火。

原芳从心里讲，当然不希望恋人远赴延安。但是，共产党人要个人服从组织，要舍小我而就大我。要为共产主义事业奋斗，为了组织，可以牺牲自己的一切！于是，年轻的她压抑着自己的情感，不仅表示支持而且劝自己的恋人好好给他当国民党高级军官的父亲写封信，说明所以要坚决奔赴延安的原因。

董重被她说服了，伏在她闺房中的案前提笔给父亲写信。那是一个朝霞满天的早晨，他下笔疾书：

父亲大人：

为了走的问题，那天清晨大早，就使您老人家大大地生气……这里我要向您老人家说明我走的原因。记得我最初很信服胡适博士。他曾在一本书上说过，中国人的命运还不如美国人的一只猫、一只狗。当时，我很不理解。后来随着年岁的增长，我才知道，这是因为中国穷。但是事情就是这样矛盾，这样不合理。一方面是大量的普通老百姓的贫穷疾苦，一方面是达官贵人的骄奢淫逸……在极端的痛苦烦闷中，我看了瞿秋白先生的《饿乡纪行》。这个时候，我才明白了为什么世界上存在人剥削人、人压迫人的原因；也才明白了，为什么在号称温柔富贵之乡的我的家乡，天府之国的首善之区成都，存在着这么多的矛盾和不合理。完全是因为一种制度的不合理！

这时，我的眼前亮起了一盏明灯。这就是共产党在西北、延安开辟、建立起来的红色政权。生活在这个红色政权中的人民，同已经实行了布尔什维克的占世界上六分之一地面的苏联是没有区别的。

那是我的圣地。我要投身到那里。为最终消灭人剥削人，人欺侮人的制度，我愿献出自己的一切。父亲，你不是从小就教导我们，要做一个正直的人，有良知的人吗？我记得父亲也曾经说过：西北，那个毛泽东领导的赤色政权，是中国的楷模。我想，既然如此，父亲就不会阻挡孩儿去那里为理想而奋斗，甚至献身！

董子参是从邮局接到儿子的信的。他知道，这是儿子的"陈情表"。读了儿子的信，他深受感动。但是，董将军知道，儿子这一走，就意味着流血牺牲。这一走，也就意味着他可能就此失去儿子。他清楚爱情的力量。于是，他赶紧叫来了原芳。在韩家宽敞典雅的中式客厅里，体态魁梧匀称、年届不惑的国民党将军董子参，手里拿着儿子的信，要原芳劝儿子不要走。那么一个将军，这时在一个小姑娘面前，竟是一副可怜巴巴的神情。

"小芳！"面对着亭亭玉立的少女原芳，国民党将军董子参晓之以情，动之以理。他说："你知道吗，董重现在奔赴延安意味着什么？"停了停，看原芳不吭声，他加重了语气："现在奔赴延安，就意味着流血牺牲，意味着有可能与我们永别！"看着原芳，董将军面露乞求神情："凭你们的关系，请你劝劝董重好吗？我的话他不听，你的话我想他会听的。"

"董伯伯，董重是为追求光明去延安，延安是一块净土！"十五岁的少女说这些话时，一双清澈的眼睛里充满了深情的憧憬："别的什么事，董伯伯你说怎么办，我就怎么办。但这事我不能劝他，这事我办不成！"

一切都明白了，眼前的原芳与儿子是"同谋"。董将军颓然地坐在太师椅上，喟然一声长叹："人各有志，那就由着他去吧！"

董重于1939年冲破国民党军队的重重封锁，到了延安，在战火中成长为一名优秀的军事干部。成都解放前夕，他接受组织派遣，辗转潜回成都，住在家里；他借助四川省军管区副司令、父亲董子参的掩护，开展工作，并让父亲将自己带来的共产党员曾云飞、徐鸣铮、王万坚做了很好的安置。

"小芳！"这时，上房传来母亲的声音："董重来了，你快过来吧！"

还是姐姐明白妹妹的心事。"妈！"只听姐姐笑嘻嘻地打趣道："快让人家董重过去吧。人家两个心里都毛焦火辣的，人家两个要说悄悄话。"

"啊，你看我，老糊涂了！"母亲大笑起来，看不见母亲的动作，肯定是用手推着满脸通红的董重，"快去、快去，快去谈你们两个人的悄悄话。"

董重兴冲冲地过了天井，一脚跨进原芳的闺房。她立刻满脸通红，扶着桌子站了起来，迎接久违了的恋人。

一时，他们都没有说话，互相默默打量着对方。董重虽然还是那副样子，但明显成熟了。只见他身穿合体的黑呢学生服，一米七八的个子，身材匀称，昂藏挺拔，隆准黑发亮眼，英气逼人。恍然一看，像个英俊的大学生；而只有原芳才能从他身上找到非同往日的、只有经过训练的军人才有的气质。

原芳今天身着一件翠绿色贴身棉旗袍，外罩一件大红毛衣，剪着齐耳短发，颈上围着一条鹅黄色手织毛线围巾。围巾的一端伏在背上，一端拄到微微隆起的胸乳上；配上亮亮的眼睛，白白的皮肤，眉似远山含情，是那么的苗条清新丰满合度；是那么的青春勃勃光彩照人。整个看去，如新月如春笋，如山间一泓汩汩流淌的泉水。

"坐嘛！"原芳看着董重，一双明如秋水的大眼睛脉脉含情，她用葱指指了指对面的凳子。董重坐下后，她又赶紧给他上了热茶和早就准备好的点心。

"特别忙吧？这次回来，可要多住一些时日吧？"原芳一边关切地看着自己的恋人，一边问。她知道，最近一段时间是非常时期。作为中共地下党领导的一支地下武装力量负责人的董重，为破坏蒋介石的川西决战、迎接解放，最近特别忙碌。

"是的，我最近特别忙。"董重小声而兴奋地说："我最近正在策划并准备组织实施一个惊天动地的军事行动，组织上已经同意了！"

"啊！"作为从小在一起长大，在革命事业中结为恋人、同志，并经受了时间考验的原芳，不用董重说明，已经大体估计到了他说的

"惊天动地的军事行动"是什么意思。她仔细地打量着自己的心上人，一双明澈的眼睛里流露出的是支持、鼓励，还有一些担心。

"最近敌人可猖狂了。"按照党的规定，原芳当然没有多问，她只是含蓄地提醒董重："昨夜十二桥又在杀人，蒋介石可是杀红了眼的!"

董重略为沉思："是的，我们要提高警惕。看来，这段时间你这里我也得少来了。"

原芳默默地点了点头，她知道，董重在敌人那里是挂了"号"的。

原芳的提醒，让董重瞬间想起了炮打蒋介石的事情……最让他担心的是马不然这个人。这个从旧军队反正过来的神炮手，最近各方面反映，这个人有些吊儿郎当的。他已经让人通知了马不然，并定了时间。今天他要同马不然见见面，细细摸摸这个人的底。关键时刻，可不能出任何问题! 党的地下武装斗争，不允许有丝毫的疏忽，不允许出任何一点儿纰漏!

去之前，他还要去会见一个同志——钱毓军。

幸福的见面总觉得时间短。就在他们都觉得心里的话才刚开了个头时，上房传来大姐的声音："小芳，你们的悄悄话说完没有? 说完了，妈喊你们过来吃饭。"二人这才觉出，不知不觉已到中午了。

"走吧!"原芳率先站起身来。

他们相跟着过了天井，进到堂屋。

堂屋宽敞明亮。难得的冬阳透过窗前那丛肥大翠绿的蕉叶，从雕花玻璃的窗棂上探进屋来，堂屋里显得格外明亮。屋里，一色的楠木家具古色古香。壁上挂的一架中式自鸣钟的钟摆走得滴滴答答轻响，气氛温馨，宁静安详。

一张长方形的八仙桌漆得黑而锃亮，照规矩安在堂屋正中。董伯母是长辈，自然坐了上方，董重与伯母对坐；原姝、原芳姐妹打横对坐作陪。

坐定后，堂倌上菜。

这是一次高质量的家宴，富有"晋园"的特色。首先上的是下酒的四个冷盘，里面装的是椒麻牛肉、卤肝等。

"小芳！"原伯母笑呵呵地吩咐自己的小女儿："给董重斟酒。"原芳站起身来，笑微微地掂起一瓶泸州大曲，左手放在右手上，先给母亲，后给董重，再给姐姐，最后给自己的酒杯里斟上；却又并不斟满，只有八分，所谓"茶七酒八"，这是有规矩的。

原伯母举起酒杯，满脸漾笑："都来，为董重的归来，请酒！"

"谢谢伯母！"董重赶紧举杯站起，先同伯母，再同原姝、原芳姐妹挨次碰杯；然后四人都一饮而尽，并都亮了杯底，是为报。

接着，董重又挨次给伯母、原姝、原芳姐妹一一敬酒，四人再饮，是为酬。

如是两杯后，原芳酒力不支，满脸绯红，丰满的胸脯轻轻起伏。

"妈，上热菜了吧？"她说时明眸含波，看着董重，意思是要他不要喝得太多。

"哟，就管起来了？"善解人意的姐姐打趣地看着董重："董重，你再喝两杯就吃饭吧！"

董重本是有酒量的。

"好，再喝两杯就吃饭。"他高兴地看着对自己关怀有加的原芳。只见饮了两小杯酒的她，不胜酒力，桃花上脸，越发动人。

"也好。"原伯母说罢喊堂倌上热菜。她注意打量了一下未来的女婿，关切地嘱咐道："我也不知道你的酒量，反正这儿就是你的家，不要拘礼。能喝就喝，不能喝就吃饭，随便些。"

董重看了一下墙上的钟，又看了看原芳，请示似的说："我陪伯母喝完这杯酒就吃饭。"原芳幸福地笑了笑。

董重这就同原伯母又碰了一杯。

堂倌依次送上热菜。先上的是盘豆瓣鱼，再上清蒸全鸡……菜一道道上来了，美味佳肴摆满了一桌子。训练有素的堂倌上菜时很有讲究，出手不能高过享用者肩头，更不能高过人头。盘中盛着的全鸡、全鸭的尾巴都一律向着下方……最后上的是一海碗豌豆尖鸡蛋汤。俗话说得好：川戏的腔，川菜的汤。汤一上，表示菜已经上完了。

原伯母和董重都放下了酒杯。

端上饭碗，原伯母拈起牙骨筷子对董重点了点，"请菜"。说时把一条肥墩墩的鸡腿夹到了董重的碗里。

"好久没有吃过这么好吃的川菜了。"董重吃得津津有味。

"人说吃遍天下，川菜最好。"原伯母说："董重，你见多识广，这句话是不是有些夸张？"

"一点儿都不夸张，千真万确！"说时，博学多才的董重引古据今："唐代大诗人杜甫流寓四川时，就曾为川菜的魅力所吸引，有诗描绘赞叹，'蜀酒浓无敌，江鱼美可求'……"

"董重的记忆力真好！"原伯母对自己的未来女婿发出真诚的赞叹。一会儿，董重抬起头来，见原家姐妹都已放下了筷子，自嘲地笑笑："我背桌子了。"

原伯母赶紧打圆场："哪里，还有我哩。"

这顿家宴让董重吃得很舒服。他放下碗，掏出手帕揩了揩头上的汗，一看手表，惊讶一声："哎呀，我该走了。"

原伯母也不留他，说："那你忙去吧。"

董重站起来时，原芳脉脉含情地看了看他，轻言一句："你跟我来一趟。"

他们相跟着过了小天井，进了闺房。只见原芳变魔术似的从衣屉里拿出来一件刚织好的咖啡色男式毛衣。毛衣织得很精巧，并钩出了一幅象征胜利的 V 形图案。

"给你织的，喜欢吗？"原芳抖开毛衣，在董重身上比了比，正合身。

"你是什么时候织的？"董重接过毛衣，爱不释手。

"穿上吧。"原芳含情脉脉地看着恋人脱下衣服，换上了毛衣，一下，显得更精神更英俊了。

"我穿上了。"董重万分珍爱地摩挲着身上的毛衣。他不是怕冷，他要把饱含爱人绵绵深情的信物永远带在身上，揣在心里。

原芳把董重送到门口。她怕引人注意，不再送了，倚着门，轻声叮嘱自己的恋人一句："办完事早回家。"

"放心。"董重点点头，转身大步而去。

望着上了街、汇入了人群的董重，不知为什么，原芳忽然觉得有一种莫名的惆怅涌上心头。

彭青枫和马不然同时被捕。

一间黑暗、阴森的地下刑讯室里。个子高大的马不然被吊成了"鸭儿浮水"。刽子手们很恶毒，将马不然两手两脚反绑成"四马攒蹄"，粗绳一拉，将他高悬在半空。那天下半夜，小彭和老马不仅被捕，职业特务们还找到了他们窖在地下，准备炮打黄埔楼、炮打蒋介石的那门迫击炮——虽然这两个人不承认，但目的是显而易见的。

那天黎明时分，蒋介石得知这个消息，在吓出一身冷汗的同时，暗自庆幸：庆幸自己有经验、敏锐。他当即在电话中指示毛人凤，要千方百计撬开这两个共产党人的口；两个不行，一个也好；并顺藤摸瓜，尽可能一举挖出、摧毁中共成都地下武装这条线……

躲在后面的保密局局长毛人凤亲自指挥这场突审。

正在动刑。

被悬吊在半空中的马不然很痛苦，豆大的汗珠顺着他消瘦的脸颊往

106

下滴。他瞪着一双惊恐的眼睛，看着刽子手们在折磨坐老虎凳的小彭。阴深的黑暗中，当中一张宽大的审讯桌上亮着一盏台灯。在台灯洒出的一缕寒霜似的灯光中，坐在桌后的记录员摊开在桌上的笔记本还是一片空白。

坐在前台指挥的是四川省警察局局长何龙庆，他不高不矮的个子，军帽揭来放在桌上，紫酱色的脸上横肉饱绽，一副眉毛又黑又短又粗，像是爬满了黑蚂蚁似的，一双鼓棱有力、充血的眼睛，透出对共产党人一种天然的仇恨。这是一个有"铁血杀手"恶名的家伙。喝过些酒的何龙庆，袖子挽得老高，被酒精烧红的眼睛里流露出嗜血的快慰。

"小伙子，你还年轻，犯不着以死拿命给共产党垫背！"何龙庆看着被捆绑在老虎凳上受刑的彭青枫，语气中流露出明显的威胁利诱："说！谁是你们的主谋？交代你们的组织和上级！"说时，他身子向前探了探，似乎想把痛苦中的小彭看得更清楚一些。手被反绑在柱子后的小彭，身子和头都仰靠在柱子上，似乎想借此减轻一些痛苦；他周身皮开肉绽，血肉模糊。特别是，一双被棕绳像缠麻花一样缠紧的脚杆，被码得甚高的火砖顶得嘎嘎作响，眼看就要折断似的。

然而，回答"铁血杀手"何龙庆的是彭青枫不屑一顾的沉默。

"好，你不说。"何龙庆将腮帮咬紧："那就再加一块砖！"何龙庆将身子更加往上探了些。刽子手们，这就将一块块砖往彭青枫那绷得就要断了的脚杆下顶上去、顶上去！

虽是寒冬腊月天，刽子手们的身上却已是热气腾腾。七八个彪形大汉揭了军帽，敞衣露怀；络腮胡和浓密的胸毛上都在淌汗。他们欺负小彭是个"嫩水水娃娃"，决定杀鸡给猴看，无论如何要先撬开这个娃娃的嘴！可是，小彭却是想不到的坚强，咬紧牙关不开口，一问摇头三不知。

就在何龙庆喝叫"再加一块"、"再加一块"时，被脚下砖顶得快要齐下巴的小彭的一只腿"咔嚓"一声断了，他将身子用劲往后一仰，痛得昏死了过去。

躲在阴暗角落里的毛人凤终于按捺不住，霍地站起，用手指着痛得昏死过去的小彭，吩咐手下："把他给我弄醒再问！"

"唰、唰、唰！"刽子手们拎起三桶冰冷的水，从彭青枫头上直淋下去，痛得昏死过去的小彭清醒了过来。一直坚不开口、闭着眼睛、周身血迹斑斑的他，突然睁开了眼睛。呀，那双眼睛是那么锋利，充满了愤怒和仇恨，如锥如剑般刺向刽子手们。

"说，你说不说！"刽子手们在小彭的怒视下，不由得打了个寒噤，后退一步，同时歇斯底里地吼道，色厉内荏。

"你们要我说什么？"彭青枫脸上露出明显的嘲讽意味。

"说出你们的行动计划，说出谁是你的上级……"

彭青枫的嘴中迸出"不知道"三个字。

何龙庆喝道："说，是谁指使你谋杀蒋委员长？"

"是老子们自己。"

"好，你不说，你虾子嘴硬！"站在近前的打手络腮胡气极："看老子咋个收拾你！"说着瞪起一双牛眼睛，将袖子再往上挽，举起了手中的钢丝鞭。

"且慢！"毛人凤从阴影中走了出来，站在彭青枫面前，他用很温和的口吻诱劝道："小伙子，你还很年轻。你只要说出来，要啥子有啥子。想做官，可以；要钱，要多少给多少。"

何龙庆快步走上，不无谄媚地用大拇指比了比毛人凤，对小彭说："这是我们的毛局长，是位将军。毛局长说话算话。只要你照实说，他保证你要啥有啥。"说时，一身戎装、佩少将军衔、武装带上系中正剑、个子矮矮笃笃的毛人凤不由将身板一挺，显出一副很了不起的样子。因为戴笠死时还是少将，而以后的如毛人凤等特务头子，无论能力、资力、"政绩"等等方面，都无过其右者，军衔都没有超过戴笠。

"说话当真？"小彭做出一副很天真，就要坦白的样子。

"当然，当然！"毛人凤以为有希望了，大喜，连连点头保证："小伙子，只要你照实说了。要钱，给钱；当官，给官。当然，要漂亮的姑娘也可以。"

不意彭青枫勃然大怒，大喝一声："我要你们抵命！"若不是他的手脚被捆绑在老虎凳上，他会像一头发怒的狮子跳起来，扑向毛人凤、何龙庆。

"你要干什么？"毛人凤一惊，吓得往后一退。

"我老实告诉你们，我爹妈都是死在你们手中的共产党人。我恨不得生吞活剥了你们。哼！想从老子口中挖出秘密，做梦……"在彭青枫一顿臭骂中，两个特务头子这才明白，在他们看来，眼前这个"嫩水水娃娃"，其实是个与国民党有不共戴天之仇的坚强的共产党人。

毛人凤失望极了。"何局长，你看着办吧！"他悻悻地走回那团阴影里。得到暗示的何龙庆暴跳如雷，指着彭青枫，喝令打手们："给他娃娃吃'红烧肉'！"

敞衣露怀的络腮胡和一个黑塔似的凶神，转身用火钳从火炉里夹出一块烧得通红的烙铁伸过来，嗖嗖生风的在彭青枫眼前晃了晃。

"说不说？"络腮胡鼓起眼睛，声嘶力竭。

彭青枫头一掉，脸上满是不屑的神情。

"嗞！""嗞！"刽子手下毒手了。烧红的烙铁一下一下地烙到彭青枫胸上、背上……发出阵阵令人恶心的焦糊味。

"呀！"坚强的彭青枫终于忍受不住，发出一声惨绝人寰的尖叫，随即破口大骂："蒋（介石）光头，你个狗东西！我彭青枫这辈子报不到仇，二辈子也不会放过你们……"

酷刑升级。

被五花大绑在老虎凳上的彭青枫，双腿被折断了。通红的烙铁一次又一次地烙到他皮开肉绽的身上，一直喊着骂着的彭青枫渐渐声音低微，高昂着的头渐渐垂了下来……

"他死了!"络腮胡走上前去，伸出手探了探彭青枫的鼻子，向阴影中的主子报告。

"把小家伙的尸首拉下去，将吊起的家伙放下来整!"何龙庆像个输红了眼、急于翻本的赌徒，样子格外凶狠。

被绑成"四马攒蹄"吊在空中、浑身哆嗦的马不然瘫了，结结巴巴地说:"我说，我说。"

"好!"坐在阴影中的毛人凤立刻来了精神，吩咐:"做好记录。"

没有费什么神，毛人凤们得到了马不然竹筒倒豆子般的口供，并立刻作了布置。

午后，董重离开晋园，离开恋人原芳，按计划先去会见从新津来的同志钱毓军。久违了，我的家乡城。虽然离开成都十年，虽然国共决战在即，成都仍然处变不惊。市面上虽然比不上百业兴盛、歌舞升平的太平年月，但大街小巷里照样传出卖担担面的竹梆声、打锅魁的敲击声;黄包车一路洒出的叮当声，混合着街上少有的汽车喇叭声……杂声盈耳，构成了这座在蒋家王朝最后控制下的内陆大城市光怪陆离的风景。

到了锦江，他沿江逦迤而行。江两岸绿树成荫，清静少人，他这是要到南门大桥的饮涛茶楼去。

他从小就爱锦江，特别欣赏两岸的风景。久违了，梦中流过的锦江。穿城而过的锦江，原是一条清波粼粼的大江，是成都的骄傲。从九眼桥畔的望江楼乘船顺江而下，可直达两三百里外的由岷江、大渡河、青衣江交汇处的名城嘉定（乐山）;在那里，可以乘船一直出川。成都就是因这条江而生、而兴。唐代因战乱流寓成都的杜甫，诗云:"两个黄鹂鸣翠柳，一行白鹭上青天；窗含西岭千秋雪，门泊东吴万里船。"可谓描绘出了当时这里的一幅画，是彩色画。住在江边的人家，推开窗户，不仅可以看到鸟、看到翠柳、看到如阵如云的船，还可以看到刘文辉的家乡，大邑县境内的西岭雪山。

那时，汩汩流淌，穿城而过的锦江，江水清澈若蓝。无数蜀女在码头上浣纱；那些质地优良的锦缎，一经锦水浣洗，越发鲜亮，明艳如霞，名扬四方。因此，成都被称为"锦城"。历史上，孟昶主政时，命人在城中广种芙蓉，开花季节，灿若朝霞的芙蓉花高下相照，四十里长如锦绣。因此，成都又被称为"芙蓉城"，简称"蓉城"。

而眼前的锦江，因战乱频频，年久失修，市区居民日增，河道逐渐堵塞，已不能畅行舟船……

记得小时候，农历二月初二，俗称"踏青节"那天，他常常挽着母亲的手去郊外龙泉山游玩；但最喜欢的还是春游锦江。那天，有彩船数十艘，在一艘乐队船的带领下，从九眼桥出发，顺江而下。江上彩旗招展，鼓乐不断，两岸万人空巷，人们集聚围观。成都的春游锦江活动历史悠久，规模盛大。五代时，太守公张咏就作诗描述过春游锦江的盛况："春游千万家，美人颜如花。三三两两映花立，飘飘似欲乘烟霞。"当时，他每每随家人乘船游锦江，至晚方回，其乐融融。

记事以来，春游锦江的活动虽不及史书上记载的那样盛大，但每当其时仍很红火。那天，从杜甫草堂、丞相祠到望江楼薛涛井、濯锦楼等多处名胜古迹，都是春游锦江的人们必去的地方。当时有首竹枝词专门描写此间盛况："濯锦江边放彩船，半篙流水渡婵娟；妈娘悄问姑娘道，好个今年四月天。"……

董重一路感慨着来到了南门大桥边的饮涛茶楼。这是一座仿古建筑，倚江傍岸。此处是成都去康藏道的必经之路。因此，即使在这非常时期，百业萧条，这茶楼上的生意依然很好。

董重进了饮涛，上到二楼。鼎沸的人声立刻涌进耳鼓。张张四方桌差不多座无虚席。各式形态的茶客们都坐在一把川西特有的青竹椅上，有的边喝茶边摆龙门阵；有的交头接耳，悄悄交谈着什么；还有穿着宽袍大袖棉袍的商人，在袖子中捏着手指，眼睛你盯着我、我盯着你，讨价还价……

董重个子高，老远就看见钱毓军坐在一个不引人注意的旮旯头，向他招手。

"劳驾、劳驾！"董重拨开人群，走了过去。钱毓军一边将一把竹椅替董重摆正，一边扬起手来，高喊一声："泡茶！"

"来了！"正穿梭往来的堂倌，这就挑声高应一声；右手执一把硕大尖嘴透亮的铜质茶壶，左手像耍杂技般托着泡盖碗茶的三件头，风一般的来到眼前。

"当啷、当啷！"声响间，堂倌在将一个铜质茶船端端摆在董重面前之时，茶船上已骑了一个青花茶碗；然后，堂倌轻轻抬起右手，一股开水缓缓注入茶碗。随着茶碗里面的茉莉花茶被鲜开水冲激得跳起舞来，散发出清香时，堂倌幺指轻轻一扣，只听"叭嗒"一声，茶盖盖在了茶碗上，整个动作，一气呵成。不要说喝茶，看着就令人赏心悦目。真资格的四川盖碗茶，光看泡茶就是一种艺术享受。

钱毓军将一张大票拍在桌上，对堂倌大方地说："钱就不要找了。"

顿时，眉开眼笑的堂倌将腰一躬，说声"谢了"并告诉了他们好消息："等一会儿扬琴大师李德才要来弹唱《活捉三郎》；还有竹琴大师贾瞎子也要来操《琵琶行》，请两位先生赏光。"说完，将大票拿起卡在耳上，铜壶在手中一挽，一阵风似的走了。

董重用左手托起茶船，右手两指轻轻拈起茶盖，用茶盖在滚烫的茶水上弹去两朵未发开的茉莉花；喝了两口，品了品味，不由赞叹："不错，真资格的蒙山顶上茶，用的水也是锦江江心里的水，好香！"

钱毓军打趣道:"重兄离川多年,还是不丢我川人习惯。"

"走遍天下,要说品茶和饮食文化,我看还是数我们四川最好。"两个人以这样很轻松的语气开了头。在四川,尤其是在成都,对于茶可谓讲究。"扬子江中水,蒙山顶上茶",蒙山就在离成都不过几十里路的名山县内。四川盖碗茶不仅讲究茶好,更讲究水好,器好。所谓茶好不如水好,水好不如器好。泡茶水以泉水为上,河水次之,井水为下。成都好些茶馆门外都挂个"河水香茶"的粉牌招徕主顾。这些水,都是取自锦江。"饮涛"茶楼更是每天一早就有人用胶轮大车载着大木桶,辚辚地碾过清晨的街道,到合江亭取回江心水,再用几只大水缸层层过滤。这间茶楼更是以口岸好,茶好,水好出名。

董重用诗一般的语言,深情地说:"毓军,你可能不知道,这么多年我在外地,锦江常在我梦中流过……"话刚说了个头,只听背后竹椅一阵乱响。他们掉头望去,只见扬琴大师李德才来了,茶客们都在纷纷往四周挪椅子,让开一个面积不大约摸两尺高的台子。身着青布棉长袍的李德才上到台中坐定,一边操琴一边唱起了《活捉三郎》。他一板一眼,轻吟低唱,琴声和唱腔都很悠扬。茶客们听得俯首瞑目,如醉如痴。

接着,上场来的是瞎子贾树三,这也不是一个等闲之人,他是竹琴泰斗。老舍先生曾经说过:"不听贾瞎子的竹琴,就不知什么是四川茶馆。"这话有概括力。贾树三已到知天命之年,青布长衫,面容清癯。他坐在台上,边击打竹琴边演唱《琵琶行》:"……同是天涯沦落人,相逢何必曾相识……"他唱得凄凉悲切,在座的茶客们,无论是市井小民,还是文人骚客,商家大贾,听得都很是动容。

就在茶客们纷纷被场上的表演吸引住时,坐在一边的董重和钱毓军开始了小声谈话。

"董重,你看。"毓军将一张刚买的当日的《新民报》拍在董重面前，头往前凑，压低声音说:"你看龟儿老蒋横征暴敛，'王灵官'又给他扎劲，我们四川人遭孽啊!"

"嘘!"董重竖起一根指头，放在嘴边，再指了指壁头上贴着的"莫谈国事"的告示。从毓军手中接过报纸细看。映入眼帘的是一则有关四川旱情的报道:

……今全省遭灾县份占全省县份的百分之六七十。水旱灾袭击一百零八县，两千万人面临饥馑……

据统计，四川现生活指数超过四百五十倍，而公教人员待遇只及以往的三十五分之一……一个中学教员的收入只等于银元一元六角钱……

再看下去，是盛文发布的成都防卫总司令部的命令:

新闻报馆对于戒严期间所发之新闻记载或言论，当在军事第一，不违背中央国策及影响社会秩序、煽惑人心的原则上披露或评论，军事消息总希以中央社为准……

"狗屁!"董重愤愤地说:"纸还能包得住火!"说着指着报纸上一段文章让钱毓军看:"你看到了这段省政府下的这个告示了吗?"说着，轻声念了起来:"因本年春荒形成，饥民成群结队，四处吃大户，所谓'借粮为生'。各县田粮处征收之粮食，大多散存各乡镇仓库，缺乏武力保护，极易被饥民滋扰。特令各县转饬各乡镇妥为保护仓库。如有意外，必课以重责!"

钱毓军说:"我这次从新津上成都，一路上都在闹粮荒。王陵基却大拍老蒋的马屁，把川人口中的粮都挤出来，调去充作军粮。省府要人们趁机囤积居奇，大发国难财。前天东市街发生抢米事件，打死人后，王陵基是半夜吃柿子——按到耙的捏，他要省政府秘书长孟广澎去压刘湘的遗孀刘周书——要刘虎（甫）婆把囤积的粮食拿到市上去平卖。"

董重一笑:"未必刘虎婆就是好惹的吧?"

114

"哪肯！"钱毓军说："刘周书拍着屁股跳起八丈高，指着孟广澎的鼻子大骂，你去给王方舟说，不要以为甫澄死了，我孤儿寡母就是好欺负的。要叫我拿米出来卖，他们就得先拿出来卖。他们这些人发国难财发了好多，老娘心中一清二楚！逼毛（火）了，谨防老娘全给他们抖出来……"

"结果呢？"董重听得很有兴味。

"结果不了了之。"说着，毓军脸上露出讽刺意味："我三弟是华西大学毕业生，现在是省府建设厅的一个科长，月薪二百大洋。待遇应该说是相当不错吧？原先一家人吃不完用不完，还为朋结友。现在呢，金融秩序混乱，物价飞涨，民不聊生……我三弟一家人，若不是老家老太叫人给他随时送些米去，他一家老小还不是只得饿肚子。这世道啊！"说着一声长叹，面容忧戚。

"你们家乡的情形如何呢，该好些吧？"董重问。钱家是新津望族。新津县是成都平原最富庶的县份之一，县内有五条河流，水渠纵横，土地肥沃，劳动力充足，旱涝保收。四川所谓天府之国，实际上指的就是成都平原；而成都平原又只有温（江）郫（县）崇（庆）新（新津、新繁）灌（县）几个相对富庶的县好。

钱毓军把头摇得像拨浪鼓似的："现在也不行了。乡里壮劳力都被王陵基抓了壮丁；县里的水利枢纽童子堰年久失修，泥沙淤塞。今年夏天南河发大水县城被淹，接着又值春旱，好些地方颗粒无收，而王陵基的赋税又是格外的重。现今不要说乡下，就是县城里也是乞丐成群。每天都有不少农民破衣褴衫，携妻带子，加入乞丐队伍。他们来到县政府请愿，要求减免税收。还有不少人前去城隍庙前烧香，手持香帛，跪在神像前祷告：'玉皇大天尊，下雨救众生。今日下大雨，明日变黄金。''苍天苍天，百姓可怜。求天落雨，救活秧田。'……真是其声也惨，其状也惨。"

见董重听后，心情沉重，钱毓军把头往前凑，低声请示："你看我们是不是可以在新津抓住时机，组织民众来个反对苛捐杂税的示威？"

董重摇了摇头："先不忙。"他用一双明亮的眼睛看定战友："毓军，组织上准备交给你一个重要任务？"

"好呀！"钱毓军眼睛发亮："什么任务？我保证完成。"

董重告诉他，新津离成都不过几十里，是川藏公路的必经之地，也是成都的咽喉之地，是蒋介石大军的必退之地，战略地位十分重要。特别是，那座隔着三条大河，与县城相望的旧县——过去的县城，现在的新津机场，是蒋介石的生命线……作为新津人钱毓军当然知道，新津机场是抗战中，中美两国费时经年修建起来的远东最大的机场。当年美军空中堡垒——B52重型轰炸机轰炸日本东京，就是从新津机场起飞的。现在，这个机场更是重要，每天数架飞机从那里起飞，从早到晚，将大批金银财宝、重要物资和国民党大员空运台湾，来往穿梭。最近蒋介石亲自下令驻军换防，将胡宗南27军最精锐的一个团换了上去。

董重说，经他提议，中央成都地下组织批准，决定对这个机场来一个夜袭，他准备将这个任务交给大邑县游击纵队；让钱毓军作联络员……

"太好了、太及时了！"钱毓军听后感到无比振奋，说是这仗打好了，简直就是要了蒋介石的命根子。说罢董重给钱毓军详细交代了任务。他毕竟是专门军事人才，讲得很细、很周到。钱毓军一边听，一边默默打量着眼前这位年仅二十七岁的上级，心中很是钦佩。他觉得董重思维像水银泻地般严密。

董重交代完毕，钱毓军看了看腕上的手表，说他要马上赶回新津去执行任务，问董重还有没有什么要交代的。

"就这样吧。我等待着你们胜利的消息！"董重端详了一下这位北京大学毕业，长相酷似周恩来的同志。说时他们一起站起来，朝楼下走去。

钱毓军的父亲钱宝苏曾经留学日本明治大学，学的是警务。学成回国后，做过一段时间的成都市警察局局长。因生性淡泊，又厌恶官场丑恶，几个月后就解甲归田了。以后四川督军刘存厚慕他的名，派人抬着八抬大轿到新津乡下去请他，钱老太爷都不去。

钱老太爷有三个儿子。毓军是老大，在北大读书时，秘密加入了共产党。毕业后，为便于开展党的活动，他推掉了好些美差，回到家乡，屈尊当了一个乡长，实际上是将家办成了一个党的地下秘密联络点。钱家老二读书成绩也很好，但因不满包办婚姻，思想沉沦，大学毕业后，也不出去做事，而是回到乡下老家，整天于冥冥中与神佛打交道，成为一个虔诚的佛教徒。老三钱毓文，华大毕业，在省建设厅当科长。

年前，钱老太爷去世，三兄弟更是各奔前程。毓军成为一个职业革命家；老二干脆丢下妻儿，云游四海去了；老三奉公守法地当他的小官吏。

"毓军!"董重边走边对走在身边的钱毓军问："天就快要亮了。解放以后，你准备干什么？我看你最好去当个特型演员，你长得最像我们的周恩来周副主席，上台根本就不用化装。"

钱毓军有些赧然地笑笑说："我话、话都说不、不伸展，还当演员？董重，你、你取笑我了。"钱毓军说话有些结巴。这是因为早先年间，当时还小，他父亲去日本留学多年，缺少父爱，他感到孤寂。母亲管得又严，除了大院中四角的天空，简直就是与外界隔绝。带他的一个长工是个结巴，久而久之，他觉得长工说话结巴很有趣，竟花钱请长工教他说话。最后却怎么都改不过来了。

董重看着钱毓军，很感慨地说："你不仅与周副主席长得像，而且经历也很类似，都是背叛自己的地主家庭走上革命道路的。我想，你演周副主席不仅形似，更是神似。"

117

"我哪能同周副主席相比。"毓军笑笑自嘲:"我是空有其表,哪有周副主席的风度才情?"说时,他们走到南门大桥,得分手了。

他们紧紧地握了握手。

"董重,你常说我们家的白果炖鸡好吃。"钱毓军看着董重,说话诙谐起来:"忙过这阵子,你什么时候带上你的'大令'原芳,到新津我家来吃白果炖鸡?"

"好,那就等解放吧,那一天会很快来到的!"

"好,到时候我一定大开中门迎接你们。"

"一言为定?"

"一言为定!"一对战友就这样挥手作别。

董重去了春熙路。他要在见到马不然之前,去见他的上级李师民同志并向李师民汇报、请示工作。

春熙路是成都最热闹、最繁华,也是最现代化的一条街。它是四川军阀杨森二十年代当四川督理时,在成都留下的"善政"。街长几里,街道并不很广阔,两边鳞次栉比的铺面大多是一楼一底的洋楼。商店里卖的货物琳琅满目,大都是些舶来品,很有些上海南京路的意味。

春熙路的得名,与钱毓军的三弟钱毓文的岳父有关。钱毓文的岳父陈月舫,祖上是"湖广填四川"中从福建移民川北。陈月舫在日本早稻田大学学成归来后,成为饱学名士,他中学同学王缵绪主持川政时,请他出来做过一段时间的秘书长,"春熙路"是陈月舫取的名。

到了春熙路,来到孙中山铜像背后那人声鼎沸、座无虚席的悦来茶馆时,一进门,董重一眼就看到了坐在里面一个背静地方的李师民。李师民向他招了招手。他过去坐了下来,假意一边看报一边喝茶,轻声将黄埔楼上这两天发生的好像不太正常的情况向李师民作了报告,并说出了自己对这件事的看法。李师民要他把话说完。于是董重就说出了对马不然的担心……又说,他要约马不然谈话。

一脸严峻，对门坐着思索着的李师民，忽然紧张起来，四方脸上一副浓眉抖抖；迅速将已经揭下来放在桌上的博士帽抓起，戴在头上。董重一惊，循着李师民警惕的目光看过去，一看就惊了。

茶馆门口，有三四个便衣特务，一边朝里走，一边用如锥如刺的目光在座无虚席、闹哄哄的茶客们中搜索着目标，门口还有便衣特务把门。而走在中间的是只带路的"狗"——那人正是马不然！

糟糕，马不然叛变了！董重想，幸好马不然不认识李师文。为掩护上级，他赶紧站起来，迎着马不然走上去。

"老马，你怎么这么不懂规矩呢？"地下工作最讲究准时，提前和延迟都是绝对不允许的。董重走上去，对马不然责问。

"啊、啊——你?!"抬头看着猛然出现在眼前的董重，马不然吃了一惊，显出惊慌。好像生怕董重揍他，狗似的佝着背，赶紧往后退。这会儿，董重用眼角的余光瞟到，趁着混乱，李师民已安然而去。

"哈，是董先生吧。"便衣特务中闪出一个小头目。

"我不认识你。"

"你不认识我，没有关系。"小头目指着马不然说："只要你们之间认识就行了。"说时，围在他身边的几个便衣特务上来，亮出了锃亮的美式手铐要铐他。董重故意挣扎，对围在身边、一脸惊愕的人们大声说："大家看，这些人简直是青天白日抢人！"

在人们的喝问中，小头目掏出证明亮了亮："我们是保密局的，走！"说着带上特务们，将铐上的董重往茶馆外操。

董重被特务们推出茶馆，架上了候在门外的囚车。黑色的囚车像个见不得人的幽灵，迅速地窜去。当天，董重被秘密囚禁于成都娘娘庙监狱。

第八章　调包攻心和暗杀

并蒂莲之子，千古能发芽。问君恁命硬，我开自由花！

"天亮前，金鸡三唱，无非是报晓而已。没有金鸡三唱，天还是要亮。老蒋的政权就像天将亮前的黑暗……今天，我们共产党人从事的事业，远比谭嗣同、刘光第等人从事的伟大、光荣、崇高！一个崭新的、红彤彤的新中国就要诞生了。我愿在这最黑暗的时分，用自己年轻的生命划出一道绚丽的闪电；在阴霾寒冷的天际，爆发出一声响亮的春雷！"

暮霭垂垂。

董重被捕的消息，当晚董子参将军就知道了。夫人哭得泪人一般，他好不容易安慰停当了夫人，赶紧叫来贴身副官马凯，并吩咐马凯用自己的车将儿子安排在自己部队中的共产党人曾云飞、徐鸣铮、王万坚转移到家中。

不是有"灯下黑"一说吗？董将军心想，我堂堂的一个国民党中将，难道毛人凤和盛文还敢派人来搜查我的公馆？谅他们也没有这个胆子！

一切安置停当后，夜已经深了。董子参心下稍安，开始琢磨起这件事的严重性和搭救儿子的办法。他首先想到了盛文，儿子现在就在他的手里。盛文是湖南长沙人，黄埔军校第六期、陆军大学十一期、中央训练团二十期毕业生；曾任西安绥靖公署参谋长，是胡宗南的爱将，蒋介石倚重有加的学生，想从他处下手肯定不行，况且儿子犯的又是直接"谋杀领袖"的大罪、死罪！

在书房里转悠了半夜，越想越不得要领，心乱如麻。他跌坐在沙发上，从茶几上拿起一枝粗大的、他爱抽的哈瓦那大雪茄衔在嘴上，拿起火柴。"嚓"的一声擦燃，因为心情紧张烦乱，用劲过猛断了，他一连擦了五六根火柴才将雪茄点燃。他的手微微有些颤抖。

从内心来说，董子参早就对蒋介石政权从失望转成了厌恶；而且蒋介石政权已经行将崩溃，犹如一只在激流汹涌中下滩的破船。但老蒋还不服输！还要在成都进行国共决战！现在好比是黎明前的黑暗，而黎明前的黑暗最黑。老蒋现在杀共产党人是杀红了眼、杀疯了，你娃娃早不回来，晚不回来，现在你叫老子咋办?!

自怨自艾中，董子参不由得想起月前儿子突然出现在他面前时的情景。

"你娃娃胆子大嘛！"他一见儿子又惊、又喜、又怕地说："你要晓得，老子是国民党的将军。国共是死敌，我们之间势不两立。你这个时候回来，就不怕老子把你娃娃抓起来，交给盛文？何况你还带了三个共产党人回来，你把老子码干吃尽（四川话，吃得透的意思）了！"

董重笑笑，气宇轩昂地说："有言：知子莫若父，同样，知父莫如子。我知道，爸爸你是个有良知的军人，当初是因为信仰孙中山先生和他的'三民主义'，抱着军事救国的思想从军学军事；不意后来的国民党是这个样子，尤其是蒋介石！过去的都不说了。现在，曙光在前，黑夜将尽。每一个有良知的人，每一个看得清时局的人，都不愿再跟蒋介石走。蒋介石无异于已经死了，难道这个时候，爸爸你还肯背这个死人过河么？何况，这河也过不去！"

将军长叹一声："你娃娃说得一点儿不错。但是，这个时候回来你就不怕？成都就这么大点儿地方，军警宪特遍布，天天都在逮人，逮住就杀！你没有看见遍街都贴上了盛文的'十杀令'？你要知道，你娃娃一旦落入盛文的手，落入老蒋的手，我可是一点儿办法也没有。蝼蚁尚且偷生！你这又是何必呢？"

"父亲决不会出卖我们！"儿子说着动了感情："爸爸你说得对，我回来确实有危险！然而儿子就好比是一只报晓的公鸡。天亮前，金鸡三唱，无非是报晓而已。没有金鸡三唱，天还是要亮。老蒋的政权就像天将亮前的黑暗……"儿子这样说时，他不仅感动，而且觉得，共产党就是会培养人才、就是出人才。

"将军！"隔帘响起夫人贴身丫鬟小玉担忧的声音："夫人还在哭，眼睛都哭红了，晚饭也不吃，也不睡，是不是请将军过去宽慰宽慰夫人？"

"好吧！"将军去了隔壁卧室。

天还未亮明，将军刚刚才入睡，一阵惊抓抓的电话铃声闹醒了他。是谁这么讨厌，竟把电话直接打到了这里？！将军很有些愠怒地拿起电话。"是董子参董将军吧？打扰了，实在对不起！也实在是事情紧急……"电话中传出一个似曾听到过的湖南口音。

他猛然醒悟："是盛司令吧？"他知道是谁了，猛地坐起。

"是。"电话中盛文没有多说，只说令公子的事委员长知道了。盛文请他立刻去成都防卫总司令部！

心急火燎的董子参，立刻带上自己的副官，要司机李山开车，赶去了成都防卫总司令部。

车开进了成都防卫总司令部，戎装笔挺、佩中将衔的盛文已经带着他的副官等在楼下了。

盛文中等个子，显得很沉稳，窄条脸上利目如锥。

董子参一下车，盛文就指着副官和等在那里的一辆轿车，对董子参说："这是我的车，董将军请即刻上车，让我的副官送你去。委员长已经在等你了！"

看盛文一副很急的样子，董将军也没有多想，上了盛文给他备下的车。直到车开出防卫总司令部，上了大街，他才注意到，陪在身边的是盛文的副官，司机也是盛文的司机。稍微想了想，觉得这也没有什么不对，因为只有盛文才知道老蒋的住址；也只有盛文的车才进得去。

董将军万万没有想到，这是盛文使的一个计。

董子参去后，他的副官被叫到隔壁的一间房子休息，类同软禁；而他的司机李山则被人带上楼去见盛文。

在一间大办公室，李山一见到那架势，就觉得不对。

盛文坐在一张硕大、锃亮的办公桌后，军帽摘了放在一边，拧着头好像在看什么文件。他的背后墙壁上有一张蒋介石身着特级上将军服的大照片，照片上一幅大字，从右到左排过来："戡乱反共救国，川西决战必胜！"很像是蒋介石的字体，瘦而硬。桌子上，文件、卷宗堆积如山，一角有一架红色的载波电话机。

"报告！"带他上去的军官在门口可着嗓子一声，胸脯一挺。

"进来！"盛文一口浓郁的湖南口音，随即威严地咳了一声。

吓稀稀的李山进去时，带他进去的军官退了出去，并轻轻掩上了门。

"李山！"盛文抬起头来，也不让他坐，摆出一副审问的架势："我问你几个问题，可不准有一点儿撒谎、隐瞒！你要知道你在哪里，嗯！"盛文那个语助词"嗯"，像一把重锤，锤在了李山的心上，让他意识到了事情的严重性。

"不敢，小的万万不敢。"李山的声音像蚊子哼哼。

"李山，你是抗战期间流落到成都的下江人吧？""下江人"——这

123

是成都人对抗战中，从沿海一带流落到成都长江下游一带的人的统称。

盛文突然这样问，显出一些关心，也表示出他对李山了如指掌。盛文用一双虎威威的眼睛将站在面前、骨瘦伶仃、戴顶鸭舌帽、穿一身蓝布工装、吓稀稀的李山作了上上下下的审视。

"是。"李山老老实实地说，盛文问一句，他答一句。这时，影子似的进来一位头戴船形军帽，身着黄哔叽美式卡克军服，身姿婀娜，烫着卷发的年轻漂亮的女军人，她坐在旁边一张桌后，摊开了记录本。这让他心中更是一惊！

盛文说："下江人脑子都好使，最知道利害。好，我现在先问你第一个问题，你是董子参的司机，不会不认识董子参的大儿子董重吧？"

糟糕！李山的脑袋顿时"嗡"的一声，是福不是祸，是祸跑不脱！董将军，他想，没有办法，在凶神恶煞的盛文面前，我只有实话实说，对不起董将军你了。

在盛文的威逼利诱下，没费多大的劲，李山就来了个竹筒倒豆子，将董重什么时候潜回家来，带了哪些共产党人，一五一十，原原本本，都老老实实地作了交代。

"好！"盛文说："我会兑现给你的许诺的！我会重奖你！不过，现在你要给我办件事……"他要李山趁这个时候，把董将军的车开回家去，假传圣旨，将董将军昨夜转移到家中的三个共产党人哄出来，直接拉进他的防卫总司令部。

见李司机有些犹豫，盛文突然发作，在办公桌上猛拍一掌，站起来，指着李山的鼻子教训："事已至此，你没有退路了！你如果不去，我答应你的好事不仅一笔勾销，我还要治你的通共同盟罪！办了，我就加重奖励你！两条路，何去何从，你马上挑，嗯?!"说着拧起眉头，不耐烦地看了看戴在腕上的金壳瓦士针夜光手表。

李山狠了狠心，咬了咬嘴唇，哑声道："好吧，盛司令，我照你说的办!"

接着,李山开着董子参将军的车,回到了柿子巷董公馆。

"董太太!"李山站在暖阁窗外,轻轻连呼了两声,显得神情紧急。

"啊,有事吗,是李司机吧?"太太听出是李山急切的声音,隔帘问:"司令呢,司令回来了吗?"

"司令没有回来,他被委员长叫去了。司令吩咐我赶紧回来接人。"

"接谁?"

"接曾云飞、徐鸣铮、王万坚转移。"

"转移到哪里去?"

"转移到刘文辉的玉沙公馆,说好了的。"李山按事先盛文教的话答。刘文辉亲共,这在川军将领中大都是知晓的。董太太对此说心中自然没有一点儿怀疑,而且也希望尽快把这三个共产党人转移出去。

于是,赶紧叫出曾云飞、徐鸣铮、王万坚,让他们上了李山的车。

三个年轻的共产党人当然也没有半点儿怀疑。就这样,他们上了李山的车,让昧了良心的李山,将他们直接送进了虎口——送进了国民党成都市防卫总司令部。

董子参将军出了城,远远看到南跃去那片占地广宏、一衣带水、建筑华美精致、树木葱茏、高墙环绕中的别墅群时,董将军心想,怎么朝这里开,莫非蒋介石住到这里来了?

南跃去是新津人,经商发了大财。长袖善舞的他,曾与本县一位当过旅长,后来解甲归田的胡雨生竞选国大代表。双方各不相让,势在必得,各自使出了十八般解数。南跃去有的是钱,最后干脆让多辆宣传车上街为他拉票,在街上将钞票撒得天女散花似的。结果,南跃去打败了胡雨生,当上了国大代表,如愿以偿。

南跃去是个著名的民族资本家。新津县城周围环水,有西河、南河、羊马河……因而又叫水城。有种说法是水主财,水多就意味着财多。也许这个说法有些道理，在四川，新津是个小县，可是从古至今，出了很多因为会经商而富有的人。南跃去就是那个时代新津的代表人物。体现他有钱的一个标志就是华宅如云。在家乡新津有、成都有、南京有、上海有……全国各地都有。不过规模最大、环境最好的还是数猛追湾过去的这一处。

正思想间，董将军乘坐的盛文的克拉克轿车一拐，驶上了一条浓荫匝地的私家柏油路。走到门前，车子停下，闪出两个佩防卫总司令部标徽的持枪卫兵；坐在前面副驾驶坐上的盛文副官出示了"派司"，卫兵核实无误后，又打电话向里面作了请示，这才放他们进去。

进去后才发现这里明松暗紧，不知有多少双眼睛，明里暗里监视着他们这辆车。

放眼看去，片片茂密的幽篁翠竹中，掩映着幢幢风格有异，色彩有别的小洋楼。曲径通幽，景随车移。不知弯了几个拐后，车停在了一幢一楼一底、檐角飞翘的中西合璧的小洋楼前。

已经等在门前的一个军官趋步上来，替董子参拉开车门。

董子参走下车来，一个蒋介石的侍卫官迎上来，很僵硬地将手一比，将他单独带去见了蒋介石的秘书曹圣芬。曹圣芬稍胖，头微秃，笑嘻嘻地，显得很和气。俗话说："笑官打死人！"他知道这种人的厉害。

"董将军请吧！"曹圣芬带他上楼时，也是将手一比。

曹圣芬将董子参带到二楼上，沿着铺着厚重的大红地毯的走廊走到中间一个房间，轻轻推开一扇油光锃亮的西式小门，这是一间布置得像书房的中式客厅。曹圣芬没有多余的话，叫他进去等。

他进去后发现茶都给他泡好了。可后来发现，曹圣芬却不见了，他知道曹圣芬去哪里了。

坐在沙发上，董将军注意看了一下屋子的布置。整洁，一色进口柚木家具，靠窗摆放一张硕大锃亮透明的办公桌，桌上有文房四宝和两架电话机。刚进门靠壁摆有两列中式书柜，书柜里摆放的都是线装书，《四书》、《五经》类典籍。

他注意到，桌上正中摆有一本翻开来的《曾文正公》全集。早就听说，蒋介石最爱读曾国藩的书，对曾国藩崇拜得五体投地，说曾国藩是古今完人。想来，这是蒋介石正在读这本书……

这时，蒋介石走了进来。董子参赶紧从沙发上站起身来，双脚并拢，"啪"地给蒋介石敬了一个军礼。

"唔，坐。"蒋介石隔着茶几坐在了董子参对面的沙发上，阴沉沉地打量着董子参。蒋介石神态冷峻、面容清癯；光着头，身着玄色棉袍，外罩一件黑马褂；脚蹬一双圆口黑直贡呢布鞋，坐得身姿笔挺。

"多年不见了，阁下还是这般威风。"蒋介石似笑非笑地说："董将军真不愧为日本士官学校毕业的高才生。说起来，我们还是那个学校的先后同学……"蒋介石说着站起来，去书柜里抽出一本线装书《三国演义》，搁在面前的茶几上，坐下来，用细长的五根手指轻轻敲打着。

董子参不知他葫芦里卖的什么药，接过话头，言不由衷地恭维一句："委员长日理万机，运筹帷幄，还这样手不释卷。"

"董将军这是取笑我了。"蒋介石话中有话："国家弄成这个样子，我现在是众叛亲离，哪里还谈得上运筹帷幄。"

董子参咀嚼着这话中含意，一时无言以对，不知该从何说起。

不祥的沉默中，蒋介石似乎无意间随手翻开了《三国演义》，一边浏览一边问："董司令，你研究过《三国演义》吗？"

"报告委员长。"董子参心中打鼓，观察着蒋介石一副阴阴阳阳，让人捉摸不定，莫测高深的神情，说："卑职谈不上有研究，只是读过几遍而已。"

"唔！"蒋介石站起身，背着手在屋子里旁若无人地踱了几步，然后在窗前站定；背着董子参，似乎深有感慨地说："成都，是蜀汉昭烈

127

帝刘备的发祥地和京城。一代良相诸葛孔明，更是在这里运筹帷幄，功勋盖世，名垂宇宙。"说着霍地转身，鹰眼闪光，看定董子参："董司令久居四川，可以说是一个完全的四川人。哪能不熟读'三国'呢？听说四川人个个都是熟读了这本书的。俗话说得好，读了《水浒》好弄拳脚；读了《三国》会弄计谋。"

"我最近重读《三国演义》后，有一个新的发现。发现董司令最近办的一些事，有些奥妙与《三国演义》何其相似。"说着，蒋介石熟练地翻到《三国演义》中的第二十一回《曹操煮酒论英雄》，将书递给董子参，说："你看看吧，你做的事，与此是不是相似?!"

董子参不明白蒋介石为何这样说，他接过书来，看下去：

一日，关（羽）张（飞）不在，玄德正在后园浇菜，许褚、张辽引数十人入园曰："丞相有命，请使君便行。"玄德惊问曰："有甚紧事？"许褚曰："不知，只叫我来相请。"玄德只得随二人入府见操。操笑曰："在家做得好大事！"唬得玄德面如土色。操执玄德手，直至后院，曰："玄德学圃不易！"玄德方才放心，答曰："无事消遣耳。"操曰："适才见枝头梅子青青，忽感去年征张绣时，道上缺水，将士皆渴；吾心生一计，以鞭虚指曰：'前面有梅林。'军士闻之，口皆生唾，由是不渴。今见此梅，不可不赏。又值煮酒正熟，故邀使君小亭一会。"玄德心神方定。随至小亭，已设樽俎：盘置青梅，一樽煮酒，二人对坐，开怀畅饮。酒至半酣，忽阴云漠漠，骤雨将至。从人遥指天外龙挂，操与玄德凭栏观之。操曰："使君知龙之变化否？"玄德曰："未知其详。"操曰："龙能大能小，能升能隐；大则兴云吐雾，小则隐介藏形，升则飞腾于宇宙之间，隐则潜伏于波涛之内。方今春深，龙乘时变化，犹人得志而纵横四海。龙之为物，可比世之英雄。玄德久历四方，必知当世英雄。请试指言之。"

......

玄德曰："谁能当之？"操以手指玄德，后自指，曰："今天下英雄，惟使君与操耳！"玄德闻言，吃了一惊，手中所执匙箸，不觉落于地下。时正值天雨将至，雷声大作。玄德乃从容俯首拾箸曰："一震之威，乃至于此。"操笑曰："丈夫亦畏雷乎？"玄德曰："圣人迅雷风烈必变，安得不畏！"将闻言失箸缘故，轻轻掩饰过了……

董将军看到这里，明白了蒋介石话中所指，身上突然冷汗涔涔。蒋介石进一步逼问道："董司令，你看你与刘玄德有无相似之处？"话到这里，董子参只好率先将话挑明："卑职是在昨天晚上闻得逆子所犯下之大逆不道、滔天大罪的……就是委员长不传部下，部下今天也要设法前来向委员长请罪的。"

"唔，这样？！"蒋介石不无讥讽地笑笑："令爱早年在成都读中学时就参加了共产党，后来又奔赴共区受训，年前回到成都，在董司令庇护下从事共党的军事活动多日。这，董司令不会不知道吧？这又该作何解释？为何你当初不说呢？"

"是的。"董子参硬着头皮解释："逆子从读中学时就深受赤祸污染而自行其是。"他有意避开具体事情，为自己洗白道："我早就同他脱离了父子关系。至于说，他年前从共区潜回成都，在我的庇护下多日，恐是讹传，并无实事，部下并不知详情。这点，请委员长明察。如果逆子真的犯下了滔天大罪，我决不护短，听凭委员长按国法处置。"

"好！既然董将军如此深明大义，勇于大义灭亲，那就别怪我不手下留情了。"蒋介石也不再抠董子参在此事上的细节，说时，脸变得铁板一块，阴冷地一笑："我看，董将军最好还是劝劝令公子吧，毕竟是自己子弟嘛，嗯？"他观察着董子参的神情。这会儿，董子参脸色倏地惨白。蒋介石昂着头，继续用手轻轻扣打着案上的《三国演义》。

"是的。"他说:"苏俄的共产主义有相当大的欺骗性和迷惑力,尤其是对涉世不深的热血青年。就我而言……"蒋介石说到这里有一个停顿,用一双冷酷犀利的眼睛盯着董子参。好像现在他不是在同暗杀自己的共产党要人董重的父亲说话,而是在同一个慈父探讨如何引导青年人走上正路的问题。其实,蒋介石这是在欣赏一个老父亲看着自己的爱子身陷囹圄而无力解救,内心剜心割肉般的种种矛盾痛苦情状。

"当初,我自己就曾经被苏俄的共产主义学说牵过一阵鼻子。"蒋介石侃侃而言:"经国更是还不到十五岁,我就将他送到苏俄去学习。后来,慢慢地我们才看出马克思、列宁倡导的共产主义学说,不过是违天理灭人性的专制主义,便先后而弃之。"说着话题一转:"董重还很年轻,我们也不是外人。你我都是先后去日本学过军事的留学生,是校友,先后同学。这里,我之所以如此苦口婆心地给你说这些,无非是要你劝劝令公子幡然悔过,不要明珠暗投,毁了前程。"说着一声叹息:"亡羊补牢,未为晚也。嗯?孔子曰,'朝闻道,夕可死也!'令公子才二十七岁,正是如花的年纪,死了可惜。你是父亲,若能对他动之以情,晓之以理,他董重不是没有迷途知返的可能。若是这样,则党国幸甚,你们家里幸甚。若始终执迷不悟……"说到这里,蒋介石冷笑一声:"那就休怪我手下无情!"

董子参听到这里,完全明白了,蒋介石绕了一个大弯子,目的是要他劝降儿子。想了想,他说:"犬子生性倔犟,恐怕难以醒悟。"他话虽是这样说,但一种竭力保全儿子生命的期望驱使他又迟迟疑疑地向蒋介石请求:"请委员长宽限几日,我愿遵照委员长教诲,去尽力而为。"

"唔!"蒋介石点了点头:"可以。不过,这事不能久拖下去。两天之内你就得给我一个明确的回音。"说完,他站起身来,秘书曹圣芬适时出现在门外,手一比:"董司令,请!"

董子参表情木然地朝门外走去,跨门槛时竟踉跄了一下,差点儿绊倒，而且因为神志恍惚、昏乱，临别时竟忘了给委员长敬礼。

冬天日短。董将军回到成都防卫司令部时，一直等着他的副官告诉他，将军的专车上午被司机李山莫名其妙地开走了，现在也没有回来。董子参感到十分惊讶、十分愤怒！这还了得吗！不过又想，是不是夫人有啥要事，要李山把车开走了呢，事情到现在都没有办完？要知道，有三个共产党人藏在家里，说不定因事情紧急，夫人和马凯这会儿正在将这三个共产党人紧急转移呢！司机李山跟了自己这么多年，从来都是听说听教的，他想，不会有啥事的；就是有什么事，等一回到家就知道了。因此，当盛文的副官建议仍然用这辆车，将他们送回去时，董子参没有拒绝。

家，已经遥遥在望了。天，已经完全黑了。幽静的小巷里荡漾着成都冬日这个时分常见的白雾，几星熟悉的灯光在如丝如缕的夜幕中漂浮，那是几家卖麻辣牛肉干、白斩鸡蘸红油辣子的小摊贩们点的灯笼。这一切，是多么熟悉，多么温馨！董子参觉得，离家仅一天，却像是离开了一个世纪。

而与此同时，一阵凄厉的枪声传进耳鼓。这里离杀人场十二桥很近。他不由悚然一惊。他知道这是国民党特务趁着夜幕遮掩，又在杀共产党人了。可他哪里知道，跟了他多年的司机李山已经背叛了他；他更没有想到，今夜十二桥被杀的人中，就有李山从他家中诱出去被捕的三个共产党人。

……

这条长廊好长好长。

董子参将军怀着沉重的心情去监狱看望儿子。不，不是看，是蒋介石的屠刀已经架在了儿子颈上，他作为父亲，现在是不顾一切地扑上去救儿子。董重作为共产党要犯，已经从最初关押的娘娘庙监狱，转移到了戒备森严的市大监。案子也由盛文转到了特务头子毛人凤手里。

131

去劝儿子投降，让他出卖组织换取活命？姑且不说这样做，是否有违自己的人格，劝降行吗？儿子会听吗？他在心中一遍一遍地问着自己。回答是：肯定不行！但他已经被逼得没有办法了，为了挽救儿子的一条生命，作为父亲，他只得怀着一种极为矛盾痛苦的心情，在年轻狱卒张前明的引领下，低着头，沿着长廊默默地向前走去，走去。向来脚下生风、身姿笔挺、很有军人风度的他，今天腰背有些佝偻。他这是明知不可为而为之。

长廊两边是一排排的牢房，透过铁栅栏可以看到，每间牢房里关着四五个人。董重是单独关在长廊尽头的一间小牢房里。

董将军尚不到六十岁，身材高大，魁梧匀称；平时军容严整；走起路来，橐橐有声，很威风，可在过去几天的时间里，他忽然间垮了，完全变成了另一个人。本来不多的白发，转瞬间全白，似乎一夜间浮上了一层寒冷的苦霜。往日一双很有神的眼睛也失去了光彩，整个眼窝都凹了进去……一连串的打击对他来说简直是太残酷了：儿子被捕；跟他多年、他待之不薄的司机李山卖身求荣，将"借"在家中的三个共产党人骗出去杀掉了。特别是，当夫人得知儿子从娘娘庙监狱转移到市大监时，一急一气间，瞎了眼睛。

现在，他想见儿子又怕见儿子。董重若是问起曾云飞、徐鸣铮、王万坚的情况怎么办？特别是，老蒋已经说明，这是他救儿子的最后机会。儿子拒绝自首，拒绝屈服，那么，这次探视就是父子之间的生离死别了。正因为如此，他临行前劝阻了执意也要来探监的夫人，人世间撕心裂肺的诀别，还是让他单独来承担吧！

"董将军，到了。"张前明这一声，将他从一个昏沉的梦中惊醒。眼前，长廊的尽头是个偌大的院落。四围高墙上架着通电的铁丝网；之间有一个高高矗立的哨楼。哨楼上架着机枪，还有持枪警惕巡视、瞭望的哨兵。晚上，有探照灯不停地扫来扫去，严密地居高临下地监视着整座监狱。正面墙壁上画有一面占了半壁的青天白日旗；旗徽两边墙上刷着这样的大字："苦海无边，回头是岸""生命宝贵，须认清此时此地"；"忠诚坦白，勿错过最后良机"……

张前明"哐啷"一声打开了一道铁栅栏。董子参眼睛一亮，他看见了儿子。栅栏后面是一间小小的长方形的牢房。房顶的天花板高得吓人。似乎怕犯人自杀，又似乎怕狱卒看不着牢房里犯人的行踪，顶棚上白天都亮着一盏因电压不足，灯丝红扯扯的电灯。

儿子神态安详地坐在地板上，背靠着栅栏思考着什么。听见栅栏响，他转过身来，看见了父亲，一下站起身来，身材魁伟的董重，手扶着铁栅栏，看着父亲，眼睛中露出惊喜和疑问。

"董重，你父亲看你来了。"年轻的狱卒张前明说时，董重已走上前来，双手握着铁栅栏，亲切地问："爸爸，你怎么来了，妈妈呢？"

"董将军，你们谈吧。"知趣的张前明给董子参端来了一把竹椅，让哀伤不已的董将军坐下说。张前明是一个出身于城市贫民家庭，中学没有结业的学生，为人富有正义感，同情董家父子。就在张前明轻步退出时，又小声地对他们父子提醒："请你们抓紧些。"去时为董家父子掩上了门，隔断了外面的视线。

董将军双手拉着儿子从铁栅中伸出来的手，用从来没有过的慈祥，细细审视着儿子。他发现，儿子瘦了些，但更显精神，目光炯炯。

"儿子，你怎么样？"董将军问。

"你看我这不是很好吗！"为了安慰父亲，董重特意笑了笑。看着突然间变老、身躯也有些微微佝偻的父亲，董重心中难受，说出来的话却是轻松的。

"以往总是没有时间，我现在正好可以学学英语。刚才我正在默背英语单词。"董重说着显得若有所思："妈妈怎么没有来？"

"我怕你妈太伤心，所以没有让她来。"董子参说着颓然地坐在竹椅上，垂着头，久久不语。一切哀伤尽在不言中了。

一切都明白了。儿子隔栏细细端详着一夜之间衰老了许多的父亲。现在，父亲脸上的每一条皱纹里都写满了忧虑、痛苦甚至恐惧。

"他们找你的麻烦了？"儿子问。

父亲摇了摇头，又点了点头。

"云飞、鸣铮、万坚他们现在哪里，他们还好吧？"

儿子的这一问，像打在父亲身上的枪弹。董子参猝然一惊，随即用双手抱紧了头。

"怎么，出事了？"董重用手抓紧铁栅栏惊问。

父亲不得不一五一十地将事情发生的全部经过、结果告诉了儿子。

久久的沉默中，父亲抬起头来，只见儿子浓黑的剑眉紧锁，目视远方。因为极度的气愤，双手把铁栅栏捏得发响，他咬紧牙关，迸出两个字"可耻"！牙齿将嘴唇咬出了血。"这就是蒋介石！"董重狠狠地自言自语。

"董重！"父亲像要同谁抢什么似的霍地站起身来，紧紧地抓着儿子的手，急切地说："我要救你出去。"

"是蒋介石逼你来的吗？"儿子讪笑着："老蒋的要价一定不低？"

"是。"父亲又低下了头："老蒋为你的事，专门找我去谈话。他要你供出中共成都、乃至全川中共地下组织的秘密；特别是要你供出你主持的中共地下组织的军事秘密。"

"哈哈哈！"董重扬声大笑起来，那笑声里充满了视死如归的豪情。

"告诉蒋介石！"董重说，字字千钧："要他死了这条心！"

"重儿！"董子参不无忧伤地看定儿子，声音喑哑："现在你的案子由蒋介石亲自处理。他限我在两天之内劝你投降，并要你供出他们希望得知的一切，否则……"说到这里，老泪纵横。

"爸爸，既然你的儿子选定了共产主义作为他为之奋斗终生的事业和目标，就不惜牺牲一切，直至牺牲生命。成都就要解放了，蒋介石政权就要彻底垮台了。儿子我能为这场伟大的斗争而死，死而无憾!"

"重儿，你要知道，你才二十七岁，正是人生最宝贵的时期。你可知道，'蝼蚁尚且惜身'这话？是的，老蒋的气数是尽了。国民党垮台是早晚的事，但你何必非要把自己的命搭进去？何必如此轻生？何况你与原芳从小青梅竹马，相爱多年。你就能狠心扔下为你哭瞎了眼睛的母亲？能忍心丢下等了你多年的小芳？"

"爸爸!"董重态度无比坚定:"你不是经常教导我们'朝闻道，夕可死'吗？我何尝不想活下去！可是要我出卖组织，要我当叛徒，不行!"

"那就什么都不说，你只要写张退党声明行不行？这是老蒋给我的底线。"父亲这会儿简直是在哀求儿子:"或者你只写张悔过书都行。这样，我可以厚着老脸再去找老蒋，求他刀下留人。等你出来，我们一家人，当然还有小芳，立刻举家出国定居。管他什么国民党、共产党，从此我们一家人不沾政治的边，过安安静静的日子好吗？"

董重摇了摇头。

见父亲难过万分，儿子百感交集地说:"爸爸，我小时候，你不是经常给我讲戊戌变法的故事，你不是经常赞扬为变法抛头颅洒热血的谭嗣同、还有我们的四川老乡刘光第吗？你赞扬他们'我以我血荐轩辕'的精神为变法献身！今天，我们共产党人从事的事业，远比谭嗣同、刘光第等人从事的伟大、光荣、崇高！一个崭新的、红彤彤的新中国就要诞生了。我愿在这最黑暗的时分，用自己年轻的生命划出一道绚丽的闪电；在阴霾寒冷的天际，爆发出一声响亮的春雷！爸爸，你应该为你有这样的儿子而自豪!"

"爸爸，儿子知道你最爱我、疼我，对我的期望很大，希望我活下去。但人不是蝼蚁。人有信仰，人有主义，人有是非。为实现人类的理

135

想，儿死不足惜！爸爸！"董重说到这里，看着父亲越发目光炯炯，期望有加："在这历史关头，儿子希望你顺应时代潮流，尽可能地做些对人民有利的事情。"

董子参见儿子绝无妥协的余地，知事不可挽回，略为沉吟，含泪隔栏问："原芳处你还有什么要交代的？"

董重返身走到铺前，从枕头下拿出一页折好的素笺，过来从栅栏间递给父亲："这是我留给她的……"

这时，走廊上响起一阵很急的橐橐的皮鞋声，狱卒张前明快步走了进来，来到董子参身边，轻声说："董司令，我们监狱长请你回去了。"

董子参转过身去，脚步踉跄地朝外走了两步，复又站下，掉过头来，想再看看儿子。董重不忍这场生离死别，已毅然转过身去。

张前明走上前来，搀扶着一下就苍老衰弱得不成样子的董子参，轻轻一句："走吧，董将军！"富有正义感、同情心的年轻狱卒，搀扶着悲痛欲绝的董子参，沿着阴森森的长廊，跌跌绊绊地往回走去、走去……

晨九时，委员长的侍卫长俞济时将毛人凤拟定送呈的一份《密裁》名单送到了蒋介石手里。坐在宽大锃亮写字桌后的蒋介石将名单展开，挨次看下去。密裁总数是四十人，他一一扫过，最后目光停留在两个人的名字上：董子参、董重。董重是在押的中共川康军事小组组长，直接指挥谋杀他的人，当然要杀。令他犹豫的是在职的、他的部下董子参。董子参纵子加入共产党；更为严重的是，值此戡乱反共，决定党国命运的关键时机，他竟然替儿子窝藏共党军事干部，这无异于谋反。要他规劝儿子也无效。纵然如此，他蒋某人宰相肚里能撑船，他让董子参的朋友李弥将军给他送去了飞机票，要他携家飞台。这已经是网开一面了，而董子参不仅不去，反而将飞台机票撕得粉碎……是可忍，孰不可忍！想到这里，他恨得牙痒痒的。"该杀，娘希匹的这个董家父子！"他从笔架上拿起一只朱笔，在《密裁》名单上批了"照准"二字。想想，又将"董子参"的名字勾了出来，批上"不枪毙"三个字。并非他突然间发了善心，而是他知道，"哀莫大于心死"。他知道，董子参最爱自己的长子。他要留下董子参，让白发人送黑发人，"杀了老子留下儿子，让老子终生痛苦不得安宁，最后在精神自虐中死去"。他用狼毫小笔在旁批了这些小字，因为气愤，写字的手有些微微发抖。

难得的冬阳拨开雾纱，照进马蹄形的小院内。董重站在牢房里，隔着栅栏往外望。百来米的水泥空坝上，因为不准犯人再出来放风而显得格外空寂。正面山一般壁立的墙上，新刷了些大标语，诸如："川西决战必胜"、"戡乱反共救国必胜"、"迷津无边，现在回头尚来得及"等等。

父亲走后，他再也没有能见上亲人。他从监狱对他的态度上感到自己的生命最后时刻快要来了。原先监狱里每天送给他的一份《中央日报》停了；送来的饭菜越来越难以下咽……昨天下午，凶神恶煞的、绰号"河马"的狱卒值班，给他送来的饭菜中尽是沙子，他提出强烈抗议。"河马"话中有话地讽刺道："搞清楚，你现在已不是董家大少爷了，是死囚犯。你老子已被罢官软禁。你娃娃还这么歪，你娃娃早晚要吃一颗'花生米'……"

想到这里，他突然感到时间的宝贵，转身走到小桌前，拿出狱中要他写"交代"的纸笔，略为沉吟，笔走龙蛇，一气写了三封信。

第一封是写给未婚妻原芳的：

原芳如晤。自知已到最后时日，为追求光明而流血断头是常事。请勿为我悲伤。革命胜利后，务希你与志同道合者组织一个幸福美满的家庭。如此，我当含笑九泉。清明时节，若你与家人或同志去扫墓、去追祭我们这些为革命先去见了马克思的共产党人，可在我的坟墓上掬一捧泥土，洒几滴清水……

第二封信是写给引导他走上共产主义道路的共产党人、本家叔叔董民的：

……狱中生活日趋严酷，然最后之考验也，俚信尚能及格。

第三封信是写给父亲的：

……父亲已离开国民党军队否？幸勿久留。倘有可能减少人民生命财产损失，愿不失时机。能争取在朝大员倒向革命，当为大功德……

三封信写完，他如释重负。这时，恰好张前明从牢前经过。

"前明，前明。"他手握栅栏，轻轻呼唤。

"有什么事吗？"张前明闻声而来，看着他满脸悲戚。

从张前明的脸色上，他什么都知道了。

"就在今天晚上吗？"他坦然地问。

年轻的狱卒沉痛地点了点头。

"前明，你能帮我将三封家信带出去吗？"

张前明想了想，说："能。"

董重转身取信，张前明警惕地看了看左右。董重隔着铁栅栏迅速将三封信递给了张前明。

"前明，临别之前，我送你一个纪念品。"董重取下自己腕上戴的一只金壳英纳格手表，递给张前明。

"董先生，你？"张前明不收。

"这是我的一片心意，前明拿着。留个纪念吧！"张前明只好接在手中。隔着铁栏的董重向他摆了摆手，示意张前明赶快离去。

年轻的狱卒还想要说什么，这时长廊尽头传来了橐橐的皮鞋声。张前明只好道一声"董先生再会"而迅速离去。

这是一个漆黑的夜，伸手不见五指。

"梆梆梆！"高墙外，三更敲过。

"董重，出来！"更声刚落，单独关押董重监房的铁窗外，静夜里传来一声狼一般低沉、凶狠的吆喝。随即，"哐啷"一声，铁门打开了。董重借着昏黄的灯光看清，站在自己面前的是几个凶神恶煞的持枪宪兵。

两名头戴钢盔的宪兵走上前来给他上手铐时，董重把手一挥，说："不忙！"吓得两个宪兵往后一退。后面的几个宪兵，赶紧端起上了雪亮刺刀的美式卡宾枪，对着他，紧张地瞪着眼睛，如临大敌。

"胆小鬼！"董重鄙屑地一笑，转身脱下他穿在身上的麻灰色卡其中山服，放在床上；再从枕头下翻出他珍藏多日舍不得穿、叠得方方正正、压得整整齐齐的毛衣，这是在他被捕那天，原芳送他的咖啡色毛衣。他将它郑重地穿在身上。转过身来，对全副武装、如临大敌的宪兵们冷笑一声："走吧！"

一辆黑色的囚车，借着夜幕掩护，载着戴着手铐的共产党人董重、李子林偷偷摸摸地快速开出市区，绕上了逶迤的凤凰山公路。成都近郊的凤凰山本是一个水果之乡、风景胜地。蒋介石到蓉后，这里成为国民党特务秘密大批杀害共产党人的屠场。

囚车停在了山下。董重、李子林被行刑队押往山上的桃林。小径上，林木重重，磷火明灭。这是多么熟悉的地方啊！董重记得，十年前，当他奔赴延安前夕，和原芳最后一次来到这里的情景。

那是一个层林尽染金辉、空气清新的春天的早晨。雀鸟啁啾、百花吐艳中，他们在桃林中怀着无限的憧憬，声情并茂地朗诵起著名诗人柯仲平的长诗《延安》：

　　青年，青年，
　　我问你
　　延安穿的麻草鞋/延安吃的小米饭/你为什么爱延安

哪怕我们的教室是露天/哪怕我们的板凳是一块砖

为了到延安/我们不怕把鞋底走穿……

他们注视着东边天上瑰丽的日出，神思与霞光齐飞。

"站住！"行刑队队长络腮胡阴森森的一声冷喝，打断了董重的遐思。

董重与李子林威严地面对着在他们面前一字排开的宪兵。在他们身后，是无尽的桃林。前面远方，是故乡成都瑟缩在寒夜里的偌大身影，天幕远方有星星点点的灯火。像远海游弋的渔火，像母亲哭红了的眼睛，像是恋人原芳在远方向他扬起的手巾。天幕上寒星闪闪。在夜的剪影中，他们像是两个顶天立地的巨人。

"转过身去！"色厉内荏的络腮胡队长挥着手枪，对董重、李子林喝道。

"明人不做暗事。"董重拍了拍胸脯，看着刽子手们："共产党人光明正大，我们要看着你们开枪！"

刽子手们颤抖了，端在手中的枪不住地摇晃。络腮胡惊慌失措，挥着手枪嘶喝："注意，瞄准！"

一排黑森森的枪管举了起来。

面对枪管，面对生于斯长于斯的故土成都，董重竭力睁大眼睛，想透过夜幕看见自己的亲人。山下，遥遥地平线上的成都古城，那星星点点、飘忽游移的灯光，多像同志们进军四川高擎的火把啊！

永别了，同志们！永别了，亲人们！永别了，原芳，我的恋人！

董重不知道，就在原芳得知他被捕的消息后，悲痛欲绝。若不是有党的铁的纪律的约束，她立马就要勇闯监狱；她愿同恋人一起牺牲。

"瞄准——开枪！"络腮胡队长恶狠狠地将大手从上往下一劈、一挥。

"啪啪啪！"一串串火舌立刻无情地卷向两位共产党人。

李子林中弹倒下了。

董重跟跄两步，又站住了。他双目喷火，怒对刽子手们喝道："在你们的面前，站着的是新中国的儿子。你们不要发抖，朝着这儿！"他用手拍着胸脯："开枪、开枪吧！"

行刑队发生了混乱。刽子手们完全被董重视死如归、大义凛然的气概吓住了，镇住了。

"一群废物！"络腮胡队长气得走上前去，用皮靴踢着宪兵们，气急败坏地喝令："开枪！开枪！"

"叭叭叭！"又一排子弹像毒蛇嘴里吐出的火红的蛇须，交织起来，向董重舐去。他跟跄了两步又坚持挺下来。他似乎想再看看故乡和亲人；更多的似乎是想透过夜幕，看到月前在锦江畔分手的钱毓军；这时毓军肯定正带领着大邑县游击纵队夜袭蒋介石的命根子新津机场，而且必然大获全胜——这是他的得意之作，也是埋在他心中最后的秘密。

怀着无限的眷恋和期望他倒下了。他牺牲得很安详，很从容。他倒地时竭力向前伸出双手。就像太累了，投向了大地母亲温柔的怀抱。

第九章　大厦将倾的无奈与悲哀

秋来飞蝗折，千里羽慢烧。深冬周遭在，能有几个逃？

人，陆续散了。站在中央疏散委员会大牌子前面的"行政院院长"阎锡山，看着这一群离去的可怜虫们，心中也着实不忍。他不禁暗自欷歔，后天，等你们再来这里找我时，我"阎老西"早已飞过茫茫的台湾海峡，落脚在风景秀丽、椰林婆娑的台北草山官邸了。我不是存心要哄骗你们，我是救不了你们。我在这里说假话，也实在是没有办法的办法啊！

新津机场笼罩在冬日的暮霭里。

距成都约七十华里的新津机场，随着战局的紧张，在蒋介石心目中越发重要，简直就是可以将他从灾难中拔起来的"救生符"。新津机场从成都附近双流县起，在川西平原上平地矗立的牧马山下一字展开，顺川藏公路而去，至新津五津镇岷江畔止。比起成都近郊的凤凰山机场，它虽然在路程上要远一些，但规模大得多，机场设备也齐全得多，可容多架各式各样的重型轰炸机同时起降。月前，蒋介石将他的"美龄号"专机摆在成都凤凰山机场，而将另一架速度更快、设备更好的专机"中美"号摆在新津机场，足见他对这个机场的重视。

五津镇，又称旧县，是新津以往的县城，是川藏公路必经之地。新津本是川西平原上物产富饶、风景最有特色的县。境内九河纵横，之间又派生出若干涓涓细流，给田里长的，天上飞的，河里游的，靠它生活的人们以无尽的滋润和浇灌。在五津与县城之间，三条大河相隔。"走遍天下渡，难过新津渡"，就是指的这里。

新津不仅是成都西面的咽喉之地，也是川西要津。多少年来，南来北往的车辆行人到此都得下车登舟，连过三河，很费时间。特别是到了洪汛期，三河之间顿成汪洋；原先镶嵌其间若干青葱的小岛，不是被完全淹没就是半岛被淹，岛上人家与外界完全隔绝。这时，在三条大河之下，水势浩浩，俨如大海；古诗"烽烟望五津"也就是指的这里。特别是一早一晚，朝霞或夕阳，将对面于汪洋中突然而起的那座苍翠欲滴的金瓶似的宝资山照亮，山巅上有座玲珑剔透的八角亭，古色古香，红柱绿瓦。洪汛期有从亭上两边牵挂而下的红灯笼，显出一种别样的苍劲。灯笼的升降表示水势的大小，以及是否可以开船过渡。

五津镇繁华热闹，虽然它只有一条狭长的街道，约二三华里。但长街两旁的店铺鳞次栉比，旅店、茶馆和酒馆比比皆是，生意红火。长街中段有棵千年古榕，虬枝盘杂，像把巨伞似的高擎云天，一年四季郁郁葱葱。这株千年古榕是五津的标志和沧桑的见证。

新津机场用一道长长的铁丝网将机场与五津镇严格地隔开。机场的头，在百里外的双流；而尾则一直延伸到五津镇下段，纵横百里。新津机场戒备森严，特别是在傍江的下段，在铁丝网的包裹外，掩隐着一个个不起眼的地下暗堡。而在这些苍苔暗布的或圆或方的暗堡的枪眼上，伸着机枪，很像是一动不动，动辄置人于死地的毒蛇的眼睛。停机坪上，排列着上百架各种各样的军用飞机。不用说，蒋介石的"中美"号专机，就隐藏在其中哪个地方。

就在董重牺牲的当天晚上，与五津镇三河相隔、与县城也隔着一道南河的全县最高点——老君山纯阳观里，三清殿上灯火通明。钱毓军同大邑县游击纵队司令周明耀等趴在案上，正在聚精会神地研究"新津机场示意图"；他们要在当晚夜袭新津机场。其实，计划已非常周密，之所以如此是生怕有什么闪失。

老君山与宝资山毗邻。山上，一簇簇百年古柏簇拥着一座建筑阔大、精致，气象庄严的纯阳观。从山下往上看，整体上，纯阳观很像一个头束道冠，身着青衣的清俊道人，隐在云间。白天，有成群的白鹤，于云烟袅袅中在三清殿上舞姿翩跹，像是一群神雀，平添了一种道教的深邃、庄严。老君山是新津名胜，道教圣地，它的名气不亚于成都青羊宫。史载，这是道教史祖老子李耳的发祥地和落脚点。

山门外，"猛虎队"的队员们早已是精神抖擞，跃跃欲试。他们一个个身穿紧身窄袖的黑色棉衣棉裤，腰上皮带刹紧、斜插着大张着机头的二十响驳壳枪，小声议论着什么，摩拳擦掌。一看就知道是支善于近战夜战的精锐之师。

"毓军，你是个书生，我看你就不要参加这次夜袭新津机场的战斗了。"确信没有丝毫破绽后，周明耀看着眼前外貌酷似周恩来的钱毓军，不无关切地劝道："你就留守在老君山上，等我们的好消息就行了！"

"我就不信百无一用是书生！"钱毓军却不依："我是本地人，对机场周围的地理地势比你们熟悉。这个机场我闭着眼睛都可以摸进摸出，你不让我去，我不放心。"

"好吧！"周司令略为思索，慨然同意："那你必须答应我一个条件。"

"说。"

"你必须自始至终都同我在一起。"

"好吧！"钱毓军无可奈何地一笑。于是，周司令果断地下达了出发的命令。

夜半时分，冬夜的山道上，悄然无声地行进着分成五个组的"猛虎队"，每个组都配备有一门迫击炮和一个百步穿杨的神枪手。

猛虎队神不知鬼不觉地一阵风似的来到南河边上，乘上多只早已隐藏等候在河边树林阴影中的"双飞燕"小船，分头以夜间渔船的姿态陆续驶到对岸，悄悄梭进长满芦苇和杂草的河滩；再舍舟登陆，潜进机场，按计划进入阵地。

偌大的机场已经沉睡，唯有两个塔台上的探照灯很讨厌地闪过来晃过去，白亮亮，像魔鬼的一双双眼睛，所过之处，将一切照得透明。周司令将张翔、王勇两个队长招到身边，指着二十米外的两个小山丘，小声说："张队长，带着你的小队迂回到左边，利用地形掩护突然开火，打掉两个探照灯，再用机枪猛射，吸引敌人火力。"

看张队长频频点头，周司令又对伏在身边的王勇说："与此同时，王队长你集中所有的迫击炮猛砸敌人的飞机。总之，给敌人一个措手不及，尽可能地多揍掉飞机。注意！"周司令看了看腕上的夜光表："现在是子时，让我们对对表。战斗打响后，我们务必在五分钟内结束战斗，分头撤退，乘船沿路返回。"交代完后，目光炯炯地看看两位队长："有问题吗？"

"没有问题。"精明强干的两位队长回答得斩钉截铁。

周司令命令："行动开始。"

第一次参加实战的钱毓军强忍着心跳，伏在周司令身边，张大眼睛，不无紧张地注视着这一切。身边的芦苇丛里发出一阵轻微的声响后，张、王两位队长带着同志们像驾了地遁似的不见了踪影，一切又归于平静。

突然，在右前方一个不高的山丘后面，"啪！啪！"响起两记清脆的枪声。顷刻间，两盏贼晃晃的探照灯被打瞎了，机场上顿时一片黑暗。

短暂的沉默之后，"呜——呜——呜！"敌人拉响了警报，几个暗

145

堡里的机枪开始胡乱地开枪还击。

因为摸不清虚实，在夜袭队东一枪、西一枪的引逗下，敌人中计。他们互相间进行了激烈的枪战，嗖嗖的子弹在夜空中交织，划出道道密集的、红红绿绿的弹道。

"咚咚咚!"王队长趁着混乱，指挥他的五门迫击炮同时开火，将暴风骤雨般的炮火狠狠地砸向敌人的机群。

敌机一架架被击中、起火、燃烧、爆炸。巨大的声响中，火光映红了漆黑的天幕。

这时，最初被打懵了的敌人才清醒过来，出动了坦克，向前来夜袭的突击队方向压了过来，并开始组队冲锋。可是，敌人又被他们拉起的铁丝网阻拦了。当敌人的坦克车、装甲车碾断铁丝网，跟在坦克、装甲车后的胡宗南军队气势汹汹地冲到河边时，哪里还有偷袭者的影子! 胡宗南派重兵把守的新津机场损失惨重。

当新津机场遭袭的消息传到成都的这个清晨，成都商业街励志社内出现了前所未有的混乱和惶急。

一大早，一大群国民党大员们簇拥在"中央疏散委员会"大门前闹闹嚷嚷，要守门的卫兵放他们进去。他们要找"行政院院长"阎锡山。

"阎'院长'呢? 说是今天发给我飞往台湾的机票，可是现在连人影也没有一个? 我要去见阎'院长'! 你们凭什么不放我进去? 我从东北一路流亡到这里，难道阎'院长'说话不算话，要让我被共产党逮去么?"黑压压一群要票的大员中，一个东北口音的官员，火气很大地质问守门的卫兵。

场面混乱。守在门外的两名手持卡宾枪、头戴钢盔的卫兵，用枪推搡着想挤进门去的大员们。

"阎'院长'不在。"卫兵竭力解释:"今天没有飞往台湾的飞机

146

……"

被挡在门外，心急火燎的大员们一听这解释更火了，纷纷质问：

"阎'院长'说好了让我们今天来拿飞机票的，怎么又变卦了？"

"等等等?! 要等到民国么年么？难道非要把我们困在这里，让共产党把我们都抓去才安逸么？"

"没有飞机？她孔二小姐却是连狗都要坐专机？难道我们这些为党国卖了一辈子命的人，连狗都不如？"……

被卫兵挡在门外，急欲飞台的大员们越说越气愤，越说越激动，越说越难听。代人受过的卫兵哪能回答这些质问，他们只能竭其所能地将大员们堵在门外。

其实，"行政院院长"阎锡山这时哪里也没去，他就躲在"中央疏散委员会"他的办公室里。外面的喧嚷、责骂他听得一清二楚。但是，他也没有办法，因为没有飞机。他焦躁地在地板上踱步，他考虑：是这样躲在办公室里，还是出去向怒不可遏的大员们做一些解释？一时拿不定主意。原想找两个恶煞把门，先挡过这一阵再说。可看这阵势，躲也不是办法！并不是他有心变卦，而是事情有变化。

昨天深夜，他得知新津机场遭袭，损失多架飞往台湾的飞机后，一骨碌从床上坐起，吓出了一身冷汗。就在这时，委员长的电话来了，要他立刻赶去。

他赶到蒋介石的新驻地南跃去的公馆，走进楼上委员长的那间小客厅时，蒋介石已经等在那里了。蒋介石披了一件睡衣，坐在办公桌前，声色俱厉地打电话，询问、训斥新津机场守卫司令。他在一边听清了，新津机场的五十架美制重型运输机大肚子飞机，被中共地下武装炸毁了七八架；好在躲在暗堡里的"中美"号专机毫发无损……感觉得出来，电话中，机场守卫司令大倒苦水，大大渲染了中共地下武装的力量，借以推脱自己的罪责，但委员长根本不听，怒不可遏。最后，电话中，委员长厉声命令守卫司令："你们要以此为戒。加强巡逻，加强守卫，再出类似事件，格杀勿论！唔！"委员长放下电话，对他的到来，似乎视若不见，将电话又要到了胡宗南处。他要胡宗南再从李文兵团中抽出一个团的精锐，驰援新津机场，加强守卫。也许胡宗南由于兵力不敷，在电话中叫苦，蒋介石扬起嗓门说："你的困难我是知道的。不过，宗南你要记住，你是黄埔同学中现在唯一被提拔为上将的。嗯！新津机场实乃当前我咽喉要地。你必须向那里增兵，做到万无一失，嗯！"胡宗南终于作了让步，答应了。委员长这才放下电话，坐在沙发上长长地吁了口气。

"阎'院长'，新津机场发生的事，想来你都知道了？"蒋介石这才掉过头来，看着隔几而坐的阎锡山问。

阎锡山身着一袭黑色棉长袍，脚穿山西牛鼻子黑布鞋，头戴博士帽，操着一口土得掉渣的山西五台山当地话。

"知道了、知道了，很是不幸。"阎锡山连连点头，态度显得很谦恭。一段时间以来，他一个堂堂的"行政院院长"，现在简直就成为蒋介石手中的摆设，现在他的任务，一是给大员们发放飞往台湾的飞机票；二是安排飞往台湾的飞机装东西，而这才是首要的。但其实往往该给哪些人发飞机票，也得由蒋介石说了算。

"阎'院长'，我请你来，是想问问'疏散委员会'的工作有没有什么问题？"蒋介石问时，注意打量了一下这个历史上变色龙一般的"山西土皇帝"、"阎老西"。被外界广泛称为"山西土皇帝"、"阎老西"的阎锡山，手上已经完全没有了实力，没有了地盘。所以"土皇帝"这个称号已是明日黄花，而"阎老西"却是名副其实，他是一副始终不改的老样子，老土。

曾经在辛亥革命中风云际会，年仅二十七岁就当上了四川省军政府都督的尹昌衡，是阎锡山留学日本东京士官学校的同学。尹昌衡南人北相，身高一米八几，长相英俊，成绩又好，风流倜傥，当时根本就没有把阎锡山看在眼里。他在日本秘密加入了孙中山领导的一个旨在推翻清朝的秘密军事组织——"铁血青年丈夫团"；与孙传芳、唐继尧、李书诚这些同学过从甚密。他们快毕业时，去日本北海道的一支军队实习。阎锡山不仅与他分在一起，而且睡上下铺；阎锡山得了疥疮子，睡在他的上铺，没事时就坐在上面抠，抠得皮屑满天飞。尹昌衡毛了（四川话，火了的意思），骂阎锡山是癞皮狗。"咦，咋个'癞皮狗'都喊出来了！"阎锡山还是不生气，脾气好得很，也不同他吵，笑着解释："人吃五谷生百病，我这又不是故意的。"

"你就是癞皮狗、癞皮狗！只有癞皮狗才是皮皮翻翻的……"周围的人都笑了。

阎锡山这个人除了站岗放哨，有时间就趴在他的铺上，在一个笔记本上记呀记的，之后小心翼翼地锁在一个小木箱里。有天阎锡山不在，站岗去了，唐继尧说这癞皮狗会不会是个雷子（那时，清廷暗中买活了一些他们的同学，暗中秘密监视、记录进步学生的言行，称为"雷子"。）？这一说，大家说还真像。尹昌衡说，那我们得看看癞皮狗究竟记了些我们的啥子？他们将阎锡山的小木箱从床上拿下来，用刺刀将锁撬开，翻出一个笔记本，只见上面第一页就写的是尹昌衡："牛顿（尹昌衡读书时，爱坐在树下，被同学们取了这个绰号）确实英雄。然锋芒毕露，危哉惜哉……"给其他同学的评价也是入木三分。原来阎锡山并不是清廷的雷子，只不过将他对同学的观察、评价写在了日记里。"水深必静"！尹昌衡这才真正认识了阎锡山，以后他们不仅成为朋友，而且成为结拜兄弟。辛亥革命后，当了四川省军政府都督的尹昌衡西征平叛，触犯了窃国大盗袁世凯的利益，与云南的蔡锷等一起，被哄骗至北京软禁。蔡锷最后潜离北京回到云南高举义旗反袁，成为英雄，而尹昌衡却被袁世凯下了大狱；最后在袁世凯死后，城头几经变换大王旗，尹昌衡始终回不去。因为所有的总统，尽管有的原先还是他的朋友，但都不放过尹昌衡，认为他是一只虎，他们不能放虎归山。最后，他还是靠着"山西土皇帝"阎锡山的帮助，才回到了成都。这段故事，在蜀中成为人们爱摆的龙门阵。

　　阎老西是个"面带猪相，心中嘹亮"的人，一听蒋介石这样问，就知道他不放心的是什么。

　　"委员长请放心。"阎锡山说："我会分清主次的。保证每天飞台飞机一百架次，保证重要物资、人员运台。而且速度还在加快。不过……"话到此，阎锡山像是舞台上一个技艺纯青的老演员，皱了皱他那副又粗又黑的眉。于是，一副勉为其难，勇担重挑的意味就尽在其中了。蒋介石以为他要叫苦，说起他给那些大员们发放飞往台湾飞机票的难。不意阎锡山强调的是："燃料是个大问题！昨晚，空军总司令周至柔给我打来电话说，原先美国人答应给我们的八百吨汽油，不给了。"

　　"嗯，有这样的事？"蒋介石一听，神情显出紧张。不过，很快就镇定了下来。

"这样!"蒋介石站起来踱了两步,转身对阎锡山说:"这个情况,要绝对保密!你说得对,首先要保证金融运台,其次就是对中央要员的安排。其他的人嘛,可以暂缓!"

"可是。"阎锡山面露难色:"好些一再被我推迟去台的大员,简直要同我拼命了。"说着,他把连日来在"疏散委员会"门前发生的事作了报告。

蒋介石想了一下,说:"设法再顶一下。我知道你很为难!"说着抬起头来看着阎锡山叮嘱道:"你要抓紧!待金银货币、战略物资等空运台湾一完,你就先同陈立夫等人飞台湾吧!"

这正是阎锡山希望的。

"好好好!"他连连点头:"请委员长放心!'疏散委员会'那边,能多顶一天是一天!"他心中顿时敞亮了许多。

阎锡山知道没有自己什么事了,刚想告辞,蒋经国匆匆进门,见到"阎老西",点了一下头,赶忙向父亲报告:"关吉玉马上就到。"关吉玉是现任'财政部部长'兼'中央银行行长'。

"唔。"蒋介石看了一眼阎锡山:"等关行长来了,你同他好好商量一下金融空运台湾的事。"

关吉玉进来了,向蒋介石鞠了一个躬,向委员长、阎'院长'问了好,一副忧心忡忡的样子。

"唔。"蒋介石冷着脸,鼻子里哼了一声。

蒋经国指了指斜对面的沙发:"关'部长',你坐。"

关吉玉这才坐了下来,一双眼睛透过眼镜片偷偷打量了一下委员长的神情。见蒋介石一脸冷霜,他心中一紧。

"关'部长'!"委员长看也不看关吉玉:"你还记得重庆方面疏散时的教训么?"

蒋介石说的是，日前"财政部"从重庆仓促撤退时，"中央银行"寄存在白市驿机场、待运台湾的一百一十八箱银元全部没有运出去，落入了解放军手中。

"委员长！"关吉玉辩解："这事不能怪我们。"

"啊，那该怪谁呢？"

"这事确实不该怪关'部长'。"蒋经国听了这话气不打一处来，在旁边说了句公道话："那是因为飞机没有按时到达白市驿机场。"

关吉玉感激地看着蒋经国，眼镜后面泪水涔涔。

"嗯？是吗，那些装银元的飞机到哪儿去了？"

蒋经国很不满地说："还不是被有的不顾大局的人，弄去运自己的家产到台湾去了。"

"谁？"蒋介石若有所悟，声调顿时放低了，神情也不似刚才那样钢筋火溅的了。

蒋经国一脸鄙屑地、无可奈何地摇了摇头。他也不愿意当着外人的面，揭自己家族人的短。这之中，不仅有孔二小姐的狗都要坐专机等等，如果追究起来，连宋美龄也脱不了干系。"家丑不可外扬"，说明白了，父亲会难堪的。

蒋介石也就不提那事了。不过，他装出一副清正廉明的样子，在人面前虚张声势地嘱咐儿子："经国，这事不能就这样放过。一定要查清、查出来严加处理！"

"好的。"儿子也顺势给父亲搭了下楼的梯子。

"党国的事，坏就坏在这批混账王八蛋身上，娘希匹！"蒋介石操起他那有名的国骂，说着霍地站起身来，吩咐关吉玉："关'部长'！"他指示："你务必想方设法，在本周之内，将所有在成都的金银空运台湾。有关问题及时向阎'院长'请示。嗯！再发生重庆白市驿机场上的类似问题，我拿你是问！嗯？"

152

"是。"关吉玉应声起立，大有戴罪立功的意思。

不用说，阎锡山看出了蒋介石是故意在他面前上演"敲山震虎"一出。

"委员长，我告辞了。"关吉玉一走，阎锡山隐忍着不快，拿起博士帽，站起身来。

"好好好。"蒋介石这会儿满脸带笑，很客气地站起身来，吩咐儿子："经国，你代我送送阎'院长'。"

"疏散委员会"门外的吵嚷声越来越激烈。

"你放我进去！"是一个暴躁的南方口音："我要去找阎'院长'说理，他再不给我飞机票，老子今天干脆就撞死在这里！"接着，门外发生了抓扯。躲在里面的阎锡山知道，门外和卫兵动起手来的是一位老资格的国大代表，双手沾有共产党人的鲜血。可能那位老迈的国大代表不是卫兵的对手吃了亏，竟扯开嗓子号啕大声哭骂起来："这么些年来，我离乡背井，妻离子散。阎锡山亲自答应过我，给我飞机票。可好，现在不仅不给我票，连人影都见不着了。那些乌龟王八蛋一个两个都飞走了。有些人连狗都要坐专机。我们就不是人？我们就该在成都被共产党抓活的？被共产党抓去枪毙？"

那位国大代表这么一说，门外更是群情激奋。人们骂得也越来越不成体统。看来，躲也不是个办法，素来有急智的"阎老西"索性干脆步出大门，人群一下安静了下来。

"诸位！"阎锡山做出一副很忠厚、说话算话的样子，信誓旦旦地向大家保证："告诉大家一个好消息，从今天起，我们增加了飞往台湾的架次：保证每天飞二百个架次。飞机来往于成都、台湾、昆明、西昌之间。我保证诸位在本周之内都可以飞到台湾去。"说了几句，他开始提劲："你们不要急！对于在成都与共产党进行的'川西决战'，我们是有把握的。抗战八年，我们不就是靠天府之国四川迎来了胜利！现在，我们手中还有好些精锐部队，加上四川的地方部队，足有上百万人，我们还有飞机，有空军……"

可是，底下的大员们不听他吹，生怕他说话不算话，把他铆紧。

"阎'院长'，你总是答应我们下星期给机票飞台湾。"阶沿下一个东北人揭底："可是至今没有给我机票，总是不兑现，我心中总是没有底！"

又有人说："阎'院长'，你可是堂堂的'行政院院长'啊，说话可得算数哟！"……

"阎'院长'，我们都是经过政府审查，有资格坐飞机去台湾的人。请你明确告诉我们飞台的确切日期，什么时候给我们飞机票？"

"雅静、雅静！"阎锡山鸭子似的翘起屁股，拍了拍手，好容易安静下来。阎锡山举起一根手指，信誓旦旦地给大家保证："本'院长'负责地告诉大家，一个星期，一个星期，我保证让大家走、都走。"

苦等机票的人们也没有办法，只好追问一句："那我们什么时候来领机票？"大员们十万个不放心。

"后天。"阎锡山脱口而出，"星期三上午十时。"

见"行政院院长"一副这次就要兑现的样子，苦等机票的大员们只有见好就收。人，陆续散了。站在"中央疏散委员会"大牌子前面的"行政院院长"阎锡山，看着这一群离去的可怜虫们，心中也着实不忍。他不禁暗自欷歔，后天，等你们再来这里找我时，我"阎老西"早已飞过茫茫的台湾海峡，落脚在风景秀丽、椰林婆娑的台北草山官邸了。我不是存心要哄骗你们，我是救不了你们。我在这里说假话，也实在是没有办法的办法啊！

第十章　胡宗南先斩后奏

春申门下三十客，小杜城南尺五天。风流大国风韵事，而今谁人大智贤？

作为一个同解放军打过多年仗的集团军上将司令长官，胡宗南对目前的处境再清楚不过了。如果按照"校长"的想法，以极为有限的军力，同乘胜而来、气势正旺、人数占优的数百万精锐的解放大军进行"川西决战"——"成都决战"，那无异于以卵击石，后果是毁灭性的。现在，唯有将残余国军兵力尽可能收束，并有序地向康藏一线作战略性转移，方有一线生机。而且时间耽搁不起！

檐角飞翘、古色古香、红墙黄瓦的励志社被沉沉黑夜笼罩着。

胡宗南在他的住处一把推开雕龙刻凤的木质窗棂，一股凛冽的寒意立刻扑面而来。他心情沉重，茫然地望着暗夜中的成都。

作为一个同解放军打过多年仗的集团军上将司令长官，胡宗南对目前的处境再清楚不过了。如果按照"校长"的想法，以极为有限的军力，同乘胜而来、气势正旺、人数占优的数百万精锐的解放大军进行"川西决战"——"成都决战"，那无异于以卵击石，后果是毁灭性的。现在，唯有将残余国军兵力尽可能收束，并有序地向康藏一线作战略性转移，方有一线生机。而且时间耽搁不起！

"校长"却迟迟不决，认为刘、邓、潘捏在他手中是保险的、安全的；在他和蒋经国再三的明里暗里的催促下，"校长"才给了刘文辉一个最后期限——三天！三天？对于同共党共军打了多年仗，吃了许多亏的他来说，最知道"三天"意味着什么。三天，对向来以兵贵神速著称的共党共军，是可以办很多事情的！说不定三天后，他胡宗南、还有做着美梦的"老头子"，让人家共产党瓮中捉鳖都是有可能的……想到他的黄埔军校同学，能征善战的"鹰犬将军"宋希濂的下场，他不禁毛骨悚然。

宋希濂在重庆白马山一线兵败之后，率残部经过郭汝瑰的防区时，听说被郭拒绝；好不容易绕道费时费力地逃到峨眉时，被共军活捉，所部全歼。也不知道这部分突然钻出来的共军，究竟是潜伏过来的共军主力，还是中共地下游击队？宋希濂过郭汝瑰防区被拒，是真是假？如果是真，郭汝瑰就有问题……之中，奇奇怪怪，需要弄清的事太多了。特别是，让"校长"犹犹豫豫，总是下不了手的刘、邓、潘，他们究竟是"白皮红心"，还是"白皮白心"？他也说不准。而这时如果戴笠还在就太好了！这些问题，对有"中国希姆莱"之称的"特工王"戴笠来说，简直就是小事一桩，定会手到擒来、迎刃而解。那么，也就完全不需要他这会儿在这里发愁了。戴笠对付共产党最有经验，最是心狠手辣，最值得信赖；他们是几十年的朋友，甚至连他现在美国的夫人叶霞弟，都是戴笠介绍的。

他不由得想起过去那段日子。

戴笠同他既是浙江老乡，又同岁，真是不打不相识。那时，他是南京一所小学的美术教员；而出自浙江江山一个贫困山区农家的戴笠，家里好不容易将他供到中学毕业后，无力继续上学，爹又死了，只得冒起胆子，赤手空拳到上海这个冒险家的乐园闯世界，碰运气。戴笠在上海滩混不下去，就到了南京。

那是一个夏天的午后。他带着一班高年级的学生，去灵隐寺旁的湖边写生。

一个男生画好了一张素描放在地上，怕风吹走，发现湖边一堆衣物上压了块石块，这个男生就去捡起石块准备压在自己的那张画上。

"哎，不准动我的石块！"湖中一个游泳的男子扬起手来大喊，他掉头看去，只见湖中那人，一边踩着水朝岸边游来，一边不断挥手制止。那年轻人有一张马脸，鼻子好像有鼻窦炎似的，他见状不禁哑然失笑，觉得这急着游过来的男子简直像匹马。他批评了学生两句，从学生手中接过石块，重新压到那堆衣物上，男子这才放了心，向他挥手致意，一个猛子扎进了水里。

当他带着学生收拾好了所有东西，就要离去时，那位马脸青年男子已经上岸穿好衣服，过来向他致谢。就这样认识了，他们谈得很投机。马脸青年名叫戴笠，与他是老乡，又同岁。当时戴笠身穿一身洗得发白，但很干净的学生服，一看便知其经济情况不是太好，于是胡宗南动了恻隐之心。虽然自己也穷，不过是个小学教员，但觉得这青年谈吐不俗，有志气，决定交上这个朋友。将学生们解散后，他请戴笠在一家"苍蝇"小饭馆里吃了一顿饭，还送了点儿钱。戴笠走时——回上海，他把戴笠送到火车站。临别，他们都表示以后要加强联系。

戴笠回到上海后，时有信来，他混得不好，最麻烦的是没有栖身之所，先是暂时寄住在表弟张冠夫的亭子间。张冠夫在商务印书馆当职员，人也还憨厚，但不久张冠夫结婚了，戴笠似乎就不应该赖在人家那里了，可戴笠还是厚起脸皮赖在人家不走。亭子间很小，晚上人家夫妇睡在床上，他打地铺睡在地上，中间只隔着一张拉帘；任何一点儿微小的动静都能听得到。新婚夫妇晚上折腾，听得清睡在帘子那边的戴笠在激动、在喘息……这一来，弟媳妇不干了，逼着戴笠搬走。

上海是寸土寸金之地，房价贵得惊人，要搬就得有钱。在社会上漂的戴笠没有办法，为了钱，一天他大起胆子，仗着自己的赌技不错，走进了上海滩上有名的青帮头子杜月笙的大徒弟顾嘉棠开的一家大赌场去赌。因为做手脚，被顾嘉棠当场识破拿住。按赌场上的规矩，做手脚的人要么交钱认罚，要么就得舍一只手或一条腿。戴笠既没有钱又不愿舍一只手或一条腿，亏他想得出。他对顾嘉棠说，他与杜（月笙）先生交情不错，请顾嘉棠把他交给杜先生，由杜先生发落，其实杜月笙哪会认识他。他这是在说白（谎）。

顾嘉棠听他这么一说，也弄不清虚实，就派人将他送到了华格路216号杜月笙的公馆。

那天恰好杜月笙在家，听说这个姓戴的人竟敢去赌场要"水"，而且又冒充是他的熟人，觉得有意思，就叫管事先生杨渔笙将戴笠带到他那里去。戴笠先是被带进了杜月笙的客厅。这样华丽的客厅，他是第一次看到；更让他吃惊的是，壁上挂有一幅民国年间当过短时大总统的黎元洪送的对联。联云：

"春申门下三千客，小杜城南尺五天。"

意思是很清楚的，黎元洪赞扬杜月笙网罗人才的气度堪比战国时代的春申君。当时戴笠想，这杜月笙原先还不是同我一样，是个穷光蛋，不过会搞罢了，可见英雄不问出处，时势造英雄。凝想间，他被管事先生带上楼去，见到了杜月笙。

158

美国作家斯林·西格雷夫，曾经用这样准确干净的文字描写过杜月笙：“他突出的特点是，有一个剃得光亮的大脑袋和两只如树上的蘑菇那样支棱着的耳朵。他的脸坑坑洼洼很不规则，宛如装满土豆的袋子，这是小时候挨揍的结果。他的嘴唇在突出的牙齿外面绷得很紧，总是显出一副假笑模样。他的左眼皮耷拉着，好似老在眨眼睛，有一种挑逗的味道。当时，有些人（外国人）爱叫他大耳朵杜。”

见到杜月笙，戴笠表现得诚惶诚恐，向坐在沙发上的杜老板鞠了一个九十度大躬，连声道歉，连连问好。

杜月笙对带他进去的管事先生杨渔笙小声嘱咐了几句什么后，管事先生出去了。杜月笙笑吟吟地让戴笠坐下。戴笠是个很机敏的人，他看出来，杜月笙不会难为他。戴笠口才好，他在百般恭维了杜月笙之后，又说出了他之所以如此的原因，坐下来；屁股在凳上半边坐上，半边悬起；做出一副情有可原、乞求原谅的可怜巴巴的样子。

“勿怕。”果然，杜月笙不仅没有怪罪他，反而安慰他说：“我不会怪罪你。这点儿小事算什么，我向来爱护青年人，我想同你交个朋友……”听到这里，戴笠喜出望外，但他是个很沉得住气的人，没有流露出半点儿高兴。杜老板说到这里，伸出手去，揭开摆在茶几上的那厅进口美国香烟的盖子抽烟。他注意到，杜月笙的手指又长又细，指头圆润。杜月笙从中取出一根“三五”牌香烟叼在嘴上，就要拿起打火机打燃点烟时，戴笠已经站起来，拿起打火机，“啪”的一声替他打燃，并给杜老板点上了烟。

杜月笙抽烟时，指了指烟罐，要戴笠自己取。

戴笠立即申明他是不会抽烟的。

“好好好，年轻人不抽烟好!”杜月笙似乎对他的不会抽烟感到奇怪，还有一分欣喜；杜月笙看了看戴笠，顺便将烟灰抖落在烟灰缸里，说：“我听顾嘉棠说，你掷骰子的手段了得，简直到了出神入化的地步。

159

如果不是碰到了像顾嘉棠这样的老油子，其他人根本就看不出来；我很感兴趣，我想让你掷一把骰子给我看看。"

"前辈见笑了，我哪敢在杜先生面前班门弄斧！"戴笠知道，杜月笙相当会赌，赌技很精，靠赌起家，在上海滩上有"赌王"之称。

看杜月笙坚持，他为难地说，我的骰子没有了，被顾嘉棠没收了。杜月笙唤来管事先生杨渔笙拿来一副赌具，让戴笠打开。这是一个三寸见方、描红镶金的小木盒。戴笠轻轻打开盖子，只见在一方红丝绒垫上，坐着三颗白骨红黑点子的骰子。戴笠拿起一颗在手上掂量摩挲时，杜月笙直言不讳地说："我这副骰子里没有灌水银，你掷出去估计有几分把握？"

戴笠也不脸红，他将捏在手中的骰子放在食指与大拇指之间捻捻，很肯定地说："八成，请杜先生要个点吧。"

"就来个八仙过海吧。"

戴笠将两颗骰子握在捏成虚拳的手中晃晃，然后猛地往茶几上一放，张开手来，只见两颗骰子滴溜溜旋转。随即，一颗骰子倒在天鹅绒似的黑毡子上，亮出红点梅花。另一颗还在转，戴笠弯下腰，拍下手，"嗨"的一声，那颗骰子就像接到了命令似的倒下来，亮出个三点。这是一副上好的牌。杜月笙哈哈大笑，拍着手说："戴老弟果真是个人才。"

接下来，杜月笙请戴笠喝酒吃饭，像老朋友一样谈心。杜月笙说，他看出来了，戴笠很有灵气，将来必成大气，问他对自己的将来有何考虑？戴笠当即提出，想在杜老板手下找个事做，混碗饭吃。

"瞎说，那有多大出息！"杜月笙告诉他，现今国家急需军事人才，而黄埔军校正在招生，要他去考军校。戴笠说他想是想，但怕考不起。杜月笙说，黄埔军校校长蒋介石，又叫蒋中正，当年是孙中山先生的大红人。蒋介石当初像你一样，在上海滩混时，我帮助过他，我与他有交情，我给你写封信去，估计他会卖我这个人情。所有的盘缠等等，我一概替你打理，你不要担心。

结果戴笠去了，当年考进了黄埔军校第六期。杜月笙真是有眼力，戴笠表现出了过人的谍报工作才能。毕业后，他先是随蒋介石北伐。很快，他这方面的才能就被蒋介石发现、重用。戴笠就是这样一步步上去的。胡宗南也是黄埔军校毕业生，不过比戴笠要早一些。

当胡宗南和戴笠都登上去，身居高位当了将军时，大权在握的军统局局长戴笠，不仅早就结婚，而且生活糜烂。而当时胡宗南还没有结婚。抗战期间，奉命带大部队在西安一线监视延安共产党中央的他，有次回陪都重庆办事，蒋夫人宋美龄有心玉成他和孔二小姐。蒋夫人要将她的侄女、大姐宋霭龄的女儿、有名的孔二小姐介绍给他。孔二小姐性格乖戾，办事喜欢率性而为；最喜欢男扮女装，传闻轶事很多，社会上名声不好。他心中一百个不愿意，却又不敢太违夫人的好心。

按照约定的时间，胡宗南独自驾了一辆又破又烂的美制敞篷吉普车去了重庆南温泉的孔家。那是一个冬天，他穿件臃肿的军棉大衣，进门后，连前来接他的女佣看他的眼色都不对。而他则心中暗笑窃喜，他要的就是这个效果。他要让孔二小姐看不上他、拒绝他。孔家人不多，住的却是一个环境幽静的很大的花园别墅群。女佣带着他过假山、步花径，远远传来一阵好听的钢琴声。女佣告诉他，这是二小姐在弹琴。

曲径通幽处，闪出一幢中西合璧的洋房，中国式的大屋顶，却又是西洋式的阔窗，绿瓦红柱，配上周围的环境，真好像走进了童话世界或是仙境。这与外面正在进行的血与火的抗日战争，简直就是天上地下。

见到胡宗南，孔二小姐掉过头来，弹琴的手划出一个优美的弧线时，琴声戛然而止。

"请坐吧！"孔二小姐站起来，对他彬彬有礼地让座。这是胡宗南第一次近距离地看清孔二小姐，她还是像平时那样西装革履，但这天没有戴帽子。她的身材不高不矮，匀称，五官也端正；一头丰茂的黑发披在肩上，烫成波浪式，像是滚下的串串瀑布。她的一双眼睛很有神，也不乏温情，看他时，眼神中带有一分审视；更多的是期盼和憧憬。

胡宗南坐到沙发上时，孔二小姐又专门问了他是喝茶还是咖啡？他说喝茶，喝我们浙江的西湖龙井。她唤来女佣，让女佣给他泡上一杯西湖龙井；女佣很懂事，对他很恭敬。去时，脚步很轻，而且出门时没有忘记给他们拉上门。他很快就发现，坐在他对面的孔二小姐在将他细细打量后，流露出了一丝狐疑、不满。很好！他想，这个西洋化的女人把我看成了没有文化的、粗野的、不爱卫生的"丘八"（大兵）了。

简单随意地聊了几句后，胡宗南就别有用心地对孔二小姐发出了邀请。说重庆是雾都，他从西安回到陪都这些天，老天爷的脸，天天都阴沉着，今天好不容易放晴，他想去浏览浏览重庆的市容，不知孔小姐有没有这个兴趣，肯不肯赏脸？本来，已经对他显出失望的孔二小姐，听他这么一说，马上来了兴趣，说好呀，而且她马上就要叫车。

胡宗南说不用，他说他是自己开车来的。

你还会开车？孔二小姐脸上露出惊喜。要知道，那时男人能开车，简直是件不得了的事。能开车，从某种意义上就是身份的标志；是文化、文明、开放、地位等等让人赏心悦目的代名词和象征。孔二小姐愉快地接受了他的邀请，并随手将沙发上偎在她身上的一只玩具似的浑身雪白的狮子狗抱在手中，随他出去。可是，当她见到一辆又破又烂的美制敞篷吉普车时，孔二小姐发作了，美目怒睁，说，本小姐可没有这个胆量、这个兴致坐你这辆破烂汽车出去。说着转身而去。

这桩婚事就这样完结了。

而他的夫人叶霞翟，则原先是戴笠的属下，是戴笠介绍的。结婚后，他让夫人退出了"组织"，然后送去美国读大学；大学毕业后成为一个专门人才，曾在成都的华西大学当过一段时期教授。年前局势紧

162

张，他将夫人送去了美国。夫人去后，正当盛年的他，生活上由他的女秘书林娜照顾。

一阵橐橐的高跟皮鞋声从走廊里由远而近。他知道是谁来了，这橐橐的高跟皮鞋声给了他莫大的安慰。

旋即，门开了，胡宗南掉过头去看，果然不错，进来的是林娜小姐。她很漂亮，二十几岁，身材容貌姣好，丰满合度，穿一身美式卡克服。细细的腰肢间斜挎着一条子弹带，子弹带上插着左轮手枪，越发显出丰乳细腰肥臀。她那头爆花似的卷发上，斜扣着一顶船形帽；漆眉亮目，眼睫毛绒绒，卷帘门似的。

她用一双明眸，含情脉脉地看了看站在窗前沉思、满脸忧愁的主官，也不说话，只是快步走到窗前，伸出一双莲藕似的纤纤小手关好了窗子，"唰"的一声拉上窗帘。转过身来，轻步来到胡宗南身边，用她那双会说话的眼睛深情地看着他。接着，伸出一双柔弱无骨的、丰腴的手臂搭在胡宗南肩上，再将自己柔软的、曲线丰美的身体整个地依偎在胡宗南身上，头靠在他的肩上。于是，一股只有年轻漂亮女性才有的体香，像一种只可意会、不可言传的电磁波弥漫开来，将苦恼的胡宗南浸泡其中。顿时，胡宗南周身有了一种酒醉般的、过电似的感觉。

林娜握着胡宗南的手，发现他的手冰凉；面颊贴上去，他的脸也冰凉。她用自己细润如玉的、温暖的脸颊轻轻挨着胡宗南的脸颊；用自己的纤纤玉手摩挲着胡宗南短茁茁的手；抬起头来，温柔地看着他忧郁的脸，开始深情地低低呼唤："宗南、宗南！"

胡宗南看着这些日子给了自己许多热情和关爱的她，身心渐渐温暖了过来。他久久地看着她。

林娜是东北人，大学毕业生，投笔从戎，半路从军，时年二十四岁。她不仅人长得美，还精通英语。追求她的人很多，可她一概拒绝，因为她暗中爱着与她朝夕相处的长官胡宗南，虽然胡长官比她大二十余岁，也没有什么才华，长得黑黑胖胖，只有一副眉毛还长得好，像个将军。但胡长官在林娜小姐心目中，是世界上最完美的男人，最值得爱的男人。虽然她知道，要胡长官娶自己断无可能。但她是个有思想的新潮女性，她爱他，他也爱她，这就够了。真正的爱，是不计后果不计目的的。

面前是吹落一地的文件，林娜要去捡，可是胡宗南不要她动，双手把她抱紧，再抱紧。林娜觉出抱着他的胡长官，今天对她虽然充满爱意，但沉浸在痛苦里，不禁抬起头看着他，莺声燕语地问："宗南，你今天怎么了？"说时伸出手，关切地摸了摸他的额头。

胡宗南抱紧林娜，长长地吁了一口气，痛苦地说："老头子固执，很可能几十万精锐国军会断送在他的手里，还有我们这些人，这仗没法打了……大局已不可为。我这一生，无愧于党国，无愧于'校长'。也许，我将战死在这里。"说着，潸然泪下。

林娜明白了。她知道蒋委员长一而再、再而三地固执地拒绝胡长官的建议；而与共产党打了多年仗的胡长官，看出了已经迫近的危险却又像是缚着了手似的不能出击，只能等死，这能不痛苦吗?！但是，她能有什么办法呢，没有！她什么都没有说，只是用她白嫩细腻的手，温存地、轻轻地抚摸着胡宗南僵硬、冰凉的脸颊；用女性的温柔竭力抚慰着他。

胡宗南在林娜的抚摸下，慢慢地忘记了军国大事，忘记了逼在眼前的危急。他开始打量、欣赏起抱在自己怀中的这个年轻漂亮的女人。成都电力不够，室内灯光黯淡，这会儿却有一种恰到好处的朦胧，气氛格外温馨……

胡宗南再也不能自持，"哎"的一声，抱起了林娜，向隔壁的席梦思床走去。

好半天云雨方散。在宽大的席梦思床上，静夜里，胡宗南抚摸着林娜的酥胸。因为急，窗帘没有拉上，看得见贴在窗上的一弯冷月。

"林娜！"胡宗南忧伤地说："今晚好凄清，你的歌唱得好。我这时好想听你再唱一唱你们家乡的小曲。"

"好，我给你唱。"林娜轻抒歌喉，用她家乡的"二人转"小调给胡宗南唱了一首很是缠绵的民歌：

一更梆儿响
星星上树梢
人多眼杂狗又咬
小哥哥呀，你只好在林中委屈了

二更梆儿响
星星被云遮住了
夜深人静狗不咬
小哥哥呀，我打开窗户你进来了

三更梆儿响
星星害羞了
春宵一刻值千金
小哥哥，你动作大点儿可别吭声呀
哎呀、哎呀、哎哎呀……

林娜唱得胡宗南心旌荡漾，宠辱皆忘。他将林娜再次抱紧，大动不止。

三更时分，精疲力竭的两人才相搂相依地睡去了。黎明时分，林娜醒了，借着屋内漾起的第一线青色的晨光，他发现胡宗南不知什么时候早就醒了，正侧着身子深情地打量着自己。

"宗南！"她笑了，露出一口珠贝似的细牙，柔声问："你怎么这样看我，好像我们就要分别似的？"

"是的，我们就要分别了。"胡宗南说："我决定把你送到安全的地方去。"

"不，宗南，我跟着你；就是死，我们也要死在一起。"

"傻姑娘！"胡宗南喟然一声长叹，翻过身，平躺起，茫然地望着这光明与黑暗交替的时分说："你还年轻，犯不着去死。我早为你准备了十万美金。天一亮，我就让副官径直送你去凤凰山机场飞走，辗转经上海、香港去美国读书、定居，开始你新的人生……"

"宗南，你真好！"林娜感动不已，不顾一切地扑上来搂紧胡宗南，动情地说："我在美国等你……"说着，夺眶而出的热泪打湿了胡宗南的脸。

"嘀铃铃"！这时，床头柜上的电话铃声骤然响了起来。胡宗南一把抓起，听完后，神色骤变。他一骨碌翻身起床，一边从衣架上取下军装快速穿上，一边对林娜说："紧要军务来了，'校长'让我马上去。我就不送你了。待时局好转，我会马上接你回来的。"

林娜含泪频频点头。

当胡宗南从"校长"那里回来，赶回自己的司令部时，一进大院，满耳都是杂沓的脚步声，还有串串清晰的电键声、夹杂着的小声而急促的呼唤对答声……种种弥漫着战时紧张气氛的喧哗声响成一气，迎面扑来。

胡宗南刚跨进作战室，夜间值班的参谋长罗列就疾步迎上来，问："胡长官，兵退西康之事，定没有？委员长被你们说服没有？"

胡宗南一下瘫坐在沙发上，长叹一声："老头子鬼迷心窍了，他就

166

是要坚持、要等三天。"

罗列显露出极为失望的表情，闷在那儿。胡宗南想了一下，霍地站起，昂起粗脖子说："事已至此，我们来个先斩后奏。"说着让罗列和他一起走近挂在壁上那幅几乎占了整整一个墙壁的、二十万分之一的军用大地图前看形势。情况是明摆着的，局势异常严峻——

胡宗南的李振兵团最后一部已过广元，星夜向成都靠拢；裴昌会的大部队撤到了绵阳……蒋介石还在做梦，还在作川西决战的军事调动。罗列告诉他，他得到情报，说这两支部队不稳，随时都有可能倒向共产党。

胡宗南说，这，我也听说了，但没有办法，"将在外，君有命臣所不受。我们先干我们的！"他特别问起李文部的情况，这是他最有把握的一支部队。李文兵团在新津、邛崃一线，那是大军以后沿川藏公路撤退的必经之地。

罗列很肯定地告诉他，三个集团军中，只有李文这支部队是稳定的。

胡宗南稍作思索，开始下达命令。

他先要通了新津李文的电话。

"李文吗？"胡宗南一手解着衣扣，一边对着话筒大声喊："我，胡宗南。听着，你命令318师、319师立刻从新津展开两翼，作好对驻邛崃刘文辉24军的攻击准备。部队到位后，立即向我报告！"

"是！"

然后，胡宗南又要通了成都防卫总司令盛文的电话，命令盛文：

"你立刻派出三个步兵团，天黑以后，秘密包围驻武侯祠的刘文辉的董旭坤团；同时包围华兴街邓锡侯的95军军部……"电话中，他特别叮嘱盛文，要在武侯祠放两个团。

"记住！"胡宗南强调："行动要秘密，等我的最后命令；明天拂晓前动手，部队到位后，立即向我报告！"

"是!"

胡宗南下达了这些命令后，参谋长罗列有些担心，问："这么大的军事行动，不经过委员长行不行？"

"形势危急，瞬息万变，顾不得那么多了!"胡宗南眼露凶光，他决心蛮干到底。

天还未亮明。

一辆福特牌轿车一头撞进了刘文辉的公馆。车还未停稳，邓锡侯就心急火燎地下了车，直往里走，要去找刘文辉；虽然邓锡侯是刘文辉的常客，可以随进随出，一家人似的，但是这种情况还是从来没有过的。

"自乾、自乾!"多远，邓锡侯就惊抓抓地喊起来："快起来，我有要事同你商量……"

睡在后院正房里，素有晚睡晚起习惯，而最近总是担着心，睡不好，天亮前才睡着的刘文辉，已经先一步从他的副官李金安那里得知邓锡侯来了，情知有急事，赶紧起来，出了门；一边扣着长袍上的扣子，一边快步迎了上来。

"晋康，啥子事这么急，火上了房子吗?!"明知邓锡侯来一定是有十万火急的事，但刘文辉还是不改他说话的幽默，将邓锡侯的手一拉："走，进客厅说。"

邓锡侯却不动，下意识地看了看周围，很警惕地说："到你的密室说。"

"胡宗南这个杂种!"进了刘文辉的密室，邓锡侯开骂："天亮前，这个杂种派兵包围了我的军部和你在武侯祠里的董团，你晓得了吗?"

"刚刚晓得。"

"晓得你咋不着急？咦，未必你我的窝子都要被人家端了，你还稳起不动?"

"多宝道人"刘文辉不慌不忙地看着"水晶猴"邓锡侯，反问一句："急又咋个，不急又咋个？事情是办出来的，急能急得好吗？"

　　"事情已经明摆在那里了！"邓锡侯有些冲动，拳头一捏，腮帮子一咬："整烂就整烂，整烂下灌县。老子们给他胡宗南来个针锋相对，打！我已经命令驻镇军部指挥的95军副军长杨晒轩，让他指挥部队抢先占领制高点，弹上膛，刀出鞘！他盛文胆敢开第一枪，我就迎头痛击！自乾，你就不通知你的董团准备还击、开打？！"

　　"准备是当然的。"刘文辉沉思着说："我看这事怕有名堂！怕是胡蛮蛮（胡宗南）在背后日怪、蛮干。老蒋不是当众给了我三天时间吗？时间还没有到，老蒋不会这个时候动手的。而且，中间也没有发现我们有啥子；看样子，胡蛮蛮是急了，想给我们来个先斩后奏。"

　　邓锡侯冷静下来，略为思索，恍然大悟，看着刘文辉说："你不要说，还真有这个可能！"

　　于是，他们立即商量出了应对办法。

　　刘文辉和邓锡侯走进了他的机要室，要通了北较场中央军校的专用电话。刘文辉报了自己的姓名，要总参电讯处将电话转到委员长那里。

　　对方不敢怠慢，转了，立刻通了。

　　"委员长吗？我是刘文辉。哦，对，我要向委座报告一个刚才发生的严重情况！"

　　站在旁边的邓锡侯听得很清楚，话筒中传出蒋介石那口江浙味很浓的北平官话："什么情况啊，这么急啊，自乾？"

　　"天亮时分，胡长官派盛文的三个团突然兵分两路，分别包围了我驻武侯祠的董旭坤团和邓晋康的军部。请问委座，我们做错了什么事，胡长官要对我们武力解决？"

　　"有这等事？！"电话中，蒋介石的语气显得非常惊愕："自乾，你勿搞错吧？"

169

"千真万确，我刘自乾是军人，晓得违背军纪是要受到严厉制裁的！"

刘文辉显得很委屈地又说："委座可以打电话询问邓晋康和胡长官，立刻就可以得到证明。我刘自乾对委座，对党国忠心耿耿。若是委座不放心我刘自乾，明说！我立马交出军权。现在大敌当前，胡长官何必对我们这样自相残杀？胡长官这样整，消息传出去，岂不是令我川中军人心寒……"

显然，"川中军人心寒"这句话蒋介石最怕听到。他马上安慰道："自乾，你不要着急，我马上查，你不要放电话。"

一时，刘文辉的机要室里鸦雀无声。刘、邓二人凝神屏息，竭力捕捉着电话那头的声音。

显然，蒋介石确实不知情。话筒那端隐隐传出了蒋介石愠怒的声音，他在吩咐侍卫长俞济时迅速查明此事；又让侍从室主任陈希曾通知胡宗南……"娘稀匹的！"蒋介石骂道："怎么回事情，让他即刻来中央军校见我，唔！"

听到这里，两人相视而笑，一颗悬在半空的心"咚"的一声落了地。

庚即，话筒中又传来蒋介石的声音。蒋介石告诉刘文辉，并要他赶紧转告邓锡侯，这完全是一场误会。可能是盛文为防范成都市内日渐滋生的流氓、地痞、小偷骚扰市民种种不端而调动军队。他已下令，让盛文将他的部队调回原地，以免引起误会。

电话中，蒋介石再三安慰刘文辉，说"党国是信任你和邓晋康的，勿要介意"！随后催促刘文辉抓紧康、凉两地向成都调兵事宜！

刘文辉在电话中唯唯连声。

逢凶化吉！放下电话，刘文辉和邓锡侯相视一笑；他们都擦了擦满头满脸的冷汗。

第十一章　中共地下武装的成都布局

成都小福地，罗网布其间。往日为地狱，魔鬼猖不闲。

蒋介石对王陵基赏识的乔曾希印象不错。可是，他们哪里知道，时任成都市自卫总队副总队长的乔曾希早就倒向了共产党，他现在是中共成都地下组织手中掌握的武装斗争的大将之一。

蒋介石更不知道，乔曾希与他有杀父之仇！

成都中央军校校长张耀明奉命来到黄埔楼晋见委员长。

"坐。"蒋介石指了指对面的沙发，他今天显得很客气。

身着中将高领军服的张耀明面对委员长正襟危坐，他在用心揣度委员长召他来的用意。

"张校长。"蒋介石看着张耀明慢腾腾地问："军校现在共有师生多少人？"

"报告委座，"张耀明将胸脯一挺，"共有万余人。"

"对即将展开的川西决战，师生们情绪如何？有信心吗？"

"全校师生斗志高昂，纷纷表示要在川西决战中振武扬威，痛歼来犯共军。"

"好。"蒋介石听到张耀明这番豪言壮语十分高兴。他说："中央军校及它的前身黄埔军校，在党国的历史上功勋卓著。不过……"蒋介石略为思索：“你手中的一万人马现在不要动，他们都是党国的精华。我不要他们参加川西决战，我准备让你近日带着他们开往西昌，在那里开辟第二条战线，嗯？”

“是。”张耀明回答得很干脆，他巴不得现在就赶紧退到西昌去，退得离即将开战的成都尽可能远一些。不过，他没有将心中的高兴表露在脸上。

“不过，军校转退西昌，现在还是个秘密，你务必不要透露出去。”蒋介石嘱咐道：“至于什么时候出发，听我的命令。”

“是。”张耀明又是胸脯一挺。

“现在，我交给你一个新的任务。”蒋介石说得字斟句酌：“因为情况需要，军校二十四期现在就提前招生，并招考第十七期军官训练班。”

“共招多少人？”张耀明问。至此他才明白，他刚才的高兴不过是“镜中看花，水中捞月”。“校长”找他来的真正目的是要他去搜罗炮灰。

果然“校长”来了个狮子大开口：“人招得越多越好。”

张耀明不由心中暗暗叫苦，在这蒋家王朝面临灭顶之灾的时候，有多少人还愿来穿这身“二尺五”的黄军服，甘作殉葬品？

但他照样爽快地回答：“是。”

蒋介石立马追风：“你马上去拟个招生广告，一个小时后送我过目。”

“是。”就在张耀明起身要走时，蒋介石亮了底，说：“非常时期，条件尽可放宽些。尽量招收优秀青年进军校，抓紧时间施以严格训练，为国军培养基层干部。若思想纯正者、抗战剿匪有功者或是曾任军士两年以上者，都可以不经考试，由地方保送……”

就在张耀明接受任务去后几小时，成都的大街小巷就贴满了中央军

172

校的招生广告。《中央日报》等报也奉命刊出了军校招生广告，可是，自动上钩者仅寥寥几人。

蒋介石失望之余，为缓解正规部队兵员的严重不足，打起了王陵基的成都自卫队的主意。他找来王陵基，要他将这方面的情况作个详细汇报。

王陵基如数家珍，说是全川有自卫队员二十多万人，特别是成都自卫总队三万余人，很不错，正在作系统训练，很快就会堪作大用。

"成都自卫总队的队长是谁?"蒋介石很高兴，问得很细。

"总队长是成都市市长冷寅东兼任，实际负责的是副总队长乔曾希。"

王陵基注意到，委员长听到冷寅东的名字时，皱了皱眉。这是可以理解的，冷寅东原是刘文辉的大将，而委座对刘文辉心存疑虑。

"乔曾希?"见委员长口中念着乔曾希，王陵基赶紧补充:"乔曾希是我们自己人，他是'校长'的学生，黄埔军校十二期毕业生。"

"啊，我的学生! 他同冷寅东关系如何?"蒋介石又问。

"貌合神离。"王陵基明白委座心中的担心，再三声明:"实权在乔曾希手上，我不过让冷寅东挂了个名。"

"嗯!"蒋介石这才点了点头，铁板似的脸上露出些暖意。看来蒋介石对这支成都自卫总队有兴趣;他要侍卫长俞济时立即通知冷寅东、乔曾希来见。

冷寅东、乔曾希来了，他们坐在蒋介石对面。可是，蒋介石却有意将成都市市长兼成都自卫总队队长冷寅东冷在一边，很专注地打量起乔曾希这个毕业于黄埔军校的学生。乔曾希是个长得很威风的中年汉子，个子不高但结实匀称;穿一身合体的军装，佩中校军衔。他虽退役多年，但仍很有军人风度，人很精神。

"乔队长在黄埔军校毕业后，在哪个部队任职?"蒋介石问。

"学生毕业后，服役于邓锡侯的95军，出川抗日时，历任连长、参谋、营长、团长……"

"啊，就是抗战期间的45军？"蒋介石抠得很细。

"是。"

乔曾希是个聪明人。他知道蒋介石向来讨厌邓锡侯、刘文辉，赶紧说："抗战胜利后，部下本来可以升官的，可是我主动回川，解甲归田了。"

"是什么原因呢？"

"思乡了，不想打仗了。"

"啊！"蒋介石又问："既然乔队长本来已厌倦战争归山，为何现在又肯出山，担任军职反共呢？"

看蒋介石对自己不放心，乔曾希做出一副激昂慷慨的样子。

"众所周知！"他说："这是一场事关党国命运的生死战。年前，为应付危局，在王主席（陵基）领导下，成都始建民众自卫总队。冷市长兼总队长职务，尚需设副总队长主事，而人选由市参议会产生。许多绅耆、宿老及好友鼓励我参加竞选。为桑梓祸福安危计，曾希不敢临危自保，遂参加竞选。蒙父老乡亲错爱，我被选为副总队长并报经省政府王主席批准，曾希始出任成都市自卫总队副总队长。曾希出山不为他，为保卫乡梓！"

"好。"待乔曾希这番半文半白的话说完，满怀疑虑的蒋介石才放了心。坐在旁边的王陵基乘机显摆，他怂恿乔曾希："乔总队长，你手中这支队伍有多少人？能拉出去同共军硬碰硬地干吗？"

"共有五千人。"乔曾希应声答道："拉出去同共军作战，没有问题。"

"你们的装备如何？"蒋介石问。

蒋介石这问正中王陵基下怀。他抢着回答："报告委员长，乔总队长带兵有方，所有骨干力量，不是黄埔军校毕业生，就是参加过实战的军官，而且在五千人中，又精挑细选地组成了一支两千人的劲旅。"

"不过！"王陵基接着说："乔总队长这支精兵就是装备不行。"说着给乔曾希递了个眼色。

"是。"乔曾希说："请委员长能拨一些好武器给我们。"

"可以。"蒋介石对他的秘书曹圣芬吩咐："你一会儿去找找顾（祝同）总长，就说我说的，按中央军的配置标准，给乔总队长的自卫总队配置，嗯，按五千兵员配备！"

曹圣芬诺诺连声，乔曾希这就站起来，胸脯一挺，"啪"的一个立正，说一声："谢谢委员长栽培！"

"乔总队长！"蒋介石很满意地对乔曾希说："以后，有什么问题需要解决，尽可以找王主席！"

"我一定解决。"王陵基说："我解决不了的，再请示委员长。"

至此，王陵基知道接见结束了，他对表现得兴致勃勃的乔曾希和被冷在一边的冷寅东说："两位队长，如果没有其他的事，就到这里吧！"

冷寅东和乔曾希走后，被单独留下来的王陵基又同蒋介石谈了一会儿。蒋介石对王陵基赏识的乔曾希印象不错。可是，他们哪里知道，乔曾希早就倒向了共产党，他现在是中共成都地下组织手中掌握的武装斗争的大将之一。

蒋介石更不知道，乔曾希与他有杀父之仇！乔曾希的父亲乔得寿，是辛亥革命年间四川的风云人物之一。辛亥革命是把大火，烧毁了有二百七十多年的清王朝，建立了民国，开辟了一个历史新纪元；而之前的四川保路运动是最先点燃这场大火的火星，意义重大，孙中山曾经说过：如果不是四川的保路运动，辛亥革命的成功，清廷被推翻，最少也要延迟一两年。乔得寿当时是被四川军政府首脑、传奇人物尹昌衡发现的，然后予以提拔、重用。民国年间在风云一时的杨森手下当过师长。

175

因性情耿直，更因为同情共产党，乔得寿多次在公开场合发表过不满蒋介石独裁统治的言论，被戴笠注意，列入了黑名单。1939 年冬天，乔得寿在去松潘途中，被军统特务杀害。

一辆克拉克轿车从北较场里徐徐开出，向祠堂街将军衙门方向疾驶，这是顾祝同的专车，顾祝同要去"川西决战指挥部"办公。

当车开到东城根街口转弯时，面前凭空出现了一条栅栏。顾祝同的车不得不停下来，他很恼火地要副官下去看看这是什么原因，怎么一下就牵出了这条"绊马索"？

副官回来报告，说是成都自卫总队今天一早就在成都好些街口遍设栅栏、路障……

"什么原因？"顾祝同气势汹汹，大声喝问。

"说是为了维持社会秩序，防止兵痞、小偷打劫。"

"乱弹琴！"顾祝同气得"砰"的一声掀开车门，下得车来，注意看了看，差点儿没有将鼻子气歪。眼前所有街口都布上了栅栏、路障，行行复行行，简直就是《水浒》中那个活脱脱的祝家庄。这还了得吗？如其这样，打起仗来，国军寸步难行。

"拿我的名片去让他们开栅放行，谁不听，我拿谁是问。"

副官前去交涉后，好一会儿自卫队才磨磨蹭蹭地开栅放行。顾祝同有些不放心，让司机开车绕城一转，这才惊讶万分地发现，成都自卫队几乎在城内所有的街口、要津处都设置了栅栏、路障；有的地方更施以沙包、铁丝网……将九里三分的成都城分割成为若干小区。显然，局势紧急时，倘若自卫队一"关门"，任何人都插翅难飞；若遇追兵，更是只好束手就擒。

顾祝同大为光火，大为担心，大为心惊。

他好不容易过五关斩六将地回到将军衙门"川西决战指挥部"时，

蒋介石的电话就追来了。

"墨三吗?"蒋介石在电话中问:"这会儿满街都是障碍物,是怎么回事?"

"报告委座,我也是刚才才发现的。"顾祝同报告:"部下很是惊讶,才去巡查回来,正要向委座报告……"

"娘希匹的!"听了顾祝同的报告,蒋介石在电话中大骂起来:"去问问王陵基、盛文,这事他们是怎么搞的?是谁搞的?是想将我们活捉吗?要他们立刻将这些障碍物拆掉,并追查责任人是谁,查出来严肃处理,军法从事,嗯?"

"是。"顾祝同回答得斩钉截铁,毕恭毕敬。

顾祝同立即打电话问王陵基,王陵基查了一下,说是冷寅东干的,他也是刚发现,正要去处理。顾祝同对王陵基说,你是四川省的自卫军总司令,这事归你负责,你赶紧处理,委员长大发雷霆呢……王陵基答应马上去处理。

放下电话,王陵基越想越气,怒气冲冲地乘上他那辆福特牌轿车赶去了成都市政府,一见市长冷寅东,就凶神恶煞地质问开来:"你的自卫总队是怎么搞的,怎么遍街设置栅栏、路障?谁的命令?"

冷寅东也不推诿,说:"是副总队长乔曾希提议,我批准的。"

"你这是什么用意?"王陵基钢筋火溅,一双有些窝陷的眼睛简直就要喷出火来,简直就要跳起来把冷寅东吃了。他说:"刚才顾总长顾长官打电话来问,问你们是不是想把中央的人都分割包围起来,一有风吹草动好把中央要人们都逮起来,去向共产党请功?"

"王主席,你这样说就言重了。"冷寅东耐心解释:"我们之所以如此,也是事出有因。王主席不会不晓得辛亥年10月18日'打起发'的教训吧?"

王陵基不由一愣。冷市长说的"打起发",他当然是知道的。指的

177

是保路运动中，清廷崩溃前夕，清朝在四川的最后一任总督，号称干员，有"四川屠户"之称的赵尔丰，明明已经退位，向四川省军政府首任都督、改良派首脑人物蒲殿俊、罗纶等交权之后却又后悔了。趁着不懂兵的蒲殿俊等人去北较场阅兵时，发动兵变；进而发生了"打起发"——兵痞流氓趁机对成都进行了空前的洗劫。

"王主席你不是没有看见，现在社会上有多乱？"冷寅东振振有词："兵痞流氓成群，打家劫舍的事时有发生。我们这是接受了成都绅耆、宿老钟体乾、黄肃方、陈筑山、孙铸颜、文藻清等人的建议，采取的利民措施。"

"不行！"王陵基蛮横地将手一挥："我是四川省政府主席兼省自卫军总司令。没有我的命令，谁也不能设什么路障，我现在命令你们赶紧将街上设置的这些路障拆除。"

"怕不行。"冷寅东顶了一句："这可是全市民众的意愿，众怒难犯，又是经市参议会通过了的。我冷寅东无能为力，请王主席看着办吧！"说完拂袖而去。

路障最后是王陵基同盛文商量后，盛文派部队拆除的。但乔曾希却躲在幕后暗暗高兴。在他看来，这无异是一次成功的拉练、演习。时机到了，只要他一声令下，他掌握的这只自卫总队就随时可以给败走麦城的蒋介石牵出条条绊马索，并将他们一举拿获。

同时，乔曾希接到了李师民指示：让他迅速组建一支秘密的"捉蒋敢死队"，近日等候命令！

这天黄昏时分，成都防卫副总司令严啸虎亲自带着"特勤巡逻队"出动，沿街捕人；遍街贴上了由盛文署名的成都防卫总司令部宣布的"十杀令"，规定：背叛党国者，杀；窝匪通匪者，杀；无故鸣枪者，杀；造谣惑众者，杀；为匪作伥者，杀；扰乱治安者，杀；聚众暴动者，杀……

178

王陵基更没有闲着，他在成都提督街戏院召开了一个有全省部分地区自卫队长八百多人参加的战前动员会。会上，他在讲了即将开始的"川西决战"的必要性后说："……共军虽然表面上看来得逞于一时，但决不能持久。因为国际上美苏对抗，第三次世界大战随时都可能爆发。大战一旦爆发，背后支持中共的苏联必然穷于应付，不可能再全力支持中共，而美国必然加紧支持我们。这样此消彼长，加上我们自己的努力，战争胜利的天平倒向我们是必然的。而且，目前形势对我们有利！"他在重申了现在蒋介石手上还有几十万国军精锐军队，加上四川地方部队、空军、海军，共有百万之众，胜利可期之后，加重了语气，往深里说：

"我们必须胜利！我们不能后退！我们要置之死地而后生！因为我们是在进行国共决战！这不是简单地换一个政府或政权的问题，我们是在为民族生存而战，为主义而战，为自由而战……"最后他举起拳头高喊："我们只要还有一寸土地，只要身上还有一滴热血，就要抵抗到底，战斗到底！"会后，他给这些自卫队发放了大量枪支弹药。

就在盛文的"十杀令"发布后，成都防卫总司令部一天就逮捕了三十多人，并且全部被枪毙。一时间，白色恐怖达到极点。

第十二章　刘文辉惊出一身冷汗

鸿门宴上客，至今留传奇。项羽真坦荡，不胜介石计。

一时间，空气紧张得像要爆炸了似的。蒋介石和刘文辉都没有说话，只是你看着我，我看着你，紧张沉默地对峙着。这是一场意志和心理的较量！从蒋介石锐利的鹰眼中，刘文辉读出这样的话语，"刘自乾，你背着我干的事，我都知道了。现在，就看你老不老实了！"而他依然神情坦然，似乎在用无声的语言告诉蒋介石："委员长，我刘自乾现在无话可说。我可是一片真心对你啊！"

就在蒋介石给刘文辉下达命令，而且命令要在三天之内完成的第二天，蒋介石让刘文辉、邓锡侯去他下榻处黄埔楼吃午饭。

刘文辉是"多宝道人"、邓锡侯是"水晶猴"，他们是何等机敏之人！当然知道这顿饭不好吃，说不定是顿现代的鸿门宴。可是，他们又不能不去，不敢不去。不去，就是自我暴露，就是找死。

车刚进军校大门，刘文辉就明显地感到气氛不对，有股杀气。往天，执行守卫的是军校学生警卫队，而今天全部由中央警卫团代替；他们个个头戴钢盔、神情警惕，手持美式卡宾枪、冲锋枪，三步一岗，五步一哨；一直从大门内排到蒋介石住的黄埔楼和委员长宴请他们的小宴会厅周围，似乎生怕他们来了又跑了似的。

刘文辉竭力稳定情绪，他的司机刚刚将车驶进指定位置停稳，邓锡侯的车就到了。他们一先一后下了车，会意地相视一笑。这时，"总统"侍卫室主任陈希曾出来迎接他们，带他们去宴会厅。进到门边，两名腰别手枪，身材高大的中央警卫团警卫，"啪"的一个立正，挺胸收腹向他们行了一个军礼，大声向里面报告：

"西康省政府主席兼24军军长刘文辉先生到。"

"西南军政长官公署邓副长官到。"

话音未落，西装革履的蒋经国笑容可掬地迎了出来。亲热地握了握刘、邓二人的手，说一声"请"，在前引路。转过屏风，眼前豁然展现出一个流光溢彩的豪华小天地。厚厚的红绒地毯中央，只摆了一席：一张式样考究的西式椭圆形餐桌上铺着雪白的台布。当中摆着一个具有清宫特色的花瓶，瓶中插着几枝红色的腊梅，散发着淡淡的幽香。屋子正中，垂着一盏满天星灯，灯光晶莹。窗棂上拉着厚重的金丝绒窗帘。蒋介石已经坐在那里等候了。作陪的张群、蒋经国也坐在那里了。

"稀客！"看到他们进来，张群笑嘻嘻地站起来，手一比，示意他们请坐，说："你们看看，连委员长都在等你们了。"

"得罪、得罪！"刘文辉向坐在上首、身着中式长袍黑马褂的蒋介石抱拳告了得罪。因为蒋介石身着便服，又是这样的场合，显得有些随意，他们没有像往常一样给蒋介石敬礼，只是鞠了鞠躬。

"我们可没有迟到哈，是按时来的！"邓锡侯对张群的说法作了更正，说着看了看手腕上的表。

"是，你们没有迟到！请坐。"蒋介石笑吟吟地说，随意地将手一比，示意他们坐。蒋经国特意将刘、邓二人安排在父亲两边。

刘文辉、邓锡侯入座后，刘文辉又站起来，拱手抱拳再次对委员长表示谢意。他说："委员长日理万机，却还请我们吃早晌午（晌午，即午饭。所谓"早"，即：比平时提前。），俗话说，无功不受禄，自乾深

181

感不安和愧疚。"说时注意打量了一下蒋介石的神情。

"自乾、晋康你们哪里是无功不受禄？更不要不安和愧疚！"蒋介石说："中央入川，给你们增添了不少麻烦，最近忙，好不容易抽出点儿时间，请你们吃顿便饭。"说着看了看陪坐两侧的蒋经国、张群："都不是外人。我们也好利用这个机会多沟通沟通，联系联系，随便谈谈。川西决战在即，嗯，自乾、晋康，中央对你们可是仰仗甚多。"

说时，随侍在侧的五个容貌清俊、身着大红旗袍，姿态婀娜的年轻女子轻步而上，含笑为他们布筷、展巾、摆杯、上酒；有堂倌端着盘子，喝着菜名先上了下酒菜。蒋介石不喝酒，摆在他面前的是一杯清花亮色的白开水。蒋经国要的是白兰地；张群、刘文辉、邓锡侯是川人，他们要的是泸州老窖。下酒菜是八盘八碟：樟茶鸭子、二姐兔丁、缠丝兔……

蒋介石率先举起包金乌木筷子，脸上露出难得的笑容，指了指摆了满桌的菜肴说："请，都是你们喜欢的川菜！"这就是他的祝酒词，不仅异常简洁，而且对在座的几个四川人显得很是照顾。

叮叮当当中，他们碰了杯，饮了各自杯中的酒、水。然后，侍候在侧的一位小姐分别给他们斟上酒水。

蒋介石分别给坐在两边的刘文辉、邓锡侯夹了一筷子缠丝兔，放进他们的盘子里。

刘文辉受宠若惊地"哎呀"一声，站了起来，连说，"感谢委座，愧领了、愧领了！"邓锡侯也象征性地站了一下，不过什么也没有说，只是用筷子将蒋介石夹在他盘中的缠丝兔吃了，说："哎，味道还不错。"

他们向委员长敬酒。蒋介石却将手往下压了压，说："勿客气、勿客气！随意、随意！"蒋介石以水代酒抿了一口，吃了一筷子菜，装着漫不经心的样子，问坐在身边的刘文辉："自乾，你给西康的电报发了没有?"

刘文辉装傻,问身边的张群:"岳军兄,委座问的啥子电报,我咋没有印象呢?"

"咦,你咋忘了!委员长昨天不是跟你说了吗,不是让你调兵遣将吗,而且定了时间,三天。你人在成都,能不往雅安发报吗?"

"啊,发了,早发了,立刻就发了。"刘文辉边说边用手拍了拍脑门,装作反应不过来的样子;猛地发现,蒋介石正用一双鹰眼盯着他,眼神中透出一种寒凛、阴深、探询。

"你是在哪里发的,是用秘电码发的吗?"张群显然领受了蒋介石的命令,缠着刘文辉不依不饶地问,来个打破沙锅问到底。

"是在我的宽巷子小公馆发的。"刘文辉警惕起来了。

"回电来了吗?"张群紧追不舍。

"回了,刚回。"刘文辉一边沉着应对,一边检点从昨天到今天的所作所为。他是一个异常精细、行为和思维都很严密的人;确信之间没有任何疏漏,而且来时,他已经作了准备。他不慌不忙地从上衣口袋里摸出一份精短的电文,递给坐在侧边的张群。张群接在手中,看了一遍后,双手捧起,站起身来,毕恭毕敬地捧给蒋介石。

蒋介石接在手中,用审视的眼光看下去。回电是两份,一份是24军代军长刘元瑄发来的,电文为:"⋯⋯全军按令行动,力争三日内结集雅安。"

另一份是西康省政府代主席张为炯发来的,电文为:"⋯⋯已转令各部落首领集结民族武装,军民首批于近期开拔成都。"

就在蒋介石似乎正仔细审看电文时,门外走廊上响起了急促的脚步声。刘文辉闻声掉头看时,侍卫室主任陈希曾快步走进,轻步走到蒋介石身边,俯下身去,附在蒋介石耳边,轻声说了几句什么。

蒋介石立即神色大变,霍地看定刘文辉,咬牙切齿地从牙缝中迸出四个字:"要他进来!"

陈希曾转身快步走到门前,做了个手势,毛人凤随即走了进来。

糟了!刘文辉的头不由"嗡"的一声,情不自禁地伸手去腰间摸手枪。可是,这时哪里会有手枪,到这里来,是要经过仔细检查的。他紧张思索着,是不是自己有哪里不慎,被毛人凤的手下特务们发现了什么?或是自己的密码被保密局破译了……

一连串的问号和画面闪电似的在刘文辉头脑中划过。昨天上午,从中央军校开完会出来,他驱车去了他在宽巷子11号的小公馆,即刻让电台台长程睿贤用密码向在雅安的刘元瑄和在康定的张为炯发了电报;要他们做好战斗准备,并要他们用密码回了刚才当众掏出来的两份搪塞蒋介石的电文。

一时间,空气紧张得像要爆炸了似的。蒋介石和刘文辉都没有说话,只是你看着我,我看着你,紧张沉默地对峙着。这是一场意志和心理的较量!从蒋介石锐利的鹰眼中,刘文辉读出这样的话语:"刘自乾,你背着我干的事,我都知道了。现在,就看你老不老实了!"而他依然神情坦然,似乎在用无声的语言告诉蒋介石:"委员长,我刘自乾现在无话可说。我可是一片真心对你啊!"

在在座的人们眼中,刘文辉神态自若,一副坦坦荡荡,无事不可对人言的样子。而这时,只有刘文辉自己才知道,他的心都快要蹦出来了,身上每根神经紧张得都快要断了,浑身发麻。然而,他竭力告诫自己:"沉着、挺着!"站在蒋介石身边的特务头子毛人凤看着刘文辉,那一副绿眉绿眼的凶相,像是一只就要扑上来撕咬刘文辉的狼!

稍停,眼露凶光的蒋介石盯着刘文辉,一字一句地问:"我——要——你——发——的——电——文,真——的——都——发——了?"

"发了。"刘文辉故作惊讶,以攻为守道:"咋的,委员长,出了啥子问题吗?"

"刘主席!"毛人凤一声冷笑,插嘴道:"中央监控台就设在成都,离你宽巷子的公馆不远,我们的密译处怎么就译不出你发的电文?"

毛人凤这个大傻瓜不说话还好,一说就露了底,无异给刘文辉吃了一颗定心丸。他心中有数了,不屑地反问毛人凤:"照你这样说,我们向雅安、康定发的电报,毛局长你是监听到了?"

毛人凤睁圆他那双大而无神的眼睛,看着刘文辉,不解地点了点头。

"你这是不懂我们的密码嘛,有什么好大惊小怪的?!"刘文辉说时从衣袋里掏出一个类似派克钢笔样的玩意儿在毛人凤面前一摆、一晃:"这就是我们自己编的密电码,想来毛局长是没有见识过吧?"说着掉头看着蒋介石解释:"因为事关重大,而今成都又恶端不穷,为防止共产党破译,我们用的都是自己编排的密电码。"

张群将刘文辉手中的密电码拿过来,看后点点头。觉得事情在情理之中,刘文辉没有什么不对,而毛人凤捕风捉影,实在讨厌。便对一直站在蒋介石身后、巴巴结结、像个警卫样的毛人凤讥讽道:"毛局长,我看你是神经过敏了吧?刘主席说的话有什么不对吗,有什么值得你怀疑的?"

毛人凤根本不理张群,他看了看蒋介石仍然阴沉着的脸,缠着刘文辉不依不饶地继续发问:

"我们的中央监视台里,有的是电讯专家,全世界的密码都可以破译得出来;连当年珍珠港事变前,日本人的密电码我们都可以破译,难道就刘主席你们的密电码我们译不出来?不知刘主席是不是可以将你们的密电码让我见识见识!"

刘文辉适时发作。他拍了一下桌子,毛焦火辣地说:"毛局长,你这话是什么意思?有什么话明说。不要为了在委员长面前卖乖讨好,就对我们这些人疑神疑鬼,提起要!"说着掉过头,看着蒋介石,很委屈

185

地说:"委员长在这里,如果是毛局长对我刘自乾不放心、不顺眼,委员长也信,那干脆让毛局长把我抓起来算了。等弄清白了,再把我从牢里放出来。免得我在战场上是共产党打击的对象;在党国内部又成为中央和毛局长们怀疑的对象。我刘自乾成什么人?成了耗子钻风箱——两头受气!成了一个受气包!"说着,脸也红了,筋也涨了,手也有些抖;从身上摸出包香烟,不管三七二十一,用打火机"啪"的一声打燃,猛吸两口,大有当着委员长的面,不弄清楚决不罢休的意思。

蒋介石用眼神征求"智多星"张群的意见。

"毛局长不要胡乱猜测。"张群一直看不起毛人凤,借机对毛人凤好一阵洗涮:"刚才刘主席把事情的来龙去脉说得那样清楚,而且密码也在我手中,你要看也可以,不过有啥子看头? 现在正是过筋过脉的时候! 西康少数民族地区的事本来就不好整;刘元瑄和张为炯收到刘主席的命令后,回电你也看了。人家的军队正按委员长的意思加紧集中,向成都运动。这个时候,你却在一边疑神疑鬼,伤自家人的心;做出来的事,如果让亲者痛,仇者快,惹出事端就不好了。你说是不是,毛局长?!"

张群的地位、资格以及蒋介石对他的信任度,在国民党内无人不晓、无人能比! 张群既然这样说了,除非是委员长替他毛人凤撑起,他毛人凤还能有什么说的,敢说什么! 况且,这也仅仅是猜疑,毛人凤一时显得很尴尬。

原先满腹狐疑的蒋介石,一听张群这话,心想,是呀,毛人凤哪能这样说风就是雨呢? 仅凭一份看不懂的密码,就说人家刘文辉有问题? 况且,他给刘文辉限定的时间明天就是最后一天,明天不就清楚了? 他又看了看蒋经国,蒋经国没有表情。权衡再三,蒋介石一直板起的脸露出了一丝阴阴的笑意。

"自乾兄,你这话说到哪里去了?"蒋介石开始好言好语抚慰气鼓气胀的刘文辉："自乾，你不要介意。毛局长出于职业的习惯，也许过敏了。没有什么，都是以党国利益为重，彼此不必介意！"说着，手一挥，对毛人凤说："毛局长，你有事，就先走吧！"

毛人凤赶紧溜了。

见刘文辉余怒不息，坐在一边的邓晋康也是一副愤愤不平的样子，蒋介石这会儿心中不仅不恼，反而暗暗高兴。在他看来，这两个人越是满心委屈，他才越安全，越感到放心。

"大人不记小人过！"张群这就又出来当和事佬，施展他"高级泥水匠"的本领。他对刘文辉、邓锡侯殷勤劝菜："自乾、晋康兄你们吃菜。这是委员长专门让人请来川中高级厨师为你们做的，你们要多吃些。"

蒋介石又亲自给刘、邓各夹了一块贵妃鸡，放在他们面前的小白瓷盘里，以示慰问，一场风波始告平息。刘文辉、邓锡侯从蒋介石给他们摆下的这顿现代鸿门宴上全身而退。

第十三章　刘邓潘深夜金蝉脱壳

三国人物事，常思在胸怀。子敬与子翼，携子谈笑来。

黎明到来了。夜幕潮水似的退去，成都平原上如画的小桥流水、茅竹农舍渐次闪现出来，远处有公鸡啼喔。天刚亮明，"多宝道人"刘文辉和"水晶猴"邓锡侯、还有"百脚之虫"潘文华乘坐着"高级泥水匠"张群的专车，一路顺利，已经驶离了成都百余里。

三天的时间马上就要到了，明天就是最后一天了，蒋介石马上就要摊牌了！而刘文辉、邓锡侯、还有潘文华都被毛人凤派人严密地监视着，无法动弹。他们三人是一心期望就近逃到邓锡侯的 95 军控制的彭县或郫县举行起义，正式脱离蒋介石集团。刘文辉人虽在成都，但他设在雅安 24 军军部的共产党的电台，全天候地同北京中共高层有关方面保持着密切联系；日前，电台台长王少春接到北京发来的"大军即将西行，请通知自乾将军等，如条件成熟，可举行起义！"的通知后，立刻设法转给了刘文辉。

刘文辉他们知道，如果他们能潜离蒋介石严密监控的成都，这个时候去到彭县或郫县举行起义，公开宣布脱离蒋介石集团，这就犹如树起了一面旗帜；犹如严冬季节响起了一声惊天动地的春雷；犹如在阴沉沉的天幕上，划过一道利剑般的闪电！不仅会立刻关住蒋介石的退路，砸碎他的如意算盘，而且马上就会产生连锁反应。在四川，不仅是四川，还有大西南的另外两个省——贵州、云南，在观望的人们中，如"云南王"卢汉等等，都完全可能立刻响应，揭竿而起，功莫大焉！但是，他们被蒋介石看管得这样紧，怎能出得去呢？

好在他们的人身自由，还没有被公开限制。

12月6日这天晚上，刘、邓、潘又聚在刘文辉家的客厅里打麻将，这是他们最近常做的功课。其实，他们是在商议如何趁夜出走，却百思无计，束手无策。时间一分一秒地过去了。十一时过，刘文辉的贴身副官李金安突然来在门外，隔帘报告："军长，张院长来访！"

"哪个张院长？"刘文辉脱口而出，虽然估计是张群，张群是他的常客，但这个时候了，张群来访？刘文辉还是感到突然。

"我，张岳军！"门帘一掀，张群已经走进来了。这个素常很沉稳的"华阳相国"，这晚表现得有些惶惑、忧伤。看到坐在麻将桌上的刘、邓、潘三人；张群还不忘开句玩笑："四缺一，就差我了。"

就在刘、邓、潘站起来让座时，张群挥了挥手说："大家都是老朋友了，不客气，不客气。"看刘文辉要喊人上茶，张群说："不用了，时间紧急，就我们四个人关起门来谈谈就行了。"

刘文辉打量了一下张群的神情，依了他，让副官李金安给他们关上门，在外面守着，不要有任何人来打扰。

张群自个儿脱了呢大衣，挂在衣架上，坐到沙发上。刘、邓、潘下了麻将桌，分别坐在他周围的沙发上，四人围成了一个"口"字形，张群又揭了头上的博士帽，放在茶几上。

刘文辉问张群："岳军兄不是日前奉蒋先生之命到昆明处理要务去了吗，什么时候回来的？昆明之事处理得好吗？"

张群摇了摇头，叹了口气，语气沉重地说："没有处理好。"说着看了看刘、邓、潘："我们不是外人，我不妨对三位仁兄说实话。蒋先生是要我日前去昆明，向卢汉传达他的意思：请卢汉暂时把他的云南省政府和云南绥署搬迁到滇西的大理和保山；下一步，中央可能要搬去那里。可是'云南王'卢汉不肯！强调云南民穷财尽粮缺，担不起这样的责任。话再谈下去，卢汉就有了威胁的意思，说：蒋先生若是硬要这样，只怕云南人民不答应！"

刘、邓、潘相视一眼。张群接着向他们透露："我今天刚回来，向蒋先生报告了详情；蒋先生听了，要我再去，交代我带第八军军长李弥、还有余程万等，去找卢汉再交涉。"

"交涉?!"邓锡侯鼻子里哼了一声："老蒋让岳军兄带李弥、余程万这两个武棒棒去，只怕是弄巧成拙啊，这不是武力威胁是啥子？莫非这个时候卢汉还怕武力威胁不成？"

刘文辉心细，问张群什么时候走？

张群说，马上就要走。说着流露出悲观情绪："晋康兄说得对，这样只怕是弄巧成拙。现在是什么时候了？卢汉不是好惹的。我看弄不好，我们这次去就回不来了。弄不好，卢汉一翻脸，把我们几个人扣起来也说不定！"在座的刘、邓、潘相视一看，他们对张群这个时候来的用意，有些明白了。

"岳军兄这个时候来，是不是有啥事要给自乾兄交代？我们在这里合不合适？"潘文华说时看了看邓锡侯："我和晋康需不需要回避？"

"哪里、哪里！仲三你说到哪里去了！"张群故作亲热地说："我不光是要找自乾，也要找你们二兄，正巧你们在这里，就免得我再跑了。我不是有事要向你们交代，是有要事相托、重托！"

三人表现得相当义气，他们拍着胸脯说，你我不是一天两天的交情，有事尽管吩咐！

张群说："我这一去，凶多吉少，我唯一放不下心的是家中老母。"张群是个出名的孝子，说着垂下泪："老母八十有余，桑梓之情甚深。

这么多年，除了成都，她哪里都不肯去，我恐怕这一去，就不能再为她老人家送终了！"张群说着哽咽起来。

三人完全明白了，张群是来将老母托付他们照顾的。以往，这位深受蒋介石器重的"华阳相国"，数次接老太太去南京，老太太都不肯。公务繁忙的张群每次回到成都，都要抽时间在家侍奉老母亲。老太太吃斋信佛。张群还专门抽时间带老太太上峨眉山烧香拜佛……尽其可能地满足老太太。近年老太太不能出远门了，张群回到成都后，经常在成都文殊院替母亲作施舍，常常焚香祈祝老母健康长寿。

对张群的嘱托，他们当即慷慨答应，还拍了胸脯，表现得相当够朋友。张群说："三位仁兄，我们共事多年，相交不错，又是老乡。我想，当今没有啥子好遮掩的，时局是无可挽回了。值此千秋存亡之际，希望三位仁兄贯彻始终，与蒋先生一心，共支危局。因为，国家有办法，我们个人才有办法，你们说是不是？"

"可是，蒋先生信不过我们！"邓锡侯火爆爆地说："他早就想把我们弄到台湾去框起。这个样子，还谈到啥子共支危局？"

"我晓得你们不想去台湾。"张群看了看刘、邓、潘三人的神情，语气中竟有一丝讨好的成分："故土难离，人之常情。这事，我可以再对蒋先生谈谈，疏通疏通。不过，三位仁兄可不可以将你们的打算对我交个底？"

"我的底，就是倾全力打共产党！"刘文辉拍了拍胸脯："部队若是打完了，剩下我这个光杆司令了，我就落荒到康藏三大寺做喇嘛去。"

"晋康兄，你呢？"张群对邓锡侯笑了笑，笑得很苦。

"话说好了，牛肉都做得刀头。我是两条路！"邓锡侯伸出两个手指头，大声武气地说："说得好，合得来，我邓晋康协助胡宗南守成都，打川西决战。打烂就打烂，打烂下灌县！弄不好，毛了，我就甩开胡蛮蛮单干，拖上我的部队，到灌县山里头与共产党打游击。"

191

潘文华也表现出了相同的态度。

"好！"张群连连点头称赞："三位仁兄都有很好的打算，都说的是真心话。我回去要在蒋先生面前竭力替你们洗刷、美言，让蒋先生明白你们的心，请他不要轻信小人的话，让蒋先生转变一些他对你们的看法，这，我也还是办得到的。"说时边看表，边"哎哟"一声，站了起来，说："时间不待了，蒋先生还在等我回去谈事情。岳军这就向三位仁兄告辞了！"说着要走。

"岳军兄，且慢，自乾这里也有一事相求！"刘文辉眉头一皱，计上心来，他对张群说："我们想向岳军兄借一样东西，不知你舍不舍得？"

"舍得、舍得！"张群哽都不打一个："说，啥东西？"

"我们想借你的专车用用。"

张群一时没有回话，看了看刘、邓、潘。

"我们被蒋先生派人盯死了。"刘文辉也不隐瞒，打明叫响地说："我们想出门办点儿事很不方便。岳军兄你是蒋先生的红人，外面那些'狗'一看是你张岳军的车，哪个还敢妖言？我们想借你的车用一用！"

"你们什么时候用？"

"明天早晨六点钟以前。"刘文辉说。

"那时候不是天都还没有亮吗，能办啥子事？"

"就是那个时候才好！"

张群似乎有些明白了，期期艾艾地又问了一句："自乾，你们这是要去哪里，做啥子？"

"岳军兄，你就不要打破沙锅问到底了。"刘文辉一句话封门。

毫无疑问，这是一个交换条件！虽然张群不一定完全清楚刘文辉他们借车的目的，但他一定知道他这车借出去，是大有蹊跷的。没有办法，张群低下头去略为沉吟，随即抬起头来，十分无奈地看定站在面前的刘、邓、潘三人，哑声道："好，就这样吧！"复又嘱咐："望三位仁兄好自为之!"说罢去了。

张群去后,喜不自禁的邓锡侯、潘文华夸刘文辉不愧为"多宝道人"。刘文辉笑道,你们也不简单嘛。当晚,邓锡侯、潘文华宿在刘文辉家,刘文辉家的房间多的是。邓锡侯、潘文华来时,家里都是交代、安排好了的。

夜已经深了,但刘文辉全然没有睡意。他在床上像烙饼似的翻来覆去,睡在身边的三姨太杨蕴光被他吵醒了,伸过手来,抚摸着刘文辉瘦骨嶙峋的身子,带着梦呓地发问:"你今晚上怎么了,自乾?"

刘文辉等了一会儿,想了一下,牙疼似的说:"我给你说,天不亮,我要同邓锡侯、潘文华出趟远门。"

"啥子时候回来?"三姨太是个很灵醒的人,一听这话,她好像完全醒了,清清楚楚地问。

"这,你就不要多问了。"刘文辉轻轻咳了一声,这是他不准她问的意思,只是说:"记着,我明天走后,你立马回到雅安去,雅安比成都安全。回雅安不会有问题,我已经安排好了,有人送你。"

"路上兵荒马乱的。"三姨太撒娇:"我不走,要走,我等你回来一起走。"

刘文辉霍地提高了声音:"听话,听我的话不得拐!"

"咋个呢?"一踩九头翘的三姨太更证明了她心中的猜测,又问。

"不要问那么多了,就这样办!"刘文辉说着将身子朝里一翻,背过身去睡,再也不说话,也不再理三姨太了。三姨太完全明白了。以往,如果不是遇到过筋过脉、生死攸关的事,她只要这样一缠、一撒娇,刘文辉总要改变态度,再怎么也要在她身上摸索摸索;她的年龄比他小得多,又是他最宠爱的女人。而今夜他却是这个样子!她不再问了,她将自己温暖、美妙的身躯尽可能地偎依着他。她知道,别看这会儿风平浪静,沉沉夜幕笼罩中的刘公馆睡得很沉稳,尤其是他们这间卧室温暖如春。可是，公馆外面四周都是特务，都是"狗"。只要他们走出门去，等着他们的就是逮捕甚至暗杀……

这会儿背对着她睡，一点儿也不招揽她的刘文辉，是在假寐、在紧张、在运筹……刘文辉做什么都有个度，分寸拿捏得很好。比如，他也抽大烟，但绝不上瘾；有时抽抽，完全是为了提精神。比如，他也讨妾，但绝不无休不止。让她特别感动的是，刘文辉自讨了她以后，对她很好，爱宠有加。看样子，刘文辉对于走，已胸有成竹。于是，她也运筹开来，她对于自己的下一步，如何趋利避害等等，思考得很细，像个高明的棋手。

第二天五点钟，这是冬夜最好睡的时候。她已经先一步起来了，下到厨房，张罗着厨师给他们煮醪糟蛋。五点半钟，对时间最敏感的刘文辉、邓锡侯、潘文华已坐在小客厅里等候着张群的专车了。乳白色的灯光下，只见他们身穿狐皮大衣，博士帽在头上压得很低，都戴了副墨镜，显得有几分神秘。

门帘一掀，三姨太杨蕴光带着丫鬟小芬给他们送早点来了，屋里飘起一阵醪糟蛋的甜香味。

邓锡侯、潘文华从丫鬟小芬手中接过醪糟蛋，一边呼噜噜地吃，一边抱着歉意地对三姨太打趣道："哎呀，少奶奶，这么早就把你从热被窝里吵起来了，不好意思、不好意思得很！"

"你们说到哪里去了？"三姨太是个初中毕业生，很会说话，她说："你们是稀客，平时请都请不来呢！"

刘文辉从三姨太手中接过醪糟蛋来，却没有急着吃，看着三姨太说："我给你说过的话，可都记住了？"

"记住了。"三姨太说。

他们吃完醪糟蛋，放下碗，就像算好了似的，壁上的挂钟正好敲响六下。刘文辉、邓锡侯、潘文华会意地互相看了一眼，该是张群派人送车来的时间了。他们尖起耳朵听，四周很静，可是巷道里没有响起他们期盼中的汽车声。

是张群说话不算话吗？还是又发生了什么意外？壁上挂钟"滴滴答答"的走时声，将他们紧张的神经绷得快要断了。

而就在这时，他们听到了幽静的巷道里传来的汽车声。

"来了！"邓锡侯陡然来了精神。

门帘一掀，卫士长杨德华急急进来向刘文辉报告："主席！张院长的车来了，接你们的人在门外车上等。"

"是张院长的车？"刘文辉问，他很沉得住气。

"是。"

"来的是些什么人？"

"除司机外，还有张院长的副官李品。"

"请他们进来。"

当张群派来的副官李品、还有司机进来时，刘文辉让司机留下，只是让李副官陪他们走一趟。他的解释是：我们要去的地方，张院长派来的司机不熟悉，他要用自己的司机。说着喊了一声："蕴光！"正在里间屋子收拾什么的三姨太应声而出。

刘文辉给太太递了一个点子。杨蕴光会意，给这两个人一人一个早就封好的大红包。

"这怎么行、这怎么行！"一身戎装、佩少校军衔、个子不高但墩笃的李品假装一惊，伸手推托："我们来时，张院长是交代过的，刘主席咋说咋办，这是我们应该办的公事！"

"拿着，拿着，一点儿小意思。"刘文辉说。

"刘主席让你们拿，你们就拿着嘛！"邓锡侯、潘文华也这样说。

"尊敬不如从命。"看来，李副官是读过些书的，抛了一句文后，又连说"不好意思，不好意思"。话是这样说，却不再推托，和司机爽快地收下了红包。

195

"请刘主席随便安排。"李副官接过红包后，一副笑逐颜开的样子。

"我听从刘主席的安排，咋说咋好！"头上戴着一顶鸭舌帽的张群的司机更是高兴，又得了红包还可以睡个回笼觉，何乐而不为。他喜滋滋地对李副官说："那，我就等你回来。"李副官还能有什么说的。

刘文辉、邓锡侯、潘文华由李副官陪着，出了大门，上了停在外面的张群那辆克拉克高级轿车。

克拉克轿车很快发动起来，前面亮起两盏雪亮的车灯。车开了。车头两盏雪亮的车灯像两把利剑扫过去。灯光中闪出两个特务，他们身穿黑皮卡克，鸭舌帽歪戴在头上，挥着手枪，高叫停车。

轿车缓缓停了下来，坐在前面的张群的副官将头探出去，厉声喝问："张（群）长官的专车，你们都敢阻拦吗？"

一个特务说着不敢，却用手遮着灯光，走上前来，看清将头探出窗外的果真是张群的副官李品，又不放心地问："李副官，你刚才不是说给刘（文辉）主席送飞机票去吗，这么快就办完了？"

"废话，送张飞机票要多少时间？"李副官有些起火。

"不知汽车里还坐了些啥人？"拦车的特务显得有些不放心。

"咦，听你们的意思，还有诈似的？你们中有哪个不放心的，就上来查！"因为事前张群给李副官交代过，刘文辉、邓锡侯要他怎么做，就怎么做，车要往哪里开，就往哪里开。他是执行命令。再说，吃人家的嘴软，拿人家的手短。他拿了刘文辉的大红包，现在就得千方百计地把他们送出去。至于以后出了什么事，自有张群承担。

拦车的两个小特务被张群的副官唬着了。张群的专车是流线型的，里面的人看得清外面，外面的人看不清里面的任何东西。张群，鼎鼎大名，权高位重！是委员长多年的同学、朋友……官爵多得吓人，是通了天的！别说他们两个毛毛小特务不敢去碰，就连他们的顶头上司、保密局局长毛人凤在张群面前也不敢吭一声，完全是仰视。再说，车确实是张群的专车，副官也确实是张群的副官，货真价实，没有什么怀疑的。既然如此，还拦什么拦！拦车的两个小特务当然不敢上去看、去查，忙说："李副官，请稍等！"坐在副驾驶坐上的李副官却大发脾气，说是你们哪个耽误了张院长的公务，拿哪个是问！两个小特务退了下去，向躲在黑暗中的一个家伙小声说了些什么。

一个獐头鼠目的家伙走了过来，大概是个管事的特务小头目。他也不敢到车上去看、去查；而是揭下戴在头上的博士帽，对张群的副官点头哈腰地说："对不起，李副官，请多包涵！兄弟们也是例行公事！"说着手一挥，示意放行。

于是，张群的这辆专车，一阵风似的在特务们面前扬长而去。车到白果林，有预先说好的中共成都地下组织派去的车等在那里。刘文辉、邓锡侯、潘文华三人在这里赶紧换上了一辆大功率的黑色轿车；轿车顶着暗夜，出了城，沿成（都）灌（县）公路风驰电掣而去。

黎明到来了。夜幕潮水似的退去，成都平原上如画的小桥流水、茅竹农舍渐次闪现出来，远处有公鸡啼喔。天刚亮明，刘、邓、潘乘坐的轿车，一路顺利，已经驶离了成都百余里。这时，95军军部所在地——郫县唐昌镇已经遥遥在望了。一夜没睡，披件黄呢军大衣的95军军长、邓锡侯的心腹大将黄隐，在他的办公室里，一夜寸步不离地守着桌上不时响起的电话机……先是，当他听到刘、邓、潘乘坐的汽车，驶离了市区，脱离了险境，到了茶店子，进入95军防地时，他悬起的心"咚"的一声落了下去；他同时下达了多项命令，遥控指挥沿线各部做好一切准备。这时电话响了，他得知刘、邓、潘到了。他高兴极了，一跃而起，带着一大批军官迎了上去。

这一天是1949年12月7日。

刘、邓、潘潜离成都，蒋介石大为惊慌，立刻在成都中央军校黄埔楼召集有关人员开了一个紧急会议。他们都认为刘、邓、潘很有可能公开举旗造反，倒向共产党，问题是下一步该怎么办？胡宗南主张打，他说派盛文的第三军打过去，快刀斩乱麻。而蒋介石的意思是，只要还有一丝希望，就要尽可能地去争取，并当即派王缵绪当说客，赶去了离成都不过六七十里的彭县隆兴寺——刘、邓、潘已经转到了那里。

王缵绪，川北西充人，清末秀才，是原刘湘21军中几个师长中最有文才的。早年，他在顺庆（今南充）联中读书时，与杨森还有陈月舫、陈抱一都是同学。后来二陈留日，成为文化名人，而他和杨森从军，更是成为显赫一时的人物。

王缵绪这个人虽然有文才，但名声不好，原因是他是一棵墙头草，哪边风大哪边倒。他最初是跟杨森，后来跟刘湘。在刘湘主动请缨率军出川抗日时，同样作为刘湘21军师长的他和王陵基留在四川。刘湘的部队中有个"武德学友会"，任何人只要当了这个会的会长，凡是刘部官兵，不管职务多高都得听其命令。刘湘去时，将这个最重要的职务交给了王陵基"王灵官"。

刘湘去后，所有留在川内的实力派人物都想当四川省政府主席。王缵绪上蹿下跳，好话说尽，还不惜去雅安动员"多宝道人"刘文辉出山，到成都为他攒劲，手段使尽，好不容易当上了四川省政府主席。这一下，王缵绪故技重施，马上倒向了执中央权柄的蒋介石，甚至不惜出卖"多宝道人"和"水晶猴"这些实力派人物的利益。这样一来，原先拥护他的人集体反对，刘文辉等人策动了"七师长倒王"事件。蒋介石来个借力发力，撤销了王缵绪四川省政府主席一职，由蒋介石亲自兼任了一段时间。接着，蒋介石将川中二王——王陵基、王缵绪都封为集团军司令，让他们率军出川抗日。至此，蒋介石将川中人物尽都扫地出门。过后，在宦海沉浮中，王缵绪同王陵基一样，都紧跟蒋介石。只不过王缵绪没有王陵基那样抢眼。

领受了任务的西南第一路游击司令王缵绪，从成都来到了隆兴寺。他怀着忐忑不安的心情，跟着邓锡侯派来接他的副官上山。王缵绪看上去很斯文，不高不矮的个子，身着整洁的黄呢军服，不胖不瘦，佩上将军衔，脚蹬一双擦得油光锃亮的黑皮鞋，手中挂根象征身份的拐杖，沿着石板道一边往上走，一边左顾右盼。

这一带所谓的山，其实不过是一片丘陵。翻上一个缓坡，只见一处浓密的树荫掩映间，露出几片青瓦，一角飞檐，这就是隆兴寺，规模很大。山门外、密林中到处都有95军荷枪实弹的官兵警戒。王缵绪跟着副官进了庙门，只见石板通道两边的殿上是四大天王。他们手持赤蛇、脚踏小鬼、捧着青罗伞、托着尖顶塔，很可怕地盯视着他，四大天王好像马上就要显示出超凡的本事。

进了二道门，迎面站着的是披甲挂剑、全副武装、忠于职守的护法神韦陀。进了第三道山门就到了正殿。刘文辉、邓锡侯、潘文华都在，明明看见他来了却又视若无人。正殿上一派战时气氛，光线有些黯淡，供奉如来佛的神龛上拉着一幅二十万分之一的军用大地图，他们三人指点着军用地图说着什么。旁边归时支起的长条桌上，摆放着军用电话……几个负责警卫的军人一律头戴钢盔，身穿草黄色军服，手持冲锋枪，虎视眈眈地看着他。

还没有容邓锡侯派去接他的副官向他们报告，能言会道的王缵绪就采取了主动。

"哟，晋康、自乾、仲三！"王缵绪将手杖挂在小臂上，两手端起，抱拳作揖，装作亲热随便，主动打起招呼，说起笑话："你们这里好热闹，人们进进出出，简直就是《水浒》里的梁山泊好汉一百零八将排座次嘛。"

邓锡侯转过身来，不屑地看着他说："我晓得你是老蒋派来当说客的。"

"治易兄!"刘文辉笑着说:"这回,你可不要出卖我们啊!"说完,刘、邓、潘、还有在大殿上负责警卫的军人们都笑了起来。

"这个,这个,自乾兄,从何说起?"王缵绪显得有些尴尬。

"坐,坐下说,站客不好打整。"就像戏台上不同的角色,刘、邓唱红脸,潘文华唱起了白脸。

王缵绪坐在他们对面,那架势就像在接受审判。

"我们都不是外人,我就实话实说吧。"王缵绪干巴巴的脸上挤出一丝微笑,这就展开他的外交攻势,他承认他是"蒋先生"派来的,说事情之所以发展到今天,纯系误会,蒋先生感到痛心。蒋先生请他们回去,有事好商量。

"怕是先礼而后兵啊!"刘文辉说话总是这样单刀直入,一针见血。

"哪里,哪里!"王缵绪玩开了外交辞令:"蒋先生说,都是国民党,自家人不打自家人。我来时蒋先生还专门强调,他是有诚心的,如果三位仁兄不信,他可以让蒋经国来当人质。"

看来蒋介石也就这点儿本钱了。邓锡侯不愿同他啰嗦下去,一句闸板:"你不要多说了,回去吧!告诉老蒋,现在已经迟了,开弓没有回头箭!随便他做啥子,奉陪!"说着站了起来,表现出一种决绝,刘文辉、潘文华也跟着站了起来,这就是在撵他了。情知劝解无望,王缵绪怀着最后的侥幸,从身上摸出一封西南军政长官公署长官、"川西决战指挥部"指挥长顾祝同给他们的信,交到刘文辉手上。刘文辉很不情愿地接在手上,打开,有板有眼地念道:"……今,刘、邓、潘三兄不辞而别,在我看来,无非是因王陵基处事不慎所引起。这些好办,我可以负责任地告诉三位仁兄,如果你们能回成都,委员长立即撤王陵基的职,你们有何要求,也完全满足……"

"多宝道人"刘文辉和"水晶猴"邓锡侯、还有"百脚之虫"潘文华三人相视一笑,意思是很清楚的:你老蒋简直把我们当小娃娃在

200

哄！刘文辉转念一想，既然如此，我何不给他来个将计就计，出道难题。他故作正经地对王缵绪说："其实我们之所以如此，主要是反对国军在成都与共军决战。我们都是四川人，你想啊，如果这样一打，结果，仗打败了，城也打烂了。以后，我们拿啥子脸去见家乡父老，治易，你说是不是？"

邓锡侯、潘文华马上表态：只要蒋先生答应不在成都决战，别的都好说。

还有，潘文华又加上了些条件，得撤盛文的职！这个胡宗南的大将，当了我们成都人的警卫司令，简直搞得不成样子，不但不准我们川军在成都落脚，比如晋康的 95 军就被他呶出成都，满街都是胡宗南的部队。还有，他在成都搞白色恐怖，搞了个"十杀令"，动辄就杀！什么"背叛党国者，杀！窝匪通匪者，杀！造谣惑众者，杀！为匪作伥者，杀！……"界限又不分明，这样杀来杀去，杀的都是我们四川人。哪个看不顺眼的，都可以杀。盛文的布告才贴出去三天，就捕杀了三百多人，成都简直拿给他当成杀场了，这还了得？！

刘文辉深知王缵绪是个见利忘义的人，就逗他、哄他："我们的意思，首先就是要撤王陵基的省政府主席职，撤了他，这个四川省政府主席你来当！"

不知王缵绪是真听进去了，还是故意装疯卖傻，听了刘文辉这话，眼睛一亮，说："空说无凭，不如将你们的意见、诉求都写清楚，白纸黑字，我好回去对蒋先生说。"

邓锡侯立即叫来他的秘书陈懋鲲，也就是王缵绪的中学同学陈月舫之子，叫他将他们的这些意见、诉求都写了下来。在信的末尾，邓锡侯特别交代加了一句：若以上诉求，蒋先生能够接受，接下来的事都好商量。不然，那就周旋到底……显示出相当的强硬。

王缵绪回到成都，立即向蒋介石作了详尽报告……

第十四章　王陵基最后的愚忠

主人马头要回转，憋见地上一颗蒜，往日主席原形现，不意陵基是袍哥。

王陵基当即将胸脯一挺，慷慨激昂地表示："我生是委员长的人，死是委员长的鬼。值此艰危时期，我愿留下来，与胡长官捐弃前嫌，同共产党斗争到底！即使最后到了万不得已……"说到这里，他喉头有些哽咽："陵基愿杀身成仁，效忠党国。我王陵基誓死不戴红帽子！方舟愿做第二个文天祥……"

寒风瑟瑟中，行人寥寥的成都市总府街上出现了一支游行的队伍。他们约有三四千人，好些人都是歪戴帽子斜穿衣。人人手执小旗，沿途呼喊：

"坚决拥护蒋委员长戡乱反共！"

"愤怒声讨刘文辉、邓锡侯、潘文华背叛党国！"

"川西决战必胜！"……

这是川康游击挺进军司令王旭夫受王陵基指使，统率在北较场中央军校中受训的"游干班"人马上街游行，想给一败涂地、一筹莫展的蒋介石壮壮声威。

黑黑瘦瘦，身着少将军服的王旭夫，神气活现地骑在一匹黄骠马上，跑上跑下地不断领着大家喊口号，已然声嘶力竭。可是，他这支乌合之众却个个嘴里像含着个胡萝卜，呼噜呼噜含混不清地乱叫乱吼，根本形不成阵势。走得乱七八糟的队伍中，有些瘾君子的鸦片烟瘾发了，一个劲地打哈欠、流鼻涕，东倒西歪地中途退了下来，大出洋相。

王陵基对这支队伍，对这支队伍今天的游行都寄予了厚望。因此，他特意在百忙中抽身，坐上他的那辆福特牌轿车，出了省府，跟在队伍后面，观察着这支队伍的游行情况。可是，越看越失望。最近，局势一天比一天吃紧。昨天，刘、邓、潘跑了，说不定要出大事情。而川康交界的洪雅、丹棱等地，解放军还没有打来，那些地方原先隐蔽的中共游击队，在刘文辉24军的支持、配合下，不时主动向胡宗南的李文部出击。而胡宗南遵照蒋介石的指示，正在把他在这些地方的军队撤去西昌。这样一来，川康交界的洪雅、丹棱等地局势更为严峻。这些地方的自卫队，纷纷向他这个总司令要人要枪，不断告急。可是，他哪里还有人？成都乔曾希手中的自卫总队就是最好的了，可是他调不动；现在王旭夫手中这支挺进军就是他王陵基手中唯一可以调拨的力量了。这支挺进军在中央军校的短期训练已经完毕，他要把他们立即拉到洪雅、丹棱一线去。原想临行前让他们游行游行，显显声威，造造声势，给自己长长脸。可是，没有想到这支队伍这么瘟牲，这么不争气。

他暗暗叹了口气，要司机掉转车头，去慈惠堂街"醉汉餐厅"。

日前王旭夫向他汇报"游干班"情况时，他想到"游干班"里的人都不是什么正经货色，大都是些袍哥、土匪。这些人别的听不进去，也不懂什么道理，但是讲义气。不如因势利导，同他们搞一个结拜。他同王旭夫一说，事情当即就定了。时间就在今天中午。为此，向来吝啬的他不惜大出"血"，遍请"游干班"的军官们。

轿车停在了"醉汉餐厅"门外，王陵基上到楼上雅间。王旭夫已经在这里等着了。"总司令!"王旭夫请示,"一百零八人都到齐了,结拜仪式是不是现在开始?"

王陵基这是挖空心思,欲仿照梁山泊一百单八将金兰结拜,以拉拢这帮人。参加结拜的都是"游干班"的骨干分子,官职都是营长以上。考虑到梁山泊中有个孙二娘。王旭夫专门去找了个叫孙卓玛的女人来凑数,孙卓玛是康定的一个藏族土司。

王旭夫说香堂也布置好了,王陵基说那就开始吧。他由王旭夫陪着去了香堂。

隔壁大餐厅被布置成了香堂。正中间挂着红脸虬须卧蚕眉的关(羽)圣帝君像,下面一张横贴的大红纸写有"关圣帝君"字样。

关圣帝君神位前摆有香案,上排香烛。香烟缭绕中,王旭夫指挥着"游干班"一百零八人先填金兰谱,每个人都开具了生辰八字、祖宗三代。然后分批在香烟缭绕中,齐跪关圣帝君像前叩了四个响头。

之间,分成几批,每批人都是由王旭夫领着,诵读一番具有浓郁袍哥意味的誓词:"上是关圣帝君,下跪弟子王旭夫……今与众家兄弟,愿效桃园结义结为兄弟。虽非同年同月同日生,但愿同年同月同日死。从今结拜以后,誓愿效忠党国,团结弟兄,共挽危局。如有不忠不孝,上不认兄,下不认弟等情事,有如此香!"说着,用手将一枝香折为两段。然后端起地上的一碗鸡血酒,仰起头一饮而尽。

跪在他身后的人齐声应道:"转祸成祥。"至此,第一批人的盟誓就算完结了。接着是第二批、第三批。

清烟缭绕中,王陵基端坐在一把黑漆太师椅上,观看着王旭夫带着大家举行仪式。盟誓完结以后,王陵基给一百零八将讲了袍哥的源革、由来。

他说,袍哥起源于三国。当时,关(羽)公被逼降曹后,曹操赐关公若干金银财帛美女。然而，关二爷一概不收不要。因为天气已凉，只收了件锦袍，但很少穿。即使穿，也要把身上的旧袍穿在外面。曹操问他这是为什么？他说："旧袍是我大哥刘玄德送我的。现我虽受了丞相这件新袍，但我不敢忘了大哥的旧袍。故后来有'袍哥'一说。"

袍哥后来发展为会道门组织。到明末清初，顾炎武、王船山、曾耀祖等反清复明人士更是将袍哥发扬光大到了极致。及至辛亥革命期间，在发动同志会暴动，最后推翻清廷的斗争中，袍哥都发挥了重要作用……

说到这里，王陵基话锋一转。"现在！"他开始因势利导："大家都是兄弟姐妹了。旭夫是盟主，大家都要尊重他，服从他。"说到这里顿了顿，加重了语气："明天，大家就要到反共戡乱第一线去建功立业了。希望大家牢记总裁'有我无匪，有匪无我'之教诲，奋勇作战……"

王陵基训完话后，接着便是盛大的宴会。"挺进军"的骨干们，这才显出真正的兴奋，酒菜上齐后，王陵基知道，这些家伙在酒桌上要猜拳行令，不闹到半夜不会下桌子。他没有心思在这样的地方久待下去，因此，象征性地举了举杯，要大家努力，不日重创共军，取得川西决战胜利……他与同桌的王旭夫等人碰了杯；举起手中的牛眼酒杯，向四周照了照，示意大家随意。然后对坐在身边的王旭夫说了一句"委员长找我有事"，先告了辞。

王陵基到中央军校黄埔楼时，天快黑了。

蒋介石立刻在书房里接见了他，蒋经国也在场。

黯淡的灯光下，蒋介石枯坐在沙发上，看见他，惨然一笑，手一比，说："坐。就等你来。"说着，看看坐在旁边的儿子："嗯，你就给王主席谈谈吧！"

蒋经国带着商量的口气对王陵基说："王主席，你对领袖向来忠心耿耿，这，我们心中有数。其情可感，其功可嘉。今天请你来，是委员长要专门向你通个气。你知道，成都已经危在旦夕；刘、邓、潘又反了。虽然王治易去劝他们回来，却也不见个动静，也不知他们要做什么……在大家的催促下，委员长准备近日飞去台湾主持草山革命实践研究院开学；同时反思党国在大陆失败的原因，拟定党国新生方针，这是关系到党国能否振兴，最后实现戡乱救国的大事。"

"委员长同时决定，从即日起，中央大员陆续飞台接受轮训。阎（锡山）'院长'他们明天下午四点飞台。委员长想征求你的意见，你是上了共党'战犯'名单的人。是明天同阎'院长'他们一起飞台？还是同胡宗南一起留在成都，由他主军，你主政，再撑持一个时期？这个时期不会长，局势将很快出现转机。日前，我驻美大使顾维钧有正式的消息来，告：美国政府正洽告有关各国，在我于大陆继续作有组织抵抗期间，美国带头不拟承认中共政权……"

王陵基听得出来，蒋氏父子明说是征求他的意见，其实是希望他能在大陆再待一段时间，对他期望、倚重甚深。他很感动。因此，听完蒋经国的话，王陵基当即将胸脯一挺，慷慨激昂地表示："我生是委员长的人，死是委员长的鬼。值此艰危时期，我愿留下来，与胡长官捐弃前嫌，同共产党斗争到底！即使最后到了万不得已……"说到这里，他喉头有些哽咽："陵基愿杀身成仁，效忠党国。我王陵基誓死不戴红帽子！方舟愿做第二个文天祥……"

文天祥是南宋末期最著名的爱国大臣，宁死不屈。当时南宋已经灭亡，他作了元军俘虏，元世祖让人将他送去北京，优待他，软化他。不久，他女儿写信告诉他，说她和她的妈妈，就是文天祥的夫人都在宫中为奴……意思是很清楚的，她们的悲惨境况，只有为父为夫的他——文天祥才能救她们。看得出来，女儿写给他的信，信中表达的意思，也是元世祖的意思。可是，他就是不降。坚持到最后，元世祖直接问他意欲何为？他说他要为已经消亡的南宋而死、尽忠，当南宋的忠臣。没有办法，仁至义尽的元世祖只好赐他一死。

在监斩官将他押向北京柴市刑场时，监斩官很尊敬地对他说："丞相有何话说？若回奏还能免死。"文天祥还是坚持不降，问监斩官南方在哪方？问清楚后，他向南跪拜，说："我的事完了，心中无愧！"于是引颈就刑，从容就义。

文天祥在就义诗中写道："人生自古谁无死，留取丹心照汗青。"

……

"方舟兄！"听到这里，蒋介石似乎也动了感情。他站起身来，走上前，用手亲热地拍了拍王陵基瘦骨嶙峋的肩胛，心情沉重地说："如果党国的干部都能像你这样，我们何惧共产党啊，我们又如何会走到这一步！"说着沉思有顷："原来，我是下定决心，与成都共存亡的。可我最近反复思量，虑及当政二十多年，对其社会改造与民众福利毫未着手。而我党政军事人员，只重做官，而未注意三民主义之实行。今后对于一切教育，皆应以民生为基础。亡羊补牢，未始为晚。从前种种譬如昨日死，今后种种譬如今日生……方舟兄，委屈你了！"

"委员长，是我们对不起你啊！"王陵基一把抓住蒋介石的手，痛哭流涕。蒋介石劝慰了他一番后，开始给他布置任务了，却又不直说，而是一副不无忧虑的样子：

"目前，洪雅、丹棱、峨眉、夹江一带中共地下武装活动猖獗，拖了胡宗南部队的后腿……那一带你熟悉。王主席，你能不能最近亲自到那些地方去一下，组织自卫队遏制一下那一带的中共地下武装？"

"情况我知道，我已经作了布置。"王陵基当即把他最近的活动，特别是关于今天"游干班"的情况向委员长作了报告。末了，慷慨激

207

昂地表示："我明天一早到洪雅、丹棱一线去，组织自卫队，好好打击一下那一带中共地下武装的气焰。"

"好，方舟兄，祝你旗开得胜，我等候听你的好消息。"蒋介石憔悴瘦削的脸上挤出了一丝笑。

就在王陵基向蒋介石告辞时，蒋介石说："方舟兄，请你等一下。"说着，疾步走到写字桌前，伸手从笔架上取下一支中楷狼毫毛笔，在盛饱墨汁的端砚上饱蘸墨汁。随即笔走龙蛇，"唰、唰、唰"，蒋介石在一张铺开的夹江宣纸上写下了"疾风知劲草"几个大字。

蒋介石拿起写有"疾风知劲草"的夹江宣纸，很郑重地对王陵基说："送给你！"

王陵基接过来，端在眼前看了又看，感激涕零。

王陵基原本想从乔曾希那里调点儿精锐自卫队去洪雅、丹棱一线增援。他来到成都自卫总队队部，见到乔曾希，直截了当地说："乔总队长，养兵千日，用兵一时。现在洪雅、丹棱一线情况越来越紧。刘文辉背叛以后，扼踞成雅公路。刘文辉 24 军 137 师和他的四个直辖团，在刘元瑄和刘元琮的指挥下，向我不断出击，拖了胡宗南的后腿，而委座让胡宗南速将他布防在那一线的 318 师、319 师调回成都，准备决战；还有一部分调去西昌。洪雅、丹棱一线兵力相当空虚。我准备把你的人马调一部分过去堵缺口。这，你是答应过我的。"

乔曾希故作焦虑地扣了扣脑壳说："王主席这是笑言吗？"他柔中有刚地婉言拒绝："王主席你手中有那么多人马，不是说全省保安部队有二十多万吗？现在成都局势这样紧张，我自己都感到扯手，咋个调得动？况且自卫队官兵都是些本地人，不像正规军，不好调！"

王陵基发怒了，他恶狠狠地看着乔曾希，吼了一句："现在，到处都紧张，都调不动，那还得了？"他的口气很有些横蛮:"我是四川省政府主席兼省自卫军总司令，我有权调动你的自卫军。"

"那就请王主席随便调!"乔曾希说时两手一摊:"并不是我不服从命令，而是自卫队都是由不脱产的市民组成的，要他们保卫桑梓，还有一说。要他们去外地打仗，肯定不行，也调不动!"

"现在是什么时候了？"王陵基勃然震怒:"你怎么还在推三阻四？"

"好好，我说过!"乔曾希打起了"太极拳":"哪个有本事，随便调就是。我乔曾希没有这个本事调。若是王主席看我不顺眼，撤了我就是，我正想搁下这个烂摊子。"

对乔曾希将他这一军，王陵基没有思想准备，他怔了一下，气得看着乔曾希呼呼喘粗气。最后，莫名其妙地丢下一句威胁性的话:"好嘛，我到时间再同你说!"一冲出了门，上了他的轿车。

王陵基当天去了洪雅，检查那一线自卫军的防务情况。那一带自卫军已经与刘文辉的24军处于紧张对峙中；本来有胡宗南部李文的部队压阵，战事还处于相对平静，而现在李文的部队要向成都一线集中，就是大问题了。

搭王陵基车的省民政厅厅长宋相成在双流有钱粮方面的事，在双流下了车。约一个多小时后，王陵基先到了丹棱县，他要司机直接驱车去县自卫队。王旭夫就坐镇在那里负责指挥这一带的战事，他准备先到王旭夫那里了解一下情况。可是，哪里有王旭夫的影子？县自卫队中一个看家的对王陵基说，王旭夫这几天鬼花花都没有一个，也不知他跑到哪里去了。

心急火燎的王陵基一边骂着王旭夫擅离职守，不像话，以后要处分；一边要司机驱车离开县城，去了最近与中共游击队随时有战事发生的姚家渡视察。下了车，只见面前是条大河。冬天，水不深河面宽。河那边就是中共游击队的控制区了。河这边，有一个营的自卫队据壕而守。河面上有一座用竹竿、木条搭起的临时桥。水瘦山寒，旷野枯寂，满眼萧索。这边河岸上，有一座自卫队的碉堡。

得知总司令到来，一位自卫队大队长从碉堡里钻出来迎接。大队长个子瘦小，动作快，说话快，眼睛眨得也快，看起来简直像个耗子。瘦小的身上偏偏又披了件胡宗南部队里长官才有的大号军大衣，就像是耗子拖笋壳。

王陵基问问情况。大队长自我介绍说，他是"挺进军"司令王旭夫的把兄弟，也是"游干班"毕业的。当大队长向王陵基汇报到中共游击队如何凶猛时，颇有些谈虎色变的样子。

明明眼前是一派和平景象，荡荡乾坤嘛！王陵基对眼前这位大队长的话产生了怀疑，怀疑他是不是在夸大军情，想达到什么目的。

大队长赌咒发誓地说，他向王主席、王总司令汇报的敌情千真万确。中共游击队原先都是昼伏夜出，而现在，有时白天也出击。

王陵基还是不信。他从大队长手中要过望远镜看去。河对面是川西平原上的一片绿色，尽管在冬天显得枯寂。远远的，竹林绿树掩映中的几间农舍，竹篱茅顶，炊烟袅袅，一派安静和平。

而就在这时，在他的望远镜中，河对面芦苇丛中突然窜出两个头戴毡窝帽，手提汉阳造步枪，长袍扎在腰间的自卫队员，满脸惊惶，飞叉叉地边向这边跑边嚷："来了，来了!"

"这是咋回事?"王陵基问大队长。

"这是我派过去侦察共军的。"大队长边说边指着那个方向解释。王陵基细看时，不禁大吃一惊。像突然间从地下冒出来似的，一群中共武装人员提着枪，弯着腰，成散兵线正急速地向这边运动；里面有一半是身着便装的中共武装队员，一半是还穿着国民党军服，却是摘了帽徽领徽的刘文辉的 24 军正规部队。

"战斗准备!"矮子大队长一声大喝,顺势将王陵基拉进了碉堡。

瞬时间,枪声大作。

"哒哒哒!"碉堡里的机枪向隔岸的中共武装进行扫射。

战壕里,自卫队员们的步枪、机枪的火力交织起来,结成一张扇面的网,带着森然死气向对岸撒去。

"轰轰轰!"对岸用迫击炮还击,自卫队的火力完全被压倒了。战壕里的自卫队员四处乱窜,开始逃命。

"嘀、嘀、嘀!"对岸吹起了雄壮的冲锋号。随即,中共武装一跃而起,密密麻麻的他们,端着上了亮晃晃刺刀的步枪,在机枪、迫击炮的强大火力掩护下,冲进了冰冷的河水,向这边扑来;尽管有几个被边枪弹打中,扑倒在河中,鲜血染红了河水,但丝毫阻挡不了他们猛烈的进攻。

游击队员已呐喊着冲上了滩头阵地。

"缴枪不杀!"

"活捉王陵基!"口号声惊天动地。

自卫队顶不住了。

"总司令,请你快撤!"矮子大队长挥着手枪,有些惊惶失措了。

"顶着,你让弟兄们顶着,顶着有赏!"王陵基一边气急败坏地对大队长下达命令,一边在自己卫兵的搀扶下窜出碉堡,钻进早就发动了的大功率美式越野吉普车,一溜烟地逃出了险境。

下午,惊魂不定的王陵基到了洪雅,他让司机将车直接开到了县自卫队队长戴跃家。

戴跃是洪雅的一个大地主,家住城边的一个大林盘里。戴跃闻讯迎了出来,他五短身材,白白胖胖,戴顶獭皮帽,团花马褂上斜挎着一支盒子枪。他见了王陵基像是见了救命菩萨，打躬作揖，尊崇备至。

"主席驾到，蓬荜生辉，戴某不胜荣幸。"他把王陵基迎进了堂屋。

坐在戴家雕龙刻凤的大客厅里，王陵基当然没有谈及他在丹棱县被中共游击队打得屁滚尿流、狼狈逃窜的情形。而是端起架子，例行公事地询问起县自卫队的情况。戴跃连连叹气，说："也不晓得最近中共游击队咋个那么凶？昨天在山上同我们遭遇，火力好猛！一下子就丢翻了我们几个弟兄……"他谈虎色变地说了半天后，这才归结到主题："王主席，你这趟来不容易，能不能再拨给我们些好枪？"然后，戴跃报了个数字。

"好。"王陵基说："洪雅的安全那就全靠戴队长你维持了，你要的，我回成都就拨给你。"

离开洪雅，王陵基又要司机驱车去了夹江。这些地方，一处比一处的情况糟，他心情沉重，要司机将车顺青衣江往他的家乡嘉定（乐山）方向开。他准备趁现在蒋介石还未离开成都，回到成都就去找委员长。请委员长下令，无论如何得派一些胡宗南的精锐部队去洪雅、丹棱一线清剿一下。不然，局势会越发不可收拾。

行了一程，汽车翻过一个小小的山头，雄伟的嘉定（乐山）城陡然出现在江对面。一种复杂悲凉的思绪涌上心间，他让司机停车，他下了车，隔江细细打量起嘉定城。

大渡河从茫茫天际奔腾而下，三江交汇处便是影影绰绰的故乡城。视线向左，那绵绵相依相伏的山上，临江矗立着世界第一大佛：嘉定大佛。这尊山是一座佛，佛是一座山的宏伟工程，从南朝动工修凿，九十九年后才得以完成。大佛之大，脚背上可以坐一个排，而只要江水涨到大佛脚趾，江对面的嘉定城也就到了被洪水所淹的临界线。所谓"山是一座佛，佛是一座山"。只见逶迤起伏的山脊上，浓浓的翠绿中掩映着飞檐翘角、建筑精美的大佛寺……一代名城啊！多年来，功名利禄缠身，自己已把祖先的庐墓忘得一干二净；而以后，恐怕更别想光宗耀祖、荣归故里了。

"主席！"这时，他的弁兵拿着一件军大衣，走上前来，给他披在身上，说："江风太大、太冷，请上车吧！"

王陵基收住神思，恋恋不舍地上了车。他要司机将车开上成雅公路，经新津回成都。回成都之前，他要去新津机场送送阎锡山等人。

车过新津城，展现在眼前的是一条江水滔滔的大江——岷江。码头上，等着过渡的汽车排成了长队。"走遍天下路，难过新津渡"，这话一点儿不假。现在还是冬天，倘若夏天洪汛期，休想过去。江边的情景混乱，他的轿车也被堵住了。从邛崃一线调回成都的胡宗南部队，还有躲难的老百姓，战马、汽车等等挤满了渡口、河滩。人山人海，吵吵嚷嚷。其间，军用卡车、炮车、装甲车横冲直撞、争先恐后地抢上渡船。天上飘起了细细的冷雨，河上刮起砭人肌骨的寒风。胡宗南手下官兵们的喝骂声、船工的呼喊声、官太太和她们小孩的哭泣声……在空旷的河滩上回荡，简直就像到了世界末日。

眼前整车整车准备过渡的胡宗南的军队，大概有一个团左右，十轮卡车首尾衔接，队伍从渡口绵延到川藏公路上。他们的装备很好，坐在车上准备过江的官兵，一律配备一长一短两支枪，个个年轻力壮；头上戴着锃亮的钢盔，身着漂亮威风的美式制服……王陵基简直不明白，为什么这样精锐的国军，在共产党面前就老是打败仗？真是兵败如山倒啊！局势还有什么希望呢？想到这里，王陵基的心中一阵冰凉。

他看了看手表，像这样等下去，不知要等到猴年马月。他要副官下车去交涉。副官下了车，向在渡口维持秩序、安排车辆上船的两名军官出示了王陵基的"派司"，于是被获准优先上船过河。

213

王陵基的小车过了三个渡口，到了五津镇。当经过层层关卡开进机场时，已是暮色苍茫了。只见一架 C53 型大型运输机停靠在空旷的跑道尽头，几个身穿皮卡克的机械师正在对飞机作最后的检查。

"啊，是王主席！"一声很土的山西五台山腔在叫他。王陵基刚下车，循声掉头一看，只见飞机跑道边上，"行政院院长"阎锡山、"副院长"朱家骅、"政务委员"陈立夫、万鸿图、"教育部部长"杭立武、"财政部部长"关吉玉，还有"总统府秘书长"邱昌渭、参军刘士毅都等在那里，他们在寒风中跺着脚。

"阎'院长'，我是来送你们的。"王陵基说。

"别说送。"阎锡山迎上一步，握着王陵基的手，看了看他，似乎心有不忍，说："方舟，你干脆同我们一起走吧！"阎老西还是那身不变的穿着，身着黑长袍，脚蹬山西牛鼻子棉帮鞋，头戴博士呢帽。

周围的大员们也都走上前来同他寒暄，纷纷劝他走。说是在这批去台湾的大员名单中，本来就有他王陵基的名字。

王陵基却说他不走，他说："我是在委员长面前表了态的，不走。我这是去洪雅、丹棱一线检查了自卫队的作战情况后，专门赶来送你们的。"

阎锡山等人赶紧问，那一带的情形怎样？

王陵基叹了口气："那一带中共地下武装，原先被我压着打，局势还好。现在因为有刘文辉的 24 军撑腰，而且胡宗南的李文部又撤了，简直就是耗子反朝了……"

"难道胡宗南的部队都拿这些土共没有办法？"

"也不是，是委员长把胡宗南的部队撤了……"

"啊！"

"咦？"

214

正当大员们听到川康交界处的洪雅、丹棱一线陡然"恶化"的情况，发出种种感叹、议论纷纷时，机械师检查飞机完毕，要大家上飞机了。

朱家骅等人听到这一声如蒙大赦，赶紧上了飞机。阎锡山没有急着上飞机，他动了恻隐之心，拍着王陵基瘦削的肩，不无担忧地说："方舟！我看，你还是跟我们走！我实话告诉你，这是飞台湾的最后一架飞机了！你这时同我们一起飞台湾，委座知道了，不会怪罪你的。"

王陵基却固执地摇了摇头。

"板荡识忠臣，家难显孝子！"阎锡山似乎有些感动了，久久地看着王陵基，长叹一声，最后劝道："方舟兄，你要知道，你我都是上了共产党战犯名单的。你若不走，共产党来了，抓着你，他们是断断不会饶过你的！"

然而，王陵基却听而不闻，保持了沉默。

"你是舍不得家乡、财产，还是太太？"阎锡山问。阎锡山外表老实憨厚，其实内心相当敏锐；他平素对人和气，但那只不过是一种表象，很不容易动感情。宦海沉浮几十年，枪里来刀里去的他，人间的生离死别，他见多了。作为"行政院院长"，自中央入川后，他对王陵基的竭尽努力，打心里赞许。在他看来，像王陵基这样对党国忠心耿耿的大员，真是凤毛麟角。

王陵基说："夫妻本是同林鸟，大难来时各自飞。家乡、财产更是身外之物，有什么舍不得的！"

阎锡山本来还想再劝劝王陵基，而这时，飞机已经发动了。朱家骅探身舷窗外，向这边招手，大声喊："阎'院长'，飞机就要起飞了。快上飞机，快上飞机！"

"好，好！"阎锡山连连答应："我马上上来。"又最后问了王陵基一

215

句:"方舟兄，你真的坚持不走？以后后悔就来不及了啊!"

王陵基不正面回答，他腮帮咬紧，手一比，从牙缝里迸出一句:"阎'院长'，请你们先走一步。"

阎锡山长叹一声，转身大步向飞机走去。

王陵基呆呆地看着阎锡山最后一个上了飞机。舷梯撤去了。飞机开始在跑道上滑行，越滑越快，越滑越远。机头四个巨大的螺旋桨扇起的劲风，将跑道两边枯黄的衰草吹得紧伏在地上抖索不已。飞机猛然加速，突然，起飞。飞机从王陵基的头顶上飞过去了，巨大的轰鸣声差点儿将他震昏。待他从麻木状态中清醒过来时，巨大的飞机已在高空变成了一个小黑点。

倏然间，飞机消失了。消失在了成都平原冬天阴霾低垂的天幕上。刚才一阵震天动地的声音消失了，偌大的机场上归于一派沉寂，似乎什么事都没有发生过。

王陵基在心中喃喃地说:"他们走了，都走了，我完了!"他情不自禁，仰起头久久地望着什么都没有了的天空，感到心头空落落的。

然后，他低着头，缓缓地向停在机场跑道边、那辆等着他的美式越野吉普车走去。

第十五章　两封电报遥相呼应

电报传宇宙，天下早归心。猴哥在肚腹，大恸儿子亲。

1949 年 12 月 9 日，这一天，对蒋介石来说，简直是灾难性的。一封接一封的急电、噩耗，雪片似的飞来：先是胡宗南部的李振兵团、裴昌会兵团同时宣布起义；同时，有二十多起四川地方军队响应；连历史上紧跟蒋介石、坚决反共的杨森、董长安都派代表去了隆兴寺联络刘、邓、潘，想找条退路；而第 15 兵团司令官罗广文和陈克非更是通过刘、邓、潘的牵线搭桥，同中共上层取得了联系，宣布起义。

黄昏时分，成都宽巷子 11 号刘文辉的小公馆里。程睿贤站在主楼二楼的一间小屋子里，凭栏远眺。他在思索着如何才能将电台运出去。电台是刘、邓、潘起义必须要的！

按照刘文辉的指示，今夜，就是今夜，他务必要将电台带去彭县隆兴寺。

天黑后，行动前，他嘱咐他的两个"兄弟"带着他的妻小从公馆后门撤离了。

这天夜里，毛人凤派出负责处理刘文辉一应事务的头目，犯了一个大错误：把力量集中到附近的文庙后街刘文辉的公馆搞打、砸、抢去了。这个头目当然也去了。刘文辉富可敌国。负责监视、守卫宽巷子

217

11 号刘文辉小公馆的两个小喽啰，生怕捞不到油水，看天黑以后，里面闭声闭气的，以为不会有事。一个找另一个商量，说：哥子，不如你一个人在这里看着，我也去发点儿财，发财后我们平分。另一个说可以，不过你得给我点儿酒钱。那一个给了另一个酒钱，嘱咐他好生看管……

程睿贤将电台装上了一辆大功率的美式吉普车，随时准备闯关。看墙外似乎有变，为试深浅，入夜以后，他吩咐人"咚"的一声将大门打开。奇怪，外面没有人。他麻起胆子，开车"呼"地冲了出去。昏黄的路灯下，小喽啰好像吃多了酒肉拉肚子，正提着裤子从茅厕里出来，猛然看到从宽巷子 11 号刘文辉小公馆里旋风般冲过来的汽车，大声喊停。程睿贤驾车"呼"地冲了过去！

小喽啰三魂吓掉了两魄，扑爬筋斗追了两步，赶紧打电话报告了上峰。毛人凤闻讯，大发雷霆，马上派出队伍追赶。

一场争分夺秒的战斗开始了。

当程睿贤驱车赶到白果林时，中共成都"临工委"派去的五名武工队员已经等候在那里了。他们个个窄衣箭袖，身手利索，一看就是打夜战、近战的好手。车未停稳，五名武工队员飞身跳了上来，一位身穿黑色棉袄的武工队员从程睿贤手中接过方向盘说："程台长，情况紧急，我来开车，你注意隐蔽。"说时，一踩油门，大功率的美式敞篷吉普车如脱缰的野马飞驰而去。

过骡马市、穿簸箕街，吉普车出城上了川陕公路。程睿贤一行刚过天回镇，后面，宪兵和特务们就追上来了；几辆德国造三轮摩托车速度飞快，闪电般越追越近。

凄厉的警笛长鸣，后面特务们开枪示警，喝令停车！

前面，川陕公路划出一个大大的弧形。程睿贤一行的吉普车倏然间一个急拐。趁着车后一个小山包遮住了后面追上来的宪兵、特务的视线；驾车的武工队员将方向盘一打，进入旁边一片树木浓密翁蔽的坟地。

"程台长，请你快跳车！"驾车的武工队员减缓了车速，显然他是一个队长。

就在程睿贤跳车的同时，他身后的两名武工队员已提着电台跳了下来。他们赶紧隐身于这片坟场地里。

队长让另一个队员上车开车。"轰"的一声，美式吉普车猛然加快车速，上了公路向前疾驰。与此同时，"砰、砰！"开车的武工队员一边开车，一边转过身去，将手中的二十响驳壳手枪一甩，朝追上来的特务们开枪。

"砰、砰！砰！"追上来的宪兵、特务们完全被吸引开了，开着枪，跟着车，流星般拼命地向前追去。

队长留两名队员在原地监视、掩护，他和另一名队员拿出老百姓的衣服让程睿贤他们刚换好，"啪、啪！"前面野地里传来两声清脆的击掌声。

"程台长！"队长说："接我们的人来了。"

他们在夜幕中，沿着逶迤的田坎小道向前走去。到了坟场另一边的黄土路上，已经有两辆黄包车等在那里了。拉车的两个武工队员一见队长，忙问："程台长来了吗？哪位是程台长？"

队长指了指程台长，然后要程睿贤上了一辆黄包车；另一辆车装上电台，队长和另一名身手矫健的便衣武工，在两侧保护。两辆黄包车沿着乡间小路向彭县方向飞跑。

这时，刚才他们离开的坟场突然间爆发出炒豆般的枪声，可能是敌人发现上当了，又找了过来。可是，倏忽间又完全消失，可能是那两名武工队员将敌人引开了。天上下起了一阵冷雨。一弯冰冷的下弦月在厚重的墨似的云中时隐时现。他们沿着乡间土路跌跌绊绊地不知走了多久。

终于，护在程睿贤车边的队长，以欣慰的语气告诉他，这里离隆兴寺已经不远了，程睿贤松了一口气。"扑拉拉"，小土路右边河滩芦苇丛中惊飞起几只野鸭。

"不好！"程睿贤说时，从车上翻身而下。

"啪啪啪！"芦苇丛中扫出一串枪子，护在程睿贤右边的武工队员当即往前一栽倒在地上；程睿贤感到左臂一麻。

队长一下将程台长扑倒在地。与此同时，两名拉车的武工队员也出枪开始猛烈还击。几声敌人的惨叫后，芦苇一阵沙沙作响，想来是特务们在撤退，重新布防、调整。

"程台长，对不起了。"队长对程睿贤说："我们的一位同志牺牲了。我让这位同志，"他指着程睿贤身边的一位刚才拉车的武工队员说，"拉起电台和你先走一步。就沿着这条土路走，马上就要到了，半里路外就是彭县崇义桥。请你放心！看来'狗'多，还凶！我和另一个同志掩护你们"。然后嘱咐拉车的武工队员和程睿贤快走，说是"狗"们马上就要扑上来了！

程睿贤他们刚走，背后便枪声大作……

程睿贤和保护他的武工队员九死一生，在天亮前赶到了隆兴寺。

天光大亮时，程睿贤已经在大殿上架好了电台，调好了波长。刘、邓、潘三位将军将秘书熬了一整夜拟出的起义电文又传看一遍，改了两个小地方，都没有意见后，刘文辉将电文交给了程睿贤，让他发——

北京毛主席、朱总司令并转各野战军司令暨全国人民公鉴：

蒋贼介石盗窃国柄二十载于兹，罪恶昭彰，国人共见。自抗战胜利而还，措施亦形乖谬，如破坏政协决议各案，发动空前国内战争，紊乱金融财政，促使国民经济破产，嗾使贪污盒壬横行，贻笑邻邦，降低国际地位，种种罪行，变本加厉，徒见国计民生枯萎，国家元气渐绝。而蒋贼怙恶不悛，唯利是图。在士无斗志、人尽离心的今天，尚欲以一隅抗天下，把川康两省八年抗战所残留生命财产，作孤注一掷。我两省民众，岂能容忍终古。文辉、锡侯、文华等于过去数年间，虽未能及时团结军民，配合人民战争，然亡羊补牢，古有明训，昨非今是，贤者所谅。兹为适应人民要求，决自即日起率领所属宣布与蒋、李、阎、白反动集团断绝关系，竭诚服从中央人民政府毛主席、朱德总司令，与中国人民解放军第二野战军刘司令员、邓政治委员之领导。所望川、康全体军政人员，一律尽忠职守，保护社会秩序与公共财产，听候人民解放军与人民政府之接收，并努力配合人民解放军消灭国民党反动之残余，以期川、康全境早日获解放。坦白陈词，敬请维垂。

刘文辉、邓锡侯、潘文华叩

当天中午时分，刘、邓、潘就收到了来自北京的中国人民解放军总司令朱德代表中共中央对他们起义的复电——

刘文辉、邓锡侯、潘文华诸将军勋鉴：

接读 12 月 9 日通电。欣悉将军等脱离国民党反动集团，参加人民阵营，甚为佩慰。尚望通令所属，遵守中国人民解放军总部本年 4 月 25 日约法八章，与中国人民解放军第二野战军本年 11 月 21 日四项号召，改善军民关系与官兵关系，为协助人民解放军与人民政府，肃清反动残余，建立革命秩序而奋斗。

朱德

这一天是 1949 年 12 月 9 日。

这一天，对蒋介石来说，简直是灾难性的。一封接一封的急电、噩耗，雪片似的飞来：先是胡宗南部的李振兵团、裴昌会兵团同时宣布起义；同时，有二十多起四川地方军队响应；连历史上紧跟蒋介石、坚决反共的杨森、董长安都派代表去了隆兴寺联络刘、邓、潘，想找条退路；而第 15 兵团司令官罗广文和陈克非更是通过刘、邓、潘的牵线搭桥，同中共上层取得了联系，宣布起义。

接着是云南来的两封急电：张群等被卢拘留；云南卢汉得知刘、邓、潘起义，立即去电希望川滇联合，声投气求，共同捉蒋……

"轰隆"一声！蒋介石头皮发麻，他清晰地听到，留给他的最后的一道道门，已经在他背后轰然关上了，一道接一道地关上了。从现在开始，不仅他的"川西决战"无从谈起、彻底失败。而且，局势大乱之时，他自己的安全都成了问题。墙倒众人推，兵败如山倒！这会儿，他心中唯一闪烁的希望火光是他的"黄埔之花"郭汝瑰。郭汝瑰，你这朵"黄埔之花"千万不要再凋谢；郭汝瑰千万不要再"反叛"；郭汝瑰如果不出事，还有回旋的余地；否则，后果难以想象。

郭汝瑰在他脑海中盘旋。

时年四十五岁的郭汝瑰，四川人，看起来比实际年龄轻；个子不高，挺精神；一生不嗜烟、酒，不嫖不赌。脸色白净细腻，一副又黑又浓的眉毛如两把关大刀，衬着一双很亮的眼睛，英气逼人。他是黄埔军校第五期、陆军大学第一期毕业生。抗战初期，他身任旅长，率部在松

222

沪前线英勇作战，身先士卒。因为表现出卓越的才华胆识，引起善于延揽人才的陈诚的注意，以后招至麾下，节节高升。他曾出任过国民政府驻外使馆武官。1946 年 9 月，因为战事日紧，陈诚特意将他召回国内，委以重任，担任国防部主管部队编制的第五厅副厅长。同年被大权在握的军政部部长陈诚拔擢为总参办公厅主任、国防部第五厅厅长。1947 年到国防部要害部门——作战厅任厅长。

郭汝瑰的飞速晋升，引起国民党军队中不少将领的忌恨。1947 年，有三百多名被陈诚裁减的高级军官，因极度不满，集中在南京中山陵哭陵。其间，有一段哭陵文字见诸报端，涉及了郭汝瑰，随即在社会上引起了长久的、多方面的反响：

"爵以赏功，职人授能。有郭汝瑰者，仅因为陈诚亲信，为其十三太保之一，'干城社干将'，竟致一年三迁，红得发紫。试问当朝诸公，天理何在？"……

其实，郭汝瑰之所以平步青云，不仅因为他是陈诚的爱将，也是因为他得到了蒋介石的赏识。后来，在大局日渐糜烂之时，郭汝瑰主动请缨，蒋介石批准并委任郭汝瑰为 22 兵团中将总司令兼 72 军军长，再兼川南叙泸警备司令；负责泸州、宜宾、乐山、自贡、资中，计四个专区一市四十三县广大地区的防务；部队沿长江、沱红一线摆开，成为成都的一道坚强屏障。

现在，郭汝瑰手中掌握着四个装备很好、训练有素的精锐师；东可策应杨森部，西可策应罗广文部……战略地位极为重要，他对郭汝瑰寄予很高的期望！

可是，就在这时，侍卫长俞济时又送来一份急电，在门外一声

"报告"。蒋介石一惊，悚然从沙发上站起。他这会儿最怕听到"报告"，最怕接急电，因为这些急电、报告，都没有好的。

"进来!"他自己都觉得自己的声音软弱无力。

"泸州急电!"

蒋介石从俞济时手中接过急电看完，只觉得天昏地转，一下瘫坐在了沙发上。

"爹爹，你怎么啦?"闻讯赶来的蒋经国，上前扶起父亲;他从父亲手中接过急电一看，手也不禁发起抖来。

消息是如此令人魂惊魄散!

最担心的事情还是发生了:郭汝瑰率部起义!

蒋介石霍然站起，他额头发青，双颊潮红，在屋内焦躁地来回踱步。

真是人心难测，真是太可怕了!他在想，党国待之不薄的郭汝瑰，是什么时候也起了反心?他是什么时候同共产党有了联系?郭汝瑰在"国防部"要害部门工作那么多年，参与了那么多重要军事机密的策划，他给共产党提供了多少重要机密?而这一切，又给党国造成了多大危害?想到这些，他感到不寒而栗。

蒋介石不知道，就是郭汝瑰这朵被他欣赏的"黄埔之花"，早在1945年抗战胜利后，就暗中倒向了共产党。

抗战胜利后，在陪都重庆，郭汝瑰曾数次私下秘密去红岩村的八路军办事处，找到周恩来、董必武倾述自己反对内战，赞成、拥护共产党各项主张的立场，表示愿意加入民主阵营，为推翻旧中国，建立新中国多作贡献……受到中共高层的欢迎。

郭汝瑰由此频频向中共秘密传递重大、绝密军事情报。当国民党军队向山东展开重点进攻前夕，他已将国民党军队参战人数、部队番号、开进路线等等详尽地传递了出去，使国民党五大主力之一的整编 74 师在孟良崮遭到一举全歼。淮海大战中"常胜将军"杜聿明于枪林弹雨中好不容易回到南京，在有郭汝瑰参加的一次高级别军事会议上，杜聿明已经怀疑到了郭汝瑰却又没有证据，于是要求单独向总裁汇报、请示。他们单独到一边去时，郭汝瑰行离间计，说杜聿明心中只有蒋总裁，座上这么多人他都不放在眼里。引起了在座的所有军政大员对杜聿明的不满。蒋介石本来已经批准了杜聿明的计划，杜聿明又乘飞机返回了炮火连天的淮海战场，将十五万精锐部队带了出来。杜聿明带的这十五万国民党精锐部队，坐的是一式的美制十轮大卡车，跑得飞快，甩脱了行军作战全靠两只脚板的解放军大部队的围追堵截；然而蒋介石过后又听信了陈诚等几乎所有与会军事大员们的话，认为杜聿明带着大部队"跑"，是归阵脱逃，这就改变了初衷，蒋介石亲自坐飞机飞临大战上空，命令杜聿明"停止带队撤离"！杜聿明极为失望，痛苦万分，看着天上的飞机跌脚吁叹："罢、罢、罢，反正天下是你蒋先生的，只是可惜了这么多兄弟……"结果硬让杜聿明已经带出来的这十五万国民党精锐部队，被解放军追上全歼。

……多少次"国防部"决定下来的战争，连在前线作战的国军军长都还没有得到情报，就已经被郭汝瑰送出，辗转送到了毛泽东、朱德等人的办公桌上。这样的战争，国军不败才怪！

蒋介石当然也不知道，就在月前，他器重并委以重任的、他的黄埔一期毕业生，有"鹰犬将军"之称的宋希濂率败军、被解放军二野 18 兵团张国华部紧紧追赶、穷追猛打，逃到川南郭汝瑰防区时，宋希濂要求郭汝瑰允许他带队进入郭部防区避难。郭汝瑰不准。万般无奈中，宋希濂派人向郭汝瑰送上自己最后一份拿得出的厚礼：一部电影放映机，请求准其率残部进入宜宾，以避解放军锋芒，可是再次遭到郭汝瑰的坚拒。

没有办法，宋希濂只好率残部慌忙绕城而去，向西昌方向仓皇逃窜。而与此同时，郭汝瑰却让解放军张国华部通过自己的防区，抄近路在峨眉山附近金河口，打了宋希濂残部一个出其不意的伏击。激战下来，宋希濂被俘，所部全歼……

在当天的日记中，蒋介石颤抖着手这样写道：

"抗战胜利后，戡乱反共期间，国防部参谋部次长、军政部次长刘斐与原国防部作战厅厅长郭汝瑰实为共党间谍。他们危害之大，非局外人所能想象……"

恼羞成怒的蒋介石要报复了，他首先要报复的是刘文辉。他想：你刘自乾带头从背后捅了我一刀！那么，我蒋某人就端你在成都的窝子！他立即给盛文下达了"攻打、洗劫刘文辉玉沙公馆"等命令。

第十六章　刘文辉公馆变成了"出气筒"

婆媳分家家常事，摔瓢掷斋不为奇。可叹暗埋地雷弹，恨比小人胜三分。

红了眼的官兵见状完全不听招呼，一个个冲进库中你抢我夺。有的往荷包里塞满了金条，再抱上一箱银元；有的不知从哪儿弄来了口袋，把珍宝大把往里捧；即使手脚慢点儿的、后来的，也捞到了古玩玉器、珍贵药材……在一阵五抢六夺中，好些没有铸成条子的沙金，黄灿灿地洒满一地；撕烂了的名人字画一片狼藉。

子夜时分。

静谧的成都玉沙街骤然响起了由远而近的急促的汽车声响。紧接着，十五辆盖着黄色篷布的军用十轮大卡车鱼贯开到了刘文辉的公馆门前，陆续停下。车还未停稳，篷布揭开来，从车上下饺子似的跳下来黑压压一群国民党中央军。他们是胡宗南的部队，个个头戴钢盔，手持美式冲锋枪、卡宾枪；有的扛着捷克式轻机枪、无后坐力炮、迫击炮。他们行动迅速，训练有素，爬墙的爬墙，上房的上房，很快占据了一切制高点，从四面八方对庭院深深的刘公馆形成了攻击态势。这是成都防卫总司令盛文遵照蒋介石的命令，牛刀杀鸡，派属下254师师长陈岗陵亲率精兵两连，将刘公馆团团围定、攻打。

被漆黑夜幕裹紧了的刘公馆寂然无声。坐在一辆美式敞篷吉普车里负责指挥的陈岗陵，待部队进入指定位置后，首先下达了试探性攻击的命令。一阵清脆的机枪声响了起来，红红绿绿的曳光弹划破黑夜，射向刘公馆各个地方。然而，偌大的刘公馆里仍是阒寂无声。原来，就在刘文辉离开成都的当天，精明的三姨太杨蕴光不仅自己转移，而且在走前，将公馆里的杂役、女佣和警卫排的三十余人召集在一起，将危险正在迫近的实情告诉了他们。何去何从，征求他们的意见。表示：凡要回家的或离开刘公馆到外面亲戚朋友处躲的，一律发给盘缠路费。

杂役、女佣们都去了，然而警卫排的人都不愿离去，他们都是刘文辉平时赖以信任的军人，他们认为这个时候保卫公馆是他们的责任。于是，杨蕴光对他们深表感谢，把这支约四十人的队伍交给了队长汤国华指挥。

这个夜晚，汤国华带领弟兄们各自隐伏在公馆深处，准备对来犯的盛文部队打一个突然伏击。

夜幕沉沉。一阵试探性的攻击过后，刘公馆仍然无声无息，似乎隐藏着数不尽的陷阱和凶险的杀机。

陈岗陵不敢贸然要部队进攻，他下令：炮火猛烈轰击后，部队再冲进去！

"轰！轰！"无后坐力炮发射了，两团通红的火球炸开了刘公馆紧闭着的两扇沉重的黑漆大门。就在陈岗陵指挥部队往里面冲时，大院里开始还击。

立刻，有两个冲在前面的士兵扑倒在地。

陈岗陵发现刘公馆里有武装抵抗，并且死了两个兄弟，大怒。命令部队停止进攻，轻重武器一齐开火，以地毯似的猛烈火力，将里面的火力打哑、消灭。

不一会儿，大院内的抵抗逐渐低微，随后归于停息。陈岗陵这才指挥部队放胆冲进去。

谁都知道，刘自乾将军富甲连城。不用说，刘自乾在成都的这座最大最阔气的玉沙公馆，必然是一座藏金窟。公馆既然已经打哑，所有官兵生怕慢了一步进去抢不到好东西；听到声命令，官兵都颇着命往里冲。

而这时，里面枪声又起。瞬时，枪声、呐喊声、肉搏声响成一气；让住在玉沙街周围，平素静谧惯了的和平的居民们听来简直就是惊天动地。苦了这些老百姓，寒冬腊月的天气，为躲避不认人的枪子，他们呼天抢地；纷纷惊惶地从床上爬起来，呼儿唤女；或是躲在床下，或是趴在冰凉的地上……尽管如此，还是有几个老百姓中了流弹，成了冤死鬼。

离刘公馆有段距离，躲在一辆装甲车里指挥战斗的师长陈岗陵，这会儿，他最关心的不是死了几个"兄弟"，而是冲进公馆去的部队搜出了些什么东西？冲进了刘公馆的两连官兵如狼似虎，争先恐后地对刘公馆进行了地毯似的搜索。偌大的刘公馆残垣残壁间，躺着六具尸体；公馆里，其余的武装人员了无踪迹。原来，刘公馆里的武装人员已由汤国华带领，穿墙越壁，向福德街方向撤离了。

陈岗陵抓获的俘虏计有：门房徐金山、伙夫王俊书，另有洗衣佣工二人，私包车夫二人。体面人物只有一个，那就是穿长袍的参议员范仲甫。

对刘公馆的洗劫开始了。放下心来抢劫的官兵们翻箱倒柜，逐屋搜索，终于发现了一座金库。那是后院中一处不起眼的花草坪旁上的一座小平房。被炸得坑坑洼洼的小平房非常坚固，打不开；一处粉壁上现出钢板。得知消息的一位连长赶来，用手电筒反复照看。照到一处钢板上镌刻有"成都协成银箱厂监制"字样，知道这是一座金库。连长不敢自专，报告上级，上级又报告了陈岗陵。陈师长赶来，先是要官兵们用枪托砸、巨石砸，都砸不开。又让官兵们找来利斧和凡是可以找得到的硬物、重物、利器砸、砍。可是，还是不行。陈岗陵这就要他的卫兵连夜驱车去华兴街，找来一名技工，这才打开了金库的钢门。

哎呀！金库里满是金条、银元、珠宝、翡翠、鸦片、名人字画、古董……黄灿灿，金闪闪，亮晃晃，勾人心魄，晃人眼睛。

红了眼的官兵见状完全不听招呼，一个个冲进库中你抢我夺。有的往荷包里塞满了金条，再抱上一箱银元；有的不知从哪儿弄来了口袋，把珍宝大把往里捧；即使手脚慢点儿的、后来的，也捞到了古玩玉器、珍贵药材……在一阵五抢六夺中，好些没有铸成条子的沙金，黄灿灿地洒满一地；撕烂了的名人字画一片狼藉。有些狡猾的士兵怕天亮后遭上司理抹，干脆趁夜脚板上擦清油——溜了；而因争抢、相互斗殴死人的事也发生了几起。

坐在成都防卫总司令部里遥控的盛文，得到这一系列的消息，先是大喜，继则大怒。喜的是很好地完成了委员长交办的任务；怒的是官兵们不管不顾地抢劫……闻讯后的他，在电话上将陈岗陵大骂一通，责令陈岗陵立即成立一个以盛文为首的"清查委员会"，随后盛文也立即赶到了现场；指挥部队对刘公馆再次进行挖地三尺的搜查，竟又搜得保险柜七个。打开来发现，内有黄金四百条，玉器古玩多件；皮箱二十口，里面装满了高等呢、皮、毛料衣服及上等进口衣料。此外，还有各种匹头上千件，外国听装香烟一卡车；大小汽车三辆外加新轮胎一卡车……

盛文不敢私专。他先在电话上、有保留地向胡宗南作了报告；后是亲自送去统缴财物清单。看过盛文送上的清单后，胡宗南提笔批道：

"金银财宝上交国库，酌量奖励官兵。鸦片就地派人监督焚毁……"并责令盛文督促办理后将情况上报。

盛文办理的结果是，在一批金银财宝上交国库之余，士兵每人得银元三元，账面上看，盛文得黄金七十条……这份上报账单，胡宗南明知不实多有隐瞒，但也睁只眼闭只眼。因为他的桌上已堆满了盛文孝敬的东西：金牛、金马、金狗、翡翠等等，数不胜数。其中，有些东西，既价值连城，又可以作单独的艺术品欣赏。

盛部官兵在现场焚烧鸦片，更是象征性的。大多数鸦片已被官兵们私自瓜分了。大兵们唯一瞧不起的是文物。好些价值连城的名人字画，都被有眼无珠的官兵们焚毁。有据可查的计有：文徵明的山水画一幅、唐伯虎的仕女画一幅、王原祈的山水画两幅、董其昌的行书横幅一件、郑板桥的竹子画屏一堂、刘石庵的单条对联各一副……特别可惜的是，有一件四米多长的大横条，属于珍品，上有松林中白鹤九百九十九只，它们或飞或翔或栖，形象各异，栩栩如生。此外，还有张船山、张大千、齐白石、徐悲鸿等现代著名书画家的珍品多件，尽皆葬身火海。

天亮后，从刘公馆里俘获的人，被押到了成都防卫司令部，由一个肥胖如猪的军法处长审讯。

这天有太阳。那轮虽不温暖却令人看着舒服的冬阳散发出的阳光，丝丝缕缕地透过窗棂，曳进屋来。一副猪相，心中嘹亮的军法处处长，故作威严地看了看蜷缩在面前长凳上的俘虏们，开始对俘虏们一一点名问询。可这是些什么样的俘虏啊？他们不是刘公馆的厨子，就是奶妈、车夫、女佣什么的。

"把这些人抓来干什么？真是！监牢里的人关都关不下了，还把这些人抓进来，怕他没有饭吃，还是凑数？"肥胖如猪的军法处处长皱着眉头，恼怒万分地连声吩咐下级："把这些没有用的人都放了，放了！"最后只留下两人没放。一个是刘文辉的食客，穿长袍马褂、戴金丝眼镜、温文儒雅的参议员范仲甫；另一个是刘公馆里负责接客通报的门房徐金山。

肥胖如猪的军法处处长，饶有兴味地先审问起徐金山。

他在桌上猛拍一掌，看着范仲甫问徐金山："这个人是哪个？"

“参议员范仲甫老先生。”

“没有错吧?”

“没有错。”

“这个人同刘文辉是啥关系?”

“这,这,我就说不清了。”门房徐金山结结巴巴地说:“这位先生是刘(文辉)军长的客人,我们这样的人,同他连边都挨不上……”门房徐金山说的是实话,他对军长这个清客,参议员范仲甫先生确实不知情。

“你要老实点儿,不然我要请你吃笋子熬肉!”军法处处长开始恫吓、威胁。门房徐金山听他这么一说,吓得三魂掉了两魄。他知道,军法处处长口中的“笋子熬肉”,就是动刑。

“我老实,我晓得的肯定说。”门房被军法处处长一吓,更是话都抖不圆泛了。

“说!”军法处处长越发怒气冲冲地问徐金山:“刘文辉在起事前,有哪些人去过你们公馆,这些人现在哪里?”

“我晓得的是,”徐金山捏起指头报来:“邓晋康,潘仲三……”

“他们去后说了些什么?”

“长官,这些我就不晓得了,你就是打死我我也不晓得。”徐金山一副百口莫辩的可怜相:“我一个跑腿的下人,根本就靠不拢这些人的边。”

“好,你在我面前踩假水是不是?”军法处处长又开始威胁:“刘文辉起事前,中共哪些人去过? 再不说实话,我立刻枪毙了你!”孤陋寡闻、从未出过远门的一个小小门房,根本听不懂军法处处长那一口江浙味很浓的官话。他把军法处处长说的“中共”听成了“总共”,便非驴非马地据实回答:“不算汤(国华)大爷带来的兄弟伙,公馆头,警卫排加上我们这些人,总共有四十多个人……”徐门房的答非所问,令人啼笑皆非。肥猪处长觉得，这个土包子身上实在榨不出什么油水，白费了这么多口水，自认霉气，命人将徐金山先押了下去。

接着审问范仲甫也没有审出个名堂。

连续审了几天，肥猪处长绞尽脑汁，从在押的范仲甫、徐金山身上实在是榨不出油水，只好以把徐金山释放，把范仲甫丢监而收场。

盛文下令，在成都市内细细搜捕杨蕴光。他们知道杨蕴光就躲在成都，但具体在什么地方不清楚。他们动用了一切可以动用的特务网络，在九里三分大的成都市内进行拉网似的搜查。还在大街小巷遍贴告示，又登报、悬赏缉拿；又派遣特务到刘文辉在大邑县安仁镇的老家明察暗访，却如大海捞针，终无所获。

其实，杨蕴光没有走远，她就躲在盛文的鼻子底下。她藏在顺城街王扑臣医生家里。王太医一家与杨蕴光向来友好，危难之时，王太医一家伸出救援之手，将她藏在家里，并对她关怀备至，让她躲过了盛文的追捕。

蒋介石恨透了刘文辉，对刘公馆的查抄，并不解恨解气。于是，他指使毛人凤派特务到玉沙街刘公馆，秘密地在每间屋内都埋下灵敏度很高、爆炸力和杀伤力都很强的炸药。并要盛文派兵在刘公馆大门外站岗，不准任何人进去；对公馆里被打死的六个人的尸体也不掩埋，就这样摆起。

蒋介石狠毒。他想，届时，他一旦从刘公馆撤兵，或他离开了成都，刘文辉和他的家人，必然会回到刘公馆去。那时，"轰隆"一声巨响，就会炸死刘文辉或他的家人，这就泄了他心头之恨于万一。

就在盛文派兵查抄刘公馆这天一早，由四川大学、华西大学、成华大学和华西协合中学等三十三所大中学校上万名师生组成的浩浩荡荡的游行队伍，举着"反饥饿、争温饱"，"反迫害、争民主"等旗帜，喊

233

着口号，从盐市口、春熙路、老南门一路游行而来，最后汇聚在督院街的四川省政府大门前，这是中共成都市"临工委"为了迎接解放，组织的一次声势浩大的游行。

王陵基闻讯如临大敌，在省政府门外布下防线。头戴钢盔的盛文部，伏在省政府大门前用沙袋临时搭起的掩体内，架着机枪，虎视眈眈地对着对面黑压压一片而来的游行师生。

师生们来在省政府门外，毫不畏惧，与敌人对峙。他们秩序井然，手挽着手，此起彼伏的口号声响入云霄。他们唱起《团结就是力量》、《跌倒算什么》……唱了一首又一首。后来，他们唱起了即兴编的战斗性很强的歌曲：

> 父兄们，姐妹们
>
> 告诉呀，你们
>
> 我们老师、同学们呀嗨
>
> 天天都在饿肚皮……
>
> 我们天天来请愿
>
> 结果是欺骗
>
> 结果是拖延
>
> 我们大家团结一致
>
> 今天不达目的誓不罢休……

上万师生愤怒的口号，悲壮的歌声，震彻了省政府，吸引了沿街市民。市民们纷纷给师生们送来草席，有的还将自家的门板拆下来，让师生们坐下休息。中午又送来锅魁、茶水，让师生们吃。

僵持到下午，王陵基仍然拒不接见学生们派出的请愿代表，反而往门前加派了军队警戒。气氛越发紧张，大有一触即发之势。围观的市民纷纷议论：

"狗急了跳墙，'王灵官'这龟儿子东西该不会下毒手哇？"

"他敢，老蒋的天下都垮慌了，未必他'王灵官'就不给自己留条后路？"

"难说！未必你哥子记不得'王灵官'一手演出的'四·九惨案'？"

成都人民对过去了的"四·九惨案"，记忆犹新。紧跟蒋介石的王陵基历史上镇压学生运动从不手软，手段歹毒。

1947年年底，国民党财政濒临崩溃。纵然是在天府之国四川省，在素有温柔富贵之乡的成都市，1937年能买两头牛的钱，到这年就只能买三分之一盒火柴……物价直线上升六万倍。不要说一般市民，就是一般公教人员也根本无法维持最低生活。小学教师每小时授课费四千元，而一碗茶钱就高达八千元。民不聊生，民怨沸腾。而这时，王陵基被蒋介石调回，任四川省政府主席，王陵基为了将四川打造成"反共戡乱基地"，很是卖力。

为了打击王陵基的反动气焰，中共成都"临工委"组织了一场以大学师生为主的声势浩大的示威游行。这一天，是1948年4月9日。刚刚上任伊始的反共老手王陵基，毫不手软，他派军队对游行师生大打出手、血腥镇压……

像演猴戏一样，这时，两个身穿黑警服，被成都人嘲讽为"黑乌鸦"的警察，抬着一张方桌从省政府里走了出来，在大门外将桌子一搭。省政府秘书长孟广澎站了上去。他瘦高个子，五十来岁，身着长袍，服饰整洁，戴副眼镜，神情精明。

孟广澎对在省府大门口与军警紧张与峙的师生们说，王主席的意思是请大家各自回到学校去。有什么事，你们派代表来，我们心平气和地坐下好好谈。现在是戡乱时期，希望大家遵照戡乱法令，不能集体请愿，不能上街游行，更不要被别有用心的个人或组织利用！

游行的上万名师生商量一阵后，选出五名代表进去谈判。

可是，五名学生代表很快就出来了，他们满脸激愤。其中，一名谈判代表是川大学生，他身穿麻灰学生制服，胸前别着校徽，年轻俊朗的脸上满是激愤。他站到桌上，义愤填膺地向大家报告谈判过程。说是王陵基完全没有诚意，在玩花招，根本不考虑我们提出的"反饥饿，要民主"的要求；而是指责我们上了共产党的当，背后有共产党在煽动……"王灵官"并威胁我们，说我们再这样胡闹下去，他就要开除我们的学籍，将我们中有的人逮来关起……

"'王灵官'不讲理！"队伍中有人振臂高呼。

接着是更多人的呼应："冲进去找'王灵官'讲理！"于是，上万人的游行队伍像决堤的洪水，向省政府席卷而去。

"哒哒哒！"敌人的机枪响了。冲在前头的学生倒下了几个，顿时队伍大乱。与此同时，早有预谋，埋伏在周围的军警一拥而上。他们如狼似虎，见学生模样的人就打，打倒在地就用绳捆上。一时，皮鞭、枪托、刺刀、藤棍一齐上。游行队伍被冲散了。

躲在省府大院四楼上的王陵基见状，那张青水脸上笑了一下。他抓起电话向北较场内一直关心着这里进展情况的蒋介石报告："总裁，游行队伍被我镇压下去了。"

"嗯，好！"电话中传来蒋介石那一口宁波味很浓的官话："可不要小看他们。要逮捕他们中的首要煽动闹事分子。注意，那里面有共产党人，嗯！还有……"蒋介石说着语气越发严厉，"煽风点火的报纸也要

236

一并查封……"

"是是是。"虽然蒋介石没有在面前，王陵基还是站得毕恭毕敬，连声应承。

放下电话，王陵基找来了何龙庆，他要大打出手了。

夜幕又笼罩了九里三分的成都城。

大街上人迹寥寥。相隔很远才有一根的电灯杆上的路灯因电压不足，红恹恹的，像是人哭红的眼睛。寒风阵阵，越发显出一种悲凉意味。

"呜——呜"，大街小巷内，不时窜出一辆黑寡妇似的警车，疯了似的从空旷的大街上刮过去，让人悚然心惊。遵照王陵基的命令，向来有"铁血打手"之称的四川省警察局局长何龙庆派出大批警车、警察分别包围、查抄了《新民报》、《新新新闻》、《华西日报》等报社。

一群群黑乌鸦似的警察涌进报社，涌进印刷车间、排字房，挥起枪托胡乱砸去，"哗——哗！"将那些整整齐齐排列在木架上的字钉打翻在地。

《新民报》经理赵纯继站了出来，对这些暴徒大喝一声："你们不得胡作非为！"

"你是谁？"赵经理正碰上鼓筋暴绽的何龙庆。

"我是赵继纯。"赵经理行不改名，坐不改姓。

何龙庆手一挥，一声冷笑："拿的就是你。"

两个警察上前给赵经理戴上手铐，押上了囚车。接着，何龙庆又亲自率警察上了办公楼，照黑名单一一逮捕了主笔周文章、总编辑张光时、副经理侯辅陶、骨干编辑白君仪和记者朱正之。

其实，《新民报》不过是一张中间偏左的报纸而已。

王陵基派出政工处处长雷清光等率领军警查抄其他报纸的理由无一例外是："迭次违反戒严法，着即查封整理。"真是，欲加之罪，何患无辞。

入夜以后的川大校园很不平静。

宽大的操场上，五千多名师生正在举行一场别开生面的"活捉'王灵官'"的活动。只见升旗台上，灯烛辉煌，灵幡招展。师生们在"王灵官"的灵碑前点燃香烛，摆上瓜果、酒肉后，由一位法律系的四年级学生登台朗读祭文：

时维1949年12月9日之夜。四川大学全体同学，谨以瓜、果、酒、肉不典之礼，陈祭王公灵官之灵位前，而悼以文曰：呜夫，灵官杀人如麻。'四·九'惨案罪恶昭彰，镇压学生，血染锦江。大刽子手，名存实亡。王朝末日，风雨飘摇。亦步亦趋，没好下场。东北解放，华北拼光。百万雄师，横渡长江。川西决战，泡影一场。长缨在手，苍龙难逃……呜夫哀哉，伏雄尚飨。

突然，警笛长鸣，学校纠察队发出了紧急信号。当何龙庆率领军警气急败坏地赶到川大时，偌大的学校操场上已空无一人。气急败坏的何龙庆派人找来报信的学校中的三青团反共骨干分子，让他们带领军警去按册抓人。他们逐屋搜查，闹得鸡飞狗跳。可是，哪里还有他们要抓的人？唯见操场中，升旗台上，鬼火绰绰中那"活捉'王灵官'"的牌位，幽灵似的。

第十七章　1949年12月8日的夜成都

帷幄之中施计谋，镁光灯下展口才。三分风流任人演，七分善恶天下评。

蒋介石靠近车窗，用手拽开一点儿窗帘，目光竭力透过眼前迷迷蒙蒙的夜雨帷幕，想将这座饱经忧患、九里三分的历史名城看得清楚些，再清楚些。夜，还不是很深。但祠堂街已阒无人迹。流露出这座城市丰厚文化底蕴的长街已经沉睡，只能依稀听到更夫苍老的声音和着金属的颤音悠悠远去，余音凄凉。

蒋介石不得不走了——去台湾。但他知道，中共地下武装肯定一直严密地注视着他的一切。为了转移中共的注意力，他使出了两手：一是约见美联社记者慕沙，借美联社记者的笔向世界传达他的声音、他的委屈、他的未意之志和他下一步要达到的目的；这是他平生第一次，也是最后一次主动约见记者。第二手是他要在公开场合出面，竭尽张扬地宣布他马上就要飞往台湾，而且要公布他飞台的具体日期。

他开始行动了。

美联社记者慕沙如约而来，美国人总是很准时的。

慕沙身着一套银灰色西服，打着桃红洒金领带；身材高大匀称，看人有种穿透力。中年人的成熟和职业记者的老练，在他身上融为一体，

239

给蒋介石一种信赖感。

令慕沙感到特别吃惊的是，在蒋介石这间简洁的、中西合璧的、舒适的卧房兼书房里，那张靠窗的锃亮宽大的办公桌上，即使到现在这样的非常时期，仍然摆放着一本翻开的线装书《曾文正公全集》。显然，《曾文正公全集》是蒋介石须臾不可离的精神源泉和思想武器。

采访的时间长达两个多小时。

蒋介石沉痛地进行了反思。他认为他之所以一错再错，一败再败，最终丢失大陆，原因很多。不过，他也为自己的失败进行了辩护，甚至不无委屈。他追根溯源地说，北伐胜利，中国名义说是成为了一个统一的国家，但实际上是军阀割据。他搬起指头一一算来，四川有二刘：先是刘文辉，后是刘湘；广西有李宗仁、白崇禧；山西有谁也搬不动的土皇帝阎锡山……作为一个"总统"，他可怜得很，权力有限得很，当时，他的军令政令只能在沿海江浙等五个省行得通……这也是他所以要裁军，实行一个国家一个政党一个领袖的原因。需知，军阀割据、四分五裂的中国，是不能真正强大起来，从而进入世界民族之林，更不能走在世界民族前列的。

"……中正毕生从事国民革命，服膺三民主义。自（民国）十五年由广州北伐，以至完成统一，无时不以保卫民族实行民主为职志。先后二十余年，只有对日之战坚持到底。此外，对内包括对共产党戡乱，乃迫不得已而为之。抗战中共党坐大，加之党国有不少或为一己私利或政治军事失措要人。他们一错再错办了好些替共党为渊驱鱼之蠢事，致使共党武力空前膨胀，竟致不可收拾……"

蒋介石沉痛地回顾了历史教训后，又开始打美国人的板子。他历数事实：1948 年，国民党据长江而守，尚有东南半壁时，大局尚有可为。然而，是杜鲁门总统政治上短视，拒不给予经济援助，这无异于釜底抽薪。甚至是年 11 月 19 日，他亲自写信给杜鲁门总统，只是希望杜鲁门总统发表一篇在口头上支持国民政府的宣言："支持国民政府作战目标的美国政策，如能见诸一篇坚决的宣言，将可维持军队的士气与人民的信心。因而加强中国政府的地位，以从事于正在北方与华中展开的大战。"但是，就连这点儿微小的要求，也被杜鲁门总统拒绝了。

谈到这里，蒋介石激昂起来："愈挫愈奋。面临如此糜烂局面，中正实堪痛心。唯虚心接受大陆失败之教训，不惜牺牲感情与颜面，彻底改造国民党。而个人一切均为国事鞠躬尽瘁，必能取得最后戡乱反共之胜利！"

对以后的打算，他进一步具体阐述道："吾人以有效之社会改革，特别是农民之改革。如台湾及西南各省之战及政策，即为吾人改革运动之初步……吾人要努力在自由中国保障人民基本权利，实施政治社会改革……吾人必尽一切努力，增进人民政治经济利益，并获得自由之生活方式……"

慕沙走笔沙沙。当蒋介石将最后一句话说完时，慕沙也写完了最后一个字。蒋介石对这篇谈话很慎重，他让秘书曹圣芬进来，翻成中文；再亲自逐字逐句审定后，这才签字，让美联社记者慕沙在报上刊登，公之于众。

1949年12月8日午后两点。在严密的护卫中，到成都后第二次出现在记者面前的蒋介石，在蒋经国、俞济时等人的陪同下，准时出现在了成都商业街励志社会议厅。这天，应邀参加新闻发布会的记者，都是成都的主要媒体。有国民党的《中央日报》，有中间偏左的《新民报》，也有戴上了红帽子的《华西报》……总之，在蓉的有些影响的报社都来了记者。

记者们很早就到齐了。只见主席台正中悬挂着一幅巨大的蒋介石戎装像，两边是一副标语："革命尚未成功，同志仍须努力"，那是先总理孙中山的名言。两边斜挂着青天白日满地红的国民党党旗和"国旗"。

主席台边沿一字排开盆盆油绿的冬青和鲜花。会议厅里相对宽松、温馨的气氛同外面肃然、紧张、如临大敌的气氛形成鲜明对照。一年四季浓荫匝地的商业街，这天午后禁止通行。街上不仅是兵山一座，而且，连坦克车都开出来了，将街头街尾闸断，声势很大。这就引起好些好奇的成都市民经过这里时，都要停下来看看，打听打听。人们交头接耳，议论纷纷：

"哎哟，听说老蒋要走了，励志社里在开大会！"

"劲仗嘞，一条街都拿给他（蒋介石）闸断了！"

"老蒋要去哪里？"

"还能去哪里呢，当然是台湾了。"

"他走就走嘛，他走了我们还安逸些！"……

就在这些认识或不认识的人们互相议论或打听消息时，忽然，一辆防卫司令部抓人的车子，呜嘟嘟地叫着，一阵风似的从东城根街刮了过去。算了，闲事少管，走路伸展；谨防把你我这样的人也抓进去，杀了！于是，这些站在街口东看西看的人们就散了；各走各的路，各忙各的营生去了。

励志社会议厅里，就在记者们交头接耳，互相打听消息时，只见门外站岗的卫兵胸脯一挺，扯着嗓子高喊："立正！"

记者们掉头去看时，在侍卫官的前呼后拥中，蒋介石由蒋经国、俞济时、曹圣芬、王陵基陪着快步走了进来。蒋介石这天着玄色长袍，身姿一如既往的笔挺，脚蹬朝元黑直贡呢鞋，右手提根司的克拐棍，左手轻提长袍下摆。他快步走上主席台，在一张铺着雪白桌布的长方形桌后坐了下来，面对着麦克风，向台下众多的记者微微颔首一笑。

新闻发布会开得很简洁。委员长坐定，侍卫长兼军务局局长俞济时宣布新闻发布会开始。其实哪有什么新闻发布，这个会开得有些名不副实。主持会议的俞济时，要在座的记者们有什么问题，尽管向委员长提。

才思敏捷的"无冕皇帝"们，争先恐后地向委员长连珠炮似的发问：

"请问委员长，共军已分南北两路对成都形成了夹击之势，而且日渐迫近。而据传胡宗南部正向西昌转移，这是否意味着政府制定的'川西决战'已经放弃或说是失败？"

"兵临城下的共军为何忽然停止了前进？国共间是否达成了什么协议？成都是否有重演北平和平解决之可能？"

"处此非常时刻，不知委员长如何面对？"

"刘、邓、潘为何阵前倒戈？"……

面对记者们连珠炮似的、有些甚至是"过分"的提问，蒋介石充耳不闻不答。他只是在台上用一双鹰眼扫视着台下形态各异的记者们。他要这些记者来，可不是来回答什么提问的；他是要借这些记者的笔，达到自己的目的。

即使到了山穷水尽的地步，蒋介石仍然是唯我独尊。在他看来，座下记者们不过是他招之即来，挥之即去的工具，是一群芸芸众生。他信奉尼采哲学："群众、百姓，不过是一片瓦砾堆，不过是多余的废墟……"纵然在座的都是记者，还是得他蒋介石耳提面命。

看记者们不再提问了，蒋介石轻轻咳了一声，会场上顿时清风雅静。

"诸位！"蒋介石宣布了一个重大新闻："中正将于今晚离蓉飞台，去主持草山革命实践学院的开学典礼。在此，我郑重宣布，并借诸报端昭告全国人民……"

事情如此重大，又来得如此突兀！纵然是见多识广的记者们也是一个个目瞪口呆。只听委员长用他那口带着浓重宁波味的北平官话往下说去："我早就说过，打，共产党是打不过我们的。打垮我们的是我们自己。1936年，是张学良发动'西安事变'让共产党起死回生。当时，十年剿共，是一举消灭共产党的最好时机。经过五次剿共，共产党好不容易让我们把他们赶到了陕北，压在延安那样一块贫瘠之地。他们总数不过三万人，战斗人员六千，人均不过五颗子弹……可是，张学良突然不打了。当时，中正正在四川重庆整军，闻之大惊，立刻赶去，经洛阳而西安。那是1936年，中正刚好五十岁，在洛阳，全国人民捐献抗日的钱买的五十架飞机，象征中正的五十岁生日。五十架飞机缓缓从洛阳湛蓝湛蓝的天空飞过。当天，本委员长在洛阳向全国人民郑重宣布，十年剿共，这是最好时机，本委员长要用牛刀杀鸡，消灭、铲除共党。然而，事情都怪张学良！他前期是党国的功臣，后期是党国的罪人……"在自怨自艾中，蒋介石接着说下去：

"八年抗战，日本人更是帮了共产党的大忙。这点，毛泽东在他的《星星之火，可以燎原》一文中也是承认的。八年抗战，政府领导全国人民浴血奋战，而共产党在后方游而不击，加紧扩充实力。他们抢占地盘，养精蓄锐。抗战胜利后，在八年抗战中坐大的共产党已是今非昔比。接着他们置民族利益于不顾，悍然发动全面的武装叛乱；政府是迫不得已，乃忍痛戡乱！"

"而在这四年的反共戡乱中，党国阵营里屑小之徒，见利忘义者、背叛党国者层出不穷。远的不说，四川的刘文辉、邓锡侯、潘文华；云南的卢汉，还有郭汝瑰……"说到这里，他表情十分痛苦，声音也尖锐起来："是他们的背叛，使政府精心策划的'川西决战'流产了。"他涨红了脸，头上青筋暴绽："我之所以今天就要飞台湾，是要去主持草山学院，就是要尽快建立起一支不为做官不为钱，而愿毕生从事先总理孙中山制定的'三民主义'奋斗终生的干部队伍。只有这样，我们才能打败共产党！"说到这里，他话锋一转。

"中正去台后，西南反共戡乱之重担，军事上借重胡宗南将军；行政上则仰仗于王陵基主席。诸位!"在记者们的走笔沙沙中,蒋介石从来没有这样慷慨激昂,语言流畅:"现在虽然形势危艰,但政府并非毫无办法。请诸君记住我在抗战时说过的话:牺牲未到最后关头,决不轻言牺牲;失败未到最后关头,决不轻言失败。成都万一不保,我们还有西昌反共基地,几十万国军精锐之师将在那里同共军周旋。"说着,他举起拳头:"只要我们在大陆再坚持三个月,必然出现历史性转机。而坚持三个月,于我们是决无问题的。党国历史上不乏虽经百厥九死一生,而最终挽狂澜于既倒之事实。中正深信,一个经数千年中华民族传统文化历史浸润的国家,在与苏俄支使的中共斗争中必将取得最后胜利!"

下面的记者对蒋介石这番内容空泛的话听烦了,纷纷交头接耳。会场上又不安静了。蒋介石示意俞济时,俞济时赶紧宣布:"今天的新闻发布会,到此结束,散会!"

公元1949年12月8日成都的夜,很冷很黑很深。

夜,本身就有两副面孔,一面是温馨,一面是狰狞。而公元1949年12月8日成都这个夜晚,注定和阴谋、血腥、鬼祟这些令人毛骨悚然的字眼,还有蒋介石个人内心无限的眷恋错综复杂地联系在一起。

位于成都南郊,夜幕笼罩下的红墙斑驳、古柏森森的诸葛亮武侯祠,这晚一反以往的安静。这里驻扎了刘文辉的一团人,团长叫董旭坤。天刚擦黑,高墙里响起了急促的跑步声、枪托磕击声和低声吆喝声……董旭坤刚才得到中共"临工委"情报。说是敌人今夜有行动,大队敌人正在北较场中央军校内集结,估计是送蒋介石去新津机场飞台湾;敌人经过武侯祠时,很有可能来个顺手牵羊!

董团长在天黑以前就让部队做好了战斗准备。他们占领了制高点,凭借红墙作掩体,一支支伸出墙洞的机枪、步枪……在黑夜中警惕地向外瞄准。竹梢风动,外松内紧,武侯祠中的董团已进入临战状态,大有一触即发之势。

上半夜无事。整座九里三分的成都市，死了般冷寂。

子夜刚过，北较场中央军校前门的两扇大铁门突然洞开，随即一队钢铁长队鱼贯而出。昂着炮筒的十五辆坦克车在前开路；跟在后面，载满胡宗南部队的美制十轮大卡车，首尾衔接，长约两里许。钢铁巨龙中间，有几辆高级豪华轿车，其中有一辆新型流线型高级防弹车，一看就是蒋介石的。钢铁巨龙的末端由十五辆装甲车压阵。好大的气派！蒋介石由胡宗南、盛文派出的整整四个团警卫，向城南方向疾驰而去。

钢铁巨龙隆隆地卷过了东城根街、卷过了南大街，来到武侯祠。不出董旭坤团长所料，借着夜幕掩护，准备从新津机场逃走的蒋介石，指挥部队对董团实施了打击。

"咚咚咚！"一道道长长的火舌，从多辆排开的坦克车炮筒里吐出，在夜幕中窜去，红红的，像是从多根毒蛇嘴里吐出的须，凶猛地舔倒了片片山墙。董团官兵英勇还击，两千名官兵用火力构成了一片火网；然而，胡宗南四个整团的火力构成的是一片火海。火海将火网压制、吞噬了。

武侯祠被打得残垣断壁，当里面董团的抵抗几近停止时，发泄够了的钢铁巨龙这才停止了肆虐，耀武扬威地重新集结整队，向新津方向一路呼啸而去。

一个小时后，五津镇已遥遥在望。借着机场上亮如白昼的灯光，担任护送任务的胡部官兵看见了古镇中段那标志性的、高擎云天的百年古榕，看见了机场中夜航起落的飞机，正当他们暗自庆幸顺利完成任务时，突然，黑暗中枪声骤响。护送委员长的胡部官兵们猝不及防，有好些人像被镰刀突然割倒的稻谷似的，倒了下去。

但这支护送委员长的队伍，毕竟是久经战阵的胡宗南盛文部的精锐部队，小小的慌乱很快就过去了。他们迅即开始组织还击。坦克车、装甲车和机枪、冲锋枪、卡宾枪，一起向隐藏在黑黝黝的河边树丛中的偷袭者开火。四个团的火力像交织起来的火网，把河滩、芦苇照得一清二楚，半边天都被映红了。河边的芦苇、树枝被打得一排排齐刷刷地断下河去。可是，打了半天，哪里有人？偷袭者们倏忽间像是驾了地遁，无迹可循。护送委员长的车队，这才停止射击；钢铁巨龙这才又向机场蠕动，护送着委员长鱼贯进入了重兵把守的新津机场。

机场中，原先雪亮的灯光忽然间黯淡下来。影影绰绰中，只见披着黑斗篷、一身军服、军帽压得很低的委员长快步走下了他的那辆高级防弹流线型轿车，在几个侍卫的陪同下，急急登上"中美"号专机。很快，舱门关闭，收了舷梯。飞机开始滑行、起飞。漆黑的夜幕中，"中美"号专机飞上了高空，双翼和尾巴上的几盏小红灯一闪一闪的，很快消逝在了夜幕中。

与此同时，在偌大的机场深处，传出一阵阵"轰！轰！"巨响，团团通红的蘑菇似的火光冲入夜空，那是机场中的特务们奉委员长令，将五千吨无法运走的飞行器材炸毁。

"委员长飞台时中途遇袭……"顿时，消息像长了翅膀似的，很快传了出去。

新的一天姗姗来迟。

"号外、号外，看蒋委员长昨日飞台途中遇险！"

"号外、号外，看中共游击队夜袭蒋委员长！"……

在成都春熙路口、少城祠堂街……在九里三分的成都市六百多条大街小巷内，人们都在抢看"号外"。

其实，蒋介石并没有走，昨夜走的是他的替身。

这时，在猛追湾畔南跃去那戒备森严、高墙深院的公馆里，蒋介石正站在那幢浓荫深处的法式小楼的二楼上，透过窗棂往外凝视。他那张清癯憔悴的脸上挂着一丝傲慢自得的冷笑。他身着戎装，没有戴帽子，身姿笔挺，始终保持着职业军人的姿势。从侧面看，他的相貌特征更为清晰。他那张脸给人的印象很深，橄榄形的头上剪的是平头，高颧骨。那隆起的头颅，似乎蕴藏了比常人多几亿倍机敏诡诈的细胞；鹰眼明亮有光，眉宇间隐含着一种阴沉肃杀之气。

这时的蒋介石暗暗得意。昨天，他接连导演的两出"闹剧"，以及现在正在成都大街小巷内热销的"号外"，起了一石二鸟、事半功倍的作用。既打掉了刘文辉在武侯祠的一个团，也算是出了他心中的一口恶气。更重要的是，分散了中共对自己的注意力。杀机终于过去了。这下，他可以放放心心、从从容容地走了。

这天，蒋经国起得很早，他到父亲那里去时，蒋介石也早就起来了，他问儿子："我们是明天走吧?!"

"是，明天一早走，去凤凰山机场的车子都预备好了；我们从后门走，不走前面。"

蒋介石感到有些奇怪，问："这是为什么?"

"走后门离机场近些，而且也要更安全些。"

"那不行!"蒋介石坚定地说："我们是从大门进来的，就一定要从大门走出去。"然后，他说他要作每天的例行功课——作为基督徒向上帝祷告。蒋经国到隔壁去了。蒋介石祷告完后，又把儿子找去，说："我们要走了，来，最后一次唱'国歌'。"

他们唱了一遍"国歌"。

到了晚上，这是蒋介石在大陆的最后一夜了。

"经国，明天我们就要离开成都，就要离开大陆了!"蒋介石站在窗前，长时间地凝望着在夜幕和微雨笼罩中，现在尚在手中的大陆的最后一个大城市成都，语气不无惆怅、惋惜。

视线中，几星灯火在夜幕中闪烁游移，磷火般明明灭灭。冷雨打窗，极目望去一派凄迷。

"爹爹!"站在他身边的蒋经国关切地说:"我们明天一早就走,什么都安排好了,您就放心,早点儿休息吧!"

"不!"情绪从来没有今晚这样消沉、惆怅的蒋介石说:"经国,我想去最后看看成都。"

"爹爹!"蒋经国惊讶了:"这么冷的天,外面又在下雨,很可能还有危险;再过几个小时我们就要去机场了,就不必出去了吧!"

"不,我要去。"蒋介石很固执,很坚决。此时此刻,他有一种无尽的眷恋需要排遣。蒋经国只好赶紧去作了安排,并陪着固执的父亲步出了温暖如春的屋子。

走下黄埔楼,在蒋介石和蒋经国上车以前,侍卫室主任陈希曾将黑色的防弹斗篷披在蒋介石的身上。

蒋介石、蒋经国父子一同上了那辆高级防弹轿车。三辆一模一样,让外人无法辨认真伪的轿车首尾衔接,悄悄梭出北较场后门,向城内驶去。

蒋介石靠近车窗,用手拽开一点儿窗帘,目光竭力透过眼前迷迷蒙蒙的夜雨帷幕,将这座饱经忧患、九里三分的历史名城看得清楚些,再清楚些。轿车驶过了青龙街、东城根街,进了少城。他让司机将车开得慢些。街道上,有些路段淌着一摊摊的水,在黯淡的街灯照耀下,泛着昏黄的鱼鳞似的光波;车碾过,水向两边溅起。夜,还不是很深。但祠堂街已阒无人迹。这是一条文化街。街道两边,在一排排整齐的梧桐树、芙蓉树后,鳞次栉比地竖着一楼一底青砖灰瓦的小楼房,之中有戏院、茶楼、酒肆,但更多的是书店、报馆。这条充满了文化气息,流露出这座城市丰厚文化底蕴的长街已经沉睡,所有的店铺都关上了门,显得格外幽静。而在祠堂街一边,隔着一条堤岸,长满垂柳、河水波光粼粼的金河旁边,就是颇为有名的少城公园。黑漆漆的园中,熹微的天光中,"辛亥秋保路死事纪念碑"利剑般插入云天,散发着一种悠久而沧桑的历史韵味。还有那座有名的晋园餐厅，这时，全都无言地瑟缩在寒夜里。视线中出现了一个打更匠。他已然苍老，披着蓑衣，佝偻着身躯，迈着蹒跚的步子；一手挽着更绳，一手扬起更锤敲了下去：

"当！当！当！"

"各家各户——小心——火烛——！"

更夫苍老的声音和着金属的颤音悠悠远去，余音凄凉。

"爹爹！"经国在身边提醒道："少城已经过了，我们回去了吧？"

"不！"蒋介石吩咐司机和坐在前面的侍卫室主任陈希曾："车开到枣子巷，我要去凭吊戴公，戴季陶先生。"声音里充满了依依惜别之情。

一行轿车，首尾衔接，顶着成都冬夜的凄风冷雨向西，向西……

蒋经国不再说什么了，他知道爹爹对戴季陶那份特殊的感情。凭着依稀的记忆，一位身材单薄、面容清秀、举止儒雅、博学多识、谈吐诙谐、穿一身浅灰色长袍、脚蹬一双浅口布鞋、操一口四川成都话，颇有学者风度的中年人似乎飘然而来，恍如眼前。

爹爹早年留学日本时，与戴季陶既是同学，又是无话不谈的朋友。蒋经国不知从哪里听来过一桩传闻轶事，说那时爹爹与戴季陶在日本合租一间房子并同用一个日本使女。使女肚子里有了他们的孩子，生下来一看就知是戴季陶的。但戴季陶不敢要这个孩子，因为戴先生是有家室的，且夫人是个"河东吼狮"，戴先生惧内。

这个孩子只好爹爹要了，这个孩子就是以后长得高高大大，一表人才，相貌英俊，去德国学过军事的弟弟蒋纬国。

对这事，他既信又不信，当然不敢去问爹爹。但戴季陶，的确是党国数一数二的理论家，且对爹爹耿耿忠心，这是没有怀疑的。爹爹曾不止一次私下和公开对他和许多人说过，国民党内有三个文胆，这就是：戴季陶、陈布雷、陶希圣。然而，陶希圣政客的媚骨多了些，文人的傲气少了些；抗战时期，陶希圣曾经倒向过汪精卫，而且还当过汪伪南京中央政权中的宣传部部长；后来看情况不对，才又反了回来。而陈布雷、戴季陶不仅才高八斗，人品上与陶希圣相比，也是天壤之别。

现在，陶希圣尚在苟且偷生。而深受爹爹器重、赏识的陈布雷、戴季陶却先后去了。年前，眼看大势已去，而自己无力补天，他们二人竟双双自杀以明心志。

1948年11月12日，终身跟随爹爹，有"天下第一笔"称誉的陈布雷，服下大剂量的安眠药自尽。当时，戴季陶还在为党国百般奔走。他先是应邀去印度讲学，然后辗转去康藏，竭力拉拢各地土司为爹爹卖命，遭到这些土司的拒绝。三个月后，极度绝望的戴季陶在成都枣子巷家中，采取了与陈布雷同样的方式自尽……

"经国！"坐在旁边的爹爹叫他了，他掉过头来，只见爹爹凝望着窗外一派萧索的夜景，声调哀伤低沉，似在自语："成都这个地方物宝天华，青山绿水，文化积淀极为丰厚，人才荟萃。历代大文豪中，好些都是成都人，例如司马相如、杨雄、李白、苏东坡父子……纵然不是成都人，凡大文豪也大都到过这里。"说着又一一列举：如流寓成都多年的唐代大诗人杜甫、还有我们浙江的陆游……他甚至提到了近代四川出的戴季陶、张群、郭沫若……认为他们也都是世界级的名人。特别是他提到家乡诗人陆游在不少诗中对成都赞诵备至。说着，爹爹竟背诵了陆游写青羊宫花会什么的诗："一路之上香如泥……"云云。

蒋经国注意到，父亲这里又着意提到了戴季陶。说戴季陶其实一开始笃信马列主义，是中共创始人之一。1819年出生于成都附近广汉县的戴季陶，名传贤，字季陶，号天仇，原籍浙江吴兴，在清初"湖广填四川"中，戴家移居四川广汉。他早年留学日本，参加了孙中山领导的同盟会，追随孙中山进行革命，1917年被孙中山任命为"大元帅府秘书长"。戴季陶从日本明治大学法科毕业后回国，最初长期从事新闻出版工作。五四运动时，在上海主编过《星期评论》周刊，1924 年任国民党中央执行委员会委员长兼中央宣传部部长。

1920 年至 1921 年夏，戴季陶对共产主义学说很有兴趣，与陈独秀等人往来密切，参加过上海共产主义小组的筹备活动。但是，当中国共产党成立时，他却拒绝参加。后来，他与共产党走得愈来愈远，竟至成为国民党的理论权威。

戴季陶担任过国民党法制委员会委员长、黄埔军校政治部主任等要职。1924 年 11 月，孙中山离粤北上，他是随行要员之一。翌年 3 月 11 日，孙中山病危时，他是孙中山遗嘱的九个鉴证人之一。他最终反对国共合作，鼓吹"纯正三民主义"，并在上海设立"季陶办事处"，那是一个专门的反共写作班子。1925 年 6 月，他写成《孙文主义之哲学基础》，7 月完成《国民革命与中国国民党》……他著述甚多，形成了一套全面系统的反共的"戴季陶主义"，是国民党中为数不多的理论家。

1948 年，鉴于国民党政权摇摇欲坠，一介书生的戴季陶为了排挤刘文辉的势力，为蒋介石扫清退路，不避艰辛，千里迢迢，到达甘孜，收当地最有势力的女土司向德钦姆为义女；又牵红线，让自己的义女与班禅行辕的卫队长益西多吉结婚，最终酿成了地方武装力量与刘文辉的争战。激战半月后，益西多吉夫妇联合的武装力量被击败，退往青海玉树。西康省省长兼 24 军军长刘文辉进一步加强了对甘孜、巴塘一带的控制。见失败无可避免，戴季陶失望之极，于 1949 年 2 月 11 日夜自杀于成都枣子巷家中。

就在蒋介石喋喋不休地谈论戴季陶、赞扬戴季陶时，坐在前面的侍卫室主任陈希曾转过头来，轻声报告："委员长，戴公墓到了。"

蒋介石下了车，朝"戴公墓"走去。"戴公墓"坐落在城市与乡村接壤的一处荒寂的坟茔里。高高的一处土丘上，缠结的枯树与野藤在寒风中抖索。土丘前面有个很单薄的、孤零零的，质地是红砂石的碑；碑上镌刻着"戴公季陶之墓"，是一行篆体字。凄风苦雨曳打下的"戴公墓"好不惨淡凄凉。

蒋介石端端正正地站在"戴公墓"前，揭了军帽，低头致哀。他喃喃地说："季陶，中正看你来了。中正对不起你。你好好安息，我来向你道别……"说着竟哽咽有声。

"爹爹，不要太悲哀了。"儿子蒋经国走上前来，附在父亲耳边轻轻地说："时间不早了，我们该去机场了。"

蒋介石点点头，躬下腰去掬起一捧成都平原的沃土揣进荷包里，转身向座车走去。他走得很缓慢、很沉重，走得恋恋不舍。

一行三辆轿车掉头往回开去，开得很快。蒋经国注意到，父亲似乎突然之间衰老了许多，疲惫不堪，颓然地坐在车上，头往后抬起，靠在沙发高背上，再也无话，闭上了眼睛。

一行三辆轿车拐上了去凤凰山机场的公路。委员长的司机和侍卫们这才注意到，委员长的防弹轿车前后左右都有好多辆车在暗中保卫跟随。显然，这是蒋经国暗中的布置。

这是黎明前的黑暗时分。串串雪亮的车灯迅速撕破厚重的夜幕，像是一串掠过夜空的星群，急速地向隐约可见灯光的凤凰山机场流去、流去。

在座车平稳的引擎声中，蒋介石睡着了。蒋经国从坐在前排的侍卫室主任陈希曾的手里接过一件军呢大衣，轻轻地盖在父亲身上。儿子明白，年迈的父亲连日来心机费尽，加上忧伤，到现在实在是熬不住了。

第十八章　12 月 10 日，蒋介石最后的挥别

金陵成春梦，而今又黄粱。万劫非己过，去处水淼茫。

高速前进、性能优越的"中美"号专机不断地被云层笼罩，又不断地穿透云层，往前飞去。这时，充溢于蒋介石心中的是对大陆无尽的眷恋。故国难舍，故土难离啊！一种巨大的失落感、空虚感和无法排遣的愁肠别绪在他的心中交替着升起、升起。他感到自己确实是疲倦了，他确实是老了。

就在同一个晚上，夜幕刚刚降临，玉沙街刘文辉公馆门前的警卫解除了。

夜正黑，雨正紧。昏黄的路灯下，猛地窜出来一个黑影。他影子似的窜到公馆门外，隐身于一个大石狮子身后警惕地东瞅西看。确信公馆的警卫解除了，心中大喜。

他叫李大成，刘公馆的卫士。那天晚上，陈岗陵指挥部队攻打刘公馆时，他一个人最不地道，惜身逃命。陈岗陵指挥部队打下刘公馆并对刘公馆进行了挖地三尺的洗劫撤走后，他仗着情况熟悉，三番五次趁夜潜回想进去打点启发，但没敢进去。他心中有数，知道公馆里还有些旮旮旯旯藏有金银珠宝，不信胡宗南的那些兵就能搜罗尽净了。但一直没有下手的好机会。今夜，他可以放放心心地进去，在公馆里搜索了。

他想进去，可是一时又有些狐疑。正犹豫间，雨淋淋的小巷口现出

一个人影。近了，看清了，是个很上了些年纪的打更匠。打更匠看来很怕冷，尽管一身穿得鼓包气胀的，还是双手揣在袖子里，佝偻着身子，走得蹒蹒跚跚的。一面圆圆的铜更，用一根细绳吊起，斜挂在插在腰带上的更棒上，一边走一边晃荡。

当老打更匠走到跟前时，李大成从石狮子后闪身而出，挡在了打更匠前面。然而，打更匠既不害怕也不吃惊。他缓缓地抬起头，用一双昏花老眼打量着眼前这个挡路的人。认定眼前这个人很可能是个"梆客（土匪）"，决非善类，身材高大，穿一身紧了袖口的黑衣黑裤。腰上系着皮带，皮带上斜插着一把大张着机头的二十响驳壳机。一张马脸配一只大鼻子、鹞子眼，一副横眉吊眼的样子。

老打更匠确实是没有什么可以值得怕的。他吃的在肚子里，穿的在身上，一个人吃饱，全家人不饿。要钱没有，要命一条。他也不吭声，他看这个"梆客"要咋的。

李大成也在打量着老打更匠，似乎在掂量这个老家伙有无利用的价值：一顶絮絮翻翻的无檐棉帽下，一张古铜色的脸上，满是刀刻的皱纹里记录着岁月留下的辛酸和生活的不易。李大成看出来了，这个老打更匠虽然动作有些迟钝，但绝对是个有胆量的人。

"老汉！"李大成用手指着隐在身后夜幕中黑森森的刘公馆，粗声莽气地问："看守刘公馆的兵撤了？"

"是撤了嘛！"打更匠说话的语气很冲。

"是不是哟？"

"哪个在这里同你涮坛子（开玩笑）嘛！"打更匠觉得面前这个持枪"梆客（土匪）"问得怪头怪脑的。又说："那些兵是今天天一黑撤的。你要想做啥子？莫非想进去弄两个不成？"老打更匠对这个"梆客"，之所以挡在自己面前，缠着问个不息的目的，猛然省悟到了什么。

"不瞒你说。"李大成夸张地比了一下手指："老子原先是这公馆里

256

的卫士，既然胡宗南兵都撤了。我们进去发财！老汉，你敢不敢跟我去?"

"发财?"老打更匠瘪了瘪嘴，脸上满是嘲讽："撞到你妈个鬼哟，里面早就被胡宗南那些丘八抢光了，还轮得到你我进去发财!"

"老汉，跟我进去不得拐!"李大成说："我老实给你说，那晚盛文派兵来攻打刘公馆时，老子怕枪子不长眼睛，来个脚板上擦清油——溜了。公馆里头金银财宝到处窖得是，那些丘八兵能搜得净?! 不会，不可能。你这个穷老汉运气好，碰到了老子。干脆点儿，一句话，去不去发财?"

老打更匠心动了，嘴也甜了些，他袍哥语言一句："那就陪你大爷走一趟嘛。"

李大成轻轻推开刘公馆两扇沉重的黑漆大门。他们前后相跟，蹑手蹑脚地向公馆深处走去。

刘公馆好大好深！大院套小院，石板甬道连过厅。远处，仿九曲连环的杯池中水流得淙淙有声。耸立在夜幕中的假山怪石，猛兽般峥嵘。风吹过，花草婆婆树木萧萧。不知藏在何处的猫头鹰发出"哇、哇!"的怪叫声。还有点点绿色荧光闪烁，不知是野狗还是野猫的眼睛，在野草枯蔓中时隐时现，很是吓人。

很冷的细雨已经停了，到处都是湿漉漉的。

"吧嗒！吧嗒!"两个人的脚踩在深深庭院中的甬道上，发出空洞的回声。天幕上亮出了熹微的白光，隐约可见的院中景象触目惊心：几株被迫击炮撕裂的百年古柏张着残枝断臂，像是重伤垂死的老者在哭泣；碎砖烂瓦到处都是。

转过一道假山，连胆大的李大成都吓得差点儿叫出声来。青堂瓦舍的四合院里，横七竖八地躺着六具尸体。这些在地上躺着的死人，他都熟悉，个个都叫得出名。而现在一个个冻得梆硬，蜷缩着，模样着实吓人。

"老汉，跟上讪！麻糖黏着胯了吗！"为了给自己壮胆，李大成掉过头来吆喝。

打更匠上来了。李大成领着打更匠径直奔左厢那间普普通通、很像是一间柴房的小平房而去。原封不动的这间小平房是刘文辉的藏金窟，里面的地窖下窖有一罐翡翠。

黄金有价玉无价。李大成心中喜极，心想，我李大成发财就在今夜。

他迈开大步，上了三级青石台阶。打更匠紧随在他身后。就在李大成一把推开门，一脚跨进去时，"轰"的一声巨响，天崩地裂中，刘公馆原卫士李大成和可怜的打更匠立时被炸成了肉泥。

这是蒋介石临走时设下的毒计。他料想今夜，只要将刘公馆的警卫前脚撤去，刘文辉及其家人后脚就会跟进去。他要毛人凤安排特务们，在刘公馆的每间屋子内都埋下足够的、高强度的地雷。蒋介石的预想并没有错，可未料想刘公馆原卫士李大成和想发一笔浮财的老打更匠太性急，去打了前站，当了刘文辉及其家人的替死鬼，救了好些刘家人的命。

晨光初露，凤凰山机场戒备森严，胡宗南部队盛文部的官兵里三层外三层，持枪警惕保卫。

八时整。蒋介石在蒋经国、谷正伦、沈昌焕和高级幕僚陶希圣、秘书曹圣芬、侍卫长俞济时等人的簇拥下，步出机场休息室，向早就发动了的"中美"号专机走去。

"嘀、嘀！"这时，两辆轿车驶进机场，向这边驶来。

"啊，他们来了？"蒋介石说时，大家转过了身。从两辆轿车上下来的是胡宗南、王陵基，他们赶来为委员长送行。

"啊，陵基，宗南！"身着黄呢军装、身披黑色防弹斗篷的蒋介石，干瘦的脸上挤出了一丝难得的笑容。他一边大步迎上去，一边从手上脱下白手套，率先向他的两位股肱伸出手去。

委员长主动同他们握手，令王陵基、胡宗南受宠若惊。

蒋介石让他的随员们都上了飞机，只留经国在身边。他们爷儿俩要单独同王陵基、胡宗南告别。

告别是仪式性的。

"拜托了、王主席！"

"拜托了、胡长官！"

在"中美"号专机的巨大机翼下，蒋介石再次同他留在大陆"坚持反共戡乱"、寄予厚望的一文一武两位大员握手。王陵基、胡宗南分明感觉出，委员长的手在颤抖不已。

"再坚持一段时间，嗯！"委员长的临别赠言还是那句老话："形势很快就会发生变化的。党国会铭记你们的勋业！"

"委员长请放心！"胡宗南将皮靴一磕，"啪"的一个立正，与以往一样的精神。王陵基虽然也在说一些提劲的话，可眼泪在往肚里流。他知道，他的处境无法同胡宗南相比。胡宗南手握重兵，什么时候抵挡不住时，说声溜，是很容易的事。而他王陵基，现在是活脱脱的一个光杆司令，要想逃脱共产党的天罗地网谈何容易！他是极有可能要被共产党活捉，要被押上绞刑架的！不期然想起新津机场那一幕，他心中暗自懊悔不迭。

他从内心想对蒋介石说："蒋委员长，我一辈子为你卖命，忠心耿耿，双手沾满了共产党人的鲜血，共产党来了是不会放过我的。我怕，带我走吧！"但王陵基毕竟是王陵基，正如他每次在公开场合说的那样："陵基生前无陵基，陵基生后无陵基。"这时，还有一种声音在他心中轰响："君要臣死，臣不得不死。国难显忠臣，正当其时！"因此，从他嘴里迸出来的话仍然铮铮有声："委员长放心，委员长保重！我生是党国的人，死是党国的鬼！"

蒋介石为此感到欣慰。他向他的两位忠臣、重臣再次点点头，表示嘉慰、表示告别。然后和蒋经国一起转过身去，大步走上舷梯。站在舱

门口，向他们挥了挥手，往后一退，舱门关上了，舷梯撤去了。

"中美"号专机开始在长长的跑道上滑行。越滑越快，突然呼啸着腾空而去，很快消逝在成都冬天难得的炫目阳光里。

性能很好的"中美"号专机，在机长依复恩的娴熟驾驶下，在万米高空飞得很平稳。

从高空俯瞰大地。在机翼下绵延起伏的高山、大河、田野、村庄、城市，很快一掠而去，急速地往后退。被中国共产党占领了的广袤的中国大陆，还有机翼下的历史名城成都，很快就被云遮雾障，看不见了。

云层在机翼底下翻滚。展现在视线中的蓝天高远，一碧如洗。在专机下面翻滚的白色云团，像朵朵绽开的银棉。高速前进、性能优越的专机，在这个时候像完全静止。

蒋介石端坐在舱窗前，面无表情，口中无语，像老僧入定。

良久，他对坐在身边的儿子说："经国，我们输了，输得太冤枉、太憋气，我不服这口气。到台湾后，待养精蓄锐，我要打回大陆去！"

"爹爹！"蒋经国的语气是不以为然的："我以为，我们的两只眼睛不能只盯在大陆那边。要紧的是，我们的眼睛应该盯着台湾，盯好台湾。盯着我们的鼻子尖！"

蒋介石有些惊愕。这是经国第一次公开"反对"自己、顶撞自己、公开表明与自己不同的政见，甚至有些教训的意味。他掉过头，仔细审视着自己的爱子。时年三十九岁的蒋经国，一反以往刚从苏联留学回来，戴顶鸭舌帽、穿件卡克服时随随便便、潇潇洒洒的样子，现在变得

260

也像他蒋介石了：身着蓝布长袍，显得很老成。一张酷似生母毛氏而略显发胖的脸上，却有双见微知著的眼睛。

瞬时，蒋介石充分认识到，儿子已经成熟了。他喜悦地意识到，早年投身于共产党营垒，加入共产党，再从中杀出来的儿子，是党国，是自己最理想的接班人。

"有其父必有其子"，"青出于蓝，更胜于蓝"，这话很对，老祖宗留下来的这些话中饱含哲理。在未来的斗争中，有正反两方面经验教训的儿子，其道行必然比自己高明。想到这些，心中刚才的一丝不快消失了。他放心了。他又掉过头去，望着舷窗外变幻无穷的浩瀚苍穹，久久不动。

这时，充溢于蒋介石心中的是对大陆无尽的眷恋。故国难舍，故土难离啊！从舷窗外射进来的阳光太强烈、太晃眼。他随手将雪白的挑花窗帘往前拉了拉，身子随势靠在了舒适的高靠背软椅上。

高速前进、性能优越的"中美"号专机不断地被云层笼罩，又不断地穿透云层，往前飞去。而那些与飞机如影随形的白云则时聚时散，飘飘缕缕。云隙间，无数被飞机切割开来的阳光，上下翻滚，像是点点碎金。

这时，蒋介石进入了蒙蒙眬眬的睡乡。一种巨大的失落感、空虚感和无法排遣的愁肠别绪在他的心中交替着升起、升起。他感到自己确实是疲倦了，他确实是老了。

四个小时后，蒋介石乘坐的"中美"号专机飞出了茫茫的中国大陆；这一天是 1949 年 12 月 10 日。历史，在这里打上了一个硕大的句号。

尾声："四川王"的穷途末路

几名解放军官兵拿出了手铐，上前一步，手铐在清晨的霞光映照中闪光锃亮。手铐"咔"的一声铐在了他有手上。

王陵基只觉得山旋水转，头"嗡"的一响，瘫倒在甲板上。这一天是1950年3月3日。

窗外，一轮红日喷薄而出；照亮了山，照亮了水，照亮了天府之国的锦绣大地。天府之国四川就此翻开了崭新的一页。

解放军已经兵临城下。蒋介石、蒋经国父子，还有他的集团高层人士，已经陆续飞往台湾。胡宗南率领他的残兵败将，遵照蒋介石的命令去了西昌；企望和先去那里的贺国光一起，利用十万大小凉山和复杂的民族关系，在大陆尽可能多的坚持一段时间。可是，蒋介石的这个如意算盘又打错了。局势好比是西方人爱玩的多米诺骨牌，环环紧扣，稍一不慎，就哗啦啦地倒了下去、垮了下去。

大局已经无可挽回！

国民党在四川的最后一任省主席王陵基，就像一条封在大沟中的大鱼，沟的两边都被堵上了，而且已经在抽水。他马上就要被抓上来了，是清蒸、爆炒……总之，难免一死！这条大"鱼"，在惊恐万状中游来游去，以求一逞。

262

1949年12月21日上午十时，四川省政府主席兼四川省自卫军总司令王陵基，在督院街四川省政府办完最后一次公，下楼上车前，怀着眷恋的心情最后看了看他坐镇快两年的省府里的一草一木。然后上车，让司机将车朝暑袜街市邮政总局开去。

大街上寂寥的街景急速从车窗前闪过，王陵基将头靠在车座上，痛苦地闭上眼睛。

"主席，到了。"坐在前排的副官轻轻一声将他从沉思中唤醒，他这才发现成都市邮政总局到了。这是一幢具有典型欧式风格的大楼，是成都为数不多的现代化标致性建筑物之一。

他刚下车，成都市邮政局局长张云帆已迎了上来。这是一个很洋盘很西化的中年人，穿西装，打领带，戴副金丝眼镜，皮肤白里透红，嫩得像是剥了皮的兔子。

王陵基伸出手去同张局长握了握，压低声音："张局长，带我到你们总机室去。"

张云帆怔了一下。按规定，总机室是机密地方，一般人是不准进去的。而"王灵官"直奔邮政总局而来，来后又直奔总机室，这是何为？但这些不解、疑问，在张局长心中不过是瞬间即逝，多年的人生经验告诉他，遇到这样的事，作为下属，他不能问，只能执行。

"好好好！"张局长连连点头，将王陵基带到了总机室。

张云帆是电讯科班出身。按王陵基的指示，他亲自抄起电话，接台北长途电话。王陵基屏着呼吸，只见仪表盘上，红绿灯交替闪烁。张云帆用一口四川椒盐普通话，对着话筒大喊，"台北吗……请接转国府办公厅……"之间，讯号不断出现梗阻。王陵基紧张得满脸通红，双手捏着桌沿，气都出不匀。

"好，通了。"终于，张云帆从耳朵上摘下耳机，双手递给了坐在旁边的王陵基。

王陵基接过耳机戴上，急切地呼唤："喂，我是四川省政府主席王陵基，请问，先生是谁？"

"啊！"王陵基脸上流露出惊喜，眼睛都大了："你是俞济时先生，太好了！"就像落水快死的人抓到了救命稻草一样，他对着电话急切地向手握实权的侍卫长兼军务局局长俞济时陈述了这段日子的艰辛以及他的种种努力。最后，声音打抖地请求道："总之，陵基已经恪尽职守，圆满完成了委座交代的任务。现在，情况紧迫，能否尽快派一架飞机来蓉接陵基去台……"

电话中一阵短暂的沉默后，俞济时说："你别放电话，我去请示一下回你的话。"

"好的，好的，谢谢俞先生！"向来为人生硬、铁钉子都咬得断的王陵基，这时的语气特别和缓、客气，甚至带有一丝讨好的意味。虽然海峡那边的俞济时看不到他的表情，王陵基还是下意识地弯了弯腰，算是鞠躬。他是在给决定他命运的俞济时鞠躬了。

好消息接踵而至。很快，海峡那边传来了俞济时的声音："刚才请示了委员长。委员长同意给你派飞机。你准备一下！飞机今天晚上九时准时来成都凤凰山机场接你。"

王陵基又是连声道谢。

电话中，俞济时却又不无担心地问，凤凰山机场缺乏飞机夜航起落的条件，他问王陵基怎样才能保证飞往台湾的飞机在凤凰山机场安全起落？

"这样。"王陵基擦了一下额头上的汗，急中生智，说："今晚七点钟开始，我亲自去到凤凰山机场，要机场将所有的灯都打开，八点半以后加灯，总之，保证达到飞机降落要求的亮度。另外，届时在机场正中，我让人用白布摆出一个醒目的白色十字大标记，指示飞机降落，你看这样行不行？"

"好的。"看来，王陵基的回答让俞济时很满意："那就这样了吧。"俞济时说完挂了电话。

王陵基欣喜若狂，但脸上丝毫没有表现出来。他赞扬了还在坚持工作的张局长，好话说了一大堆后告辞了。

回家途中，思维转得很快的他，特意去了先大启处。先大启是保密局四川省负责人、特务头子，特务名堂很多。看来，要做到今夜台湾派来接他的飞机在凤凰山机场安全起降，万无一失，得有先大启加盟才行。今夜飞台是个秘密，本来他不想让外人知道，不让别人从他这里分一杯羹。但考虑再三，先大启是他需要的，只得让这个特务头子从自己这里分一杯羹了。

果然，长得白白胖胖、笑起来像个弥勒佛、实则心狠手毒的四川省保密局局长先大启，听了王陵基送来的这个好消息，高兴极了，满口答应："王主席，这事你交给我办，我保险把这事办好。请王主席回家休息，届时驱车来就行了。"虽然，先大启没有接到台湾毛人凤要他"撤"的命令，但事到如今，逃命要紧，他顾不得那么多了。

王陵基这才放下心，驱车回了家，他这次回的是他真正的家。

吃晚饭时，他让发妻专门将小儿子丁丁叫来坐在他面前。气氛显得很沉闷。王陵基很少吃菜，只是喝酒，他的幺儿丁丁用一双大而无神的眼睛看着父亲。

"丁丁!"王陵基关切地看了看儿子，目光里是少有的温存："我最近要外出一段时间。学校停课了，你就在家把功课好好温习温习。不仅是要学功课，你还要多多学习古训，比如'夫将降大任于斯人也，必先苦其心志，劳其筋骨……'"丁丁只知道点头，他哪知道这是父亲颇含深意的临别赠言。

这时管家前来隔帘报告："王主席，先（大启）主任来了!"

"啊!"王陵基有些吃惊，不是说好了的，先大启先去凤凰山机场布置一应事宜，他直接去吗？他随口说："那就请先主任进来。"

话未落音，先大启挑帘进来了。王陵基抬起头，用眼睛问询。王妻客气地站起来，说："先主任，请用饭。"

"不客气，不客气！"先大启说："我是来接王主席的。"王陵基从先大启的神色中得知，万事俱备，只欠东风。这个家伙心急，等不及了，是专门来接他的。于是，他站起来，从衣架上取下博士帽和风衣，对发妻和幺儿说："我走了。"他根本不敢看他们，和先大启一起急急出了家门，钻进了停在门外的汽车。

冬天天黑得早。六点才过，阴冷的天幕就弥合了天地。从车窗内望出去，沿途大街上了无人迹。写有"四川老牛肉"的灯笼，在寒夜中不时地从车窗前飘过，像是飘过的点点萤火……他们乘坐的大功率越野美式吉普车很快出了城。水泥路变成了碎石路。车子有些颠簸，两边的村庄黑压压一片，了无生气。

凤凰山机场终于到了。先大启不愧是特务头子，准备工作做得很好。机场加强了警戒，所有灯光一起打开，将机场照耀得如同白昼。跑道正中那用几十丈白布铺成的大大的一个"十"字，格外醒目。

得知王主席驾到，身着戎装、个子瘦瘦、腰上挎着一只左轮手枪的机场主任跑步来到车前，向王陵基立正，敬了个军礼。报告道：离九点还有些时间，请主席下车休息。

坐在车上的王陵基只是掀开车门，皮笑肉不笑地对机场主任说："时间马上就要到了，就不下车了。飞机一到，我们马上上飞机，你去忙吧！"

"是。"机场主任又向他敬了礼，走了。心情紧张的王陵基叫司机熄了车灯，他抬腕看表，刚好九点。一颗心猛烈地跳动起来。可是，天空并没有响起他渴望听到的飞机的马达声。

他和先大启坐在车中耐心地等待着。时间一分一秒，一个小时一个

266

小时地过去了。可是，四周仍然死一般的静。

两包"强盗"牌香烟已经抽完。最初一抹晨曦已经将四周醒来的村庄染上了胭脂色。雄鸡声此起彼伏，机场上所有的灯光都渐次熄灭。机场正中那由几十丈白布摆成的大大的"十"字，趴在地上，像是两条被打断了脊梁的大白蛇。

"妈的，搞的啥子名堂！"王陵基忍不住骂了一句粗话。

"听天由命吧。"从昨晚来机场就缩在车里一声不吭的先大启叹了一口气。他们失望极了。天亮了，他们知道，台湾的飞机是无论如何也不敢来了。台湾方面同他们开了个大玩笑。

"走吧，回去！"王陵基说这话时，整个人几乎瘫了。

12月23日，就在解放军即将进城之际，王陵基带着国民党保密局四川省负责人先大启、民政厅厅长宋相成、田粮处处长王崇德乘一辆中型美式吉普车，一早溜出了城，沿成雅公路向西而去。中午时分，他们到了双流县政府。县政府里面乱糟糟的，县长不知跑到哪里去了。只有县自卫队队长彭笑山前来迎接。在县自卫队办公室小坐时，王陵基看见旁边一架衣架上挂有一件毛呢大衣，不知怎么他很感兴趣，问彭笑山："这件大衣是哪个的？"

彭笑山把在隔壁的县府文书刘启明叫进来问："这件大衣是你的吧？"

刘启明说："是。"

"我要去办点儿事，我穿在身上的这件美国黄呢军大衣太惹眼了。"王陵基看着刘启明说："我想拿我这件军大衣同你换。"

"好好。"刘启明心中尽管一百个不愿意，但王陵基话已出口，他不能不同意。

换上刘启明的大衣，王陵基对彭笑山说："你带我到你们县府的总机房去一下。"他要宋相成等人等他。

感到莫名其妙的彭笑山，只好带着王陵基去了总机房；进门指着身边的王陵基，对一个正在值班的姑娘说："这就是省政府的王主席。"

头上戴一副耳机的姑娘要站起来。

王陵基做了一个不要姑娘起来的手势，问："你给我接个长途电话行不行？"

姑娘一怔："王主席要接哪里？"

"台湾。"

"台湾我接不来。"姑娘说："我去叫台长刘泽儒来接。"

王陵基点点头，吩咐姑娘："快去。"

刘泽儒台长很快来了，还带来了一个模样精明的年轻人。

"他是？"王陵基看着进来的这个陌生年轻人，拧着眉头问。这时，他对所有的陌生人，尤其是青年学生模样的人都很警惕。

刘台长指着青年人介绍，说："他是我们台的技师，叫宋明清，技术相当不错，是在南京受过培训的。"

"那好。"王陵基阴沉着一张马脸，叫宋明清赶快替他接通台北的长途电话。

宋明清坐了下来，戴上耳机，开始拨叫台北长途。仪表盘上红绿灯交替闪烁。

"报告王主席！"宋明清拨叫一阵台北长途后，掉过头来看着王陵基说："长途台说要下午三点以后才能要通台北的长途，怎么办？"

王陵基略为沉吟，吩咐宋明清："那你给我接省府机要室，就说我要找省府秘书长孟广澎！"

"好的。"宋明清三两下就接通了省府机要室。旋即把耳机递过来，说："孟秘书长来了。"

王陵基带上耳机，对着话筒很小声地问："是广澎吗？"

得到对方肯定的回答后，王陵基扬起了声："我现在双流县县政府。

今天下午三点，你把台北'总统府'军务局的电话接通，要俞济时派一架飞机来接我，嗯?"……

"然后!"大概得到孟广澎肯定的回答后，王陵基接着吩咐:"届时，你把台北的长途转到双流县政府来，我等着……"

坐在一边的宋明清做出一副似听未听的样子，而其实却是在尖起耳朵听。他是一个进步青年，恨死了疯狂镇压学生运动的眼前这个想逃到台湾的"王灵官"。他心中暗想，该怎样才能阻止王陵基的这个逃台阴谋得逞?

王陵基刚刚放下电话，双流县县长缪向辰便一头撞了进来。

"主席，我来迟了!"身材瘦削，一张脸上满是惊悸、霉得起冬瓜灰的双流县县长，在王陵基面前，做出一副负荆请罪的样子。

王陵基看着玩忽职守的双流县县长，瞪大了一双恨眼，张开了大嘴，样子凶得吓人。可是，就在他要破口大骂的瞬间，竟又像变戏法一样展开了笑脸，亲热地拉着缪县长的手，说:"走，我们出去说。"

他单独把缪县长拉到院子中的一棵桂花树下，像哄孩子似的轻言细语:"今天下午台北有个重要的长途电话来，你负责帮我接……他们要派一架飞机来接我。你叫他们派飞机来就是。之间，我有事去新津一趟……"

这是王陵基起的奸心:考虑到前天在电话上同俞济时说得好好的，当晚台湾派飞机来接他，可是届时屁都没有一个。今天更悬!他使的这一招是一石二鸟。届时，如果天上真的掉了馅饼——台北果真给他派来了飞机，双流与新津近在咫尺，他在新津可以看见天上来的飞机。顺路很快就可以返回，一点儿不误事。如果又是竹篮打水一场空，飞机届时不来，他则赶紧顺川藏公路，向邛崃方向五面山逃命。

缪县长点头不讳，答应照办。

王陵基临上车前，又给缪县长提了许多劲，许了许多愿。诸如委员

269

长很快就要率军打过来，第三次世界大战就要爆发，党国不会亏待有功之匠云云。完了，不忘叮嘱缪县长一句，关于台湾派飞机来一事，要注意保密！

缪县长毕恭毕敬地答应下来，并将王陵基一行送上了汽车，一直看着他们乘坐的那辆美式吉普车消逝在公路上。可是，王陵基的车子刚刚消失在公路上，缪县长就"呸"的一声骂开来："龟儿子'王灵官'就你跑得快，难道老子是傻子！你晓得跑，咱老子就不晓得跑？"

缪县长前脚接过"任务"，后脚就将这个"任务"原封不动地交给了刘台长；刘台长又交给了宋技师。

"嘀铃铃！"下午三时，从成都四川省政府转来的台北电话准时在双流县政府的总机室响起。

宋明清接过电话。只听对面说："我是台北'总统府'军务局。"来电自报家门，问清接话的是双流县政府总机室后，说："请叫王陵基主席接电话。"

"王陵基主席有事到新津处理去了。"宋明清压抑着心跳，沉着应对："王主席嘱咐过，有什么事，请对我讲……"

台北方面表示今天肯定派飞机来接王陵基后，问："我们的飞机降落在哪个机场？"当时，从双流纵横到新津的机场足有百里地，统称"新津机场"。其中，可供台湾来的飞机起降的有若干个小机场，除与成都近在咫尺的双桂寺机场外，还有双流机场、花桥机场、五津机场……

略为沉吟。宋明清判定，狡猾的王陵基，这时一定在距双流不过一二十里地的五津镇，正坐在他的汽车里仰着头，巴巴观察着天上。如果这时台湾的飞机一来，无论飞机是降落在其中的哪一个机场，他的吉普车都可以很快赶去，一点儿也不会误事……

一不做二不休，把"王灵官"的去路堵死！宋明清咬咬牙，说：

"王陵基主席已离开双流、新津，不知去了哪里。王主席对你们台湾方面已经失望了！说他自有办法对付，你们就不必派飞机来了！"说完，"咔"的一声挂了机。尽管是隆冬季节，但他却是满脸通红，大汗淋漓。

王陵基再一次深深失望了、绝望了。他只得带着他的几个随员，坐车去邛崃，而邛崃已成为一座孤岛。解放军正从两面向邛崃扑来，就像一把锐不可当的大张开来的虎钳钳过来。在极度的混乱中，王陵基等人只好弃车，一头钻进了新津与邛崃交界的五面山。

眼前战乱不到的五面山好幽静。满眼树木葱茏青翠，雀鸟啁啾。如果不是远远隐隐传来解放军轰击胡宗南李文残部的大炮声，这真是个寻幽觅趣的好地方。中午时分，狼狈不堪的王陵基、宋相成等人来到一处冠盖如云的大柏树下，王陵基要大家休息。

王陵基最先一屁股坐在树下，不无苦涩地掉了一句文："良园虽好，不是久留之地。"说着，他向长期追随他左右的几位拱了拱手："诸位！"他说："大势已去，我们就此分手，各奔前程吧。大家在一起，目标太大。希各位善自保重，若是大难不死，必后会有期。"说着，从跟在身边的一个弁兵手中接过一个沉甸甸的包袱。大眼瞪小眼的几位随员，看着他将包袱一抖，再将包袱皮执于手中。

先大启、宋相成、王崇德以为他要自杀，要学崇祯皇帝吊死在树上，赶紧上前相劝。

"哈哈哈！"王陵基仰天大笑，笑得脸都歪了。他说："你们看，我王陵基是那样的人吗？"说着，将从包袱中抖出来的百余两黄金，一一分给大家。最后，万分珍惜地从地上捧起那颗硕大的"四川省政府"钢印，反复摩挲后，眼睛一闭，用力一甩。大印在空中划出一道弧线，"咚"的一声砸进旁边的一个深潭，"嘟嘟"几声后，沉没了，不见了。

他转过身去，顺着一条茅草没膝的山间小道往前走，身姿很快隐没

271

在一片浓荫中。

王陵基昼伏夜行。第三天中午时分，一身稀脏、胡子多长的他出现在故里嘉定城外。隔江望去，是沿江万瓦鳞鳞一字排开的房舍，那从小就熟悉的钟鼓楼上，已飘扬着五星红旗。这让他触目惊心。他是走投无路，想潜回故里，看能不能找个地方隐藏一段时期。过江之前，为防万一，他将揣在身上的二十两黄金和戴的手表都扔了。他撑着疲惫以极的身躯，怀着一颗忐忑不安的心，过了江，刚走到城边，就闪出一个年轻的解放军战士，端着一支小马枪，一张黝黑的脸上，一双眼睛亮得逼人。

"干什么的?"小战士一边对他盘问，一边打量着一身稀脏的长衫客。

王陵基万万没有想到，解放军办事是那么严密，这个小战士似乎对刚解放了的嘉定城中的每一个人都弄得清。

他心中打鼓，竭力沉着应对。

他说:"我是回家的。"

"你叫什么名字?"小战士又问。

"戴正明。"他灵机一动，报了个假名。

"家住在哪条街，家中有些什么人?"

王陵基觉得按小战士的问题回答必然露底。于是叹了口气，说他是成都一家药房的师爷。药房关了门，他只得回老家投亲靠友……

小战士虽然年轻但很警惕，觉得这个人有些可疑，于是将他送到俘虏营。当天，俘虏们被一排解放军押送到雅安去甄别。当他们一行人走到名山县的时候，已是黄昏时分。王陵基装作腿抽筋，走路一拐一拐的，越走越慢，渐渐与队伍拉开了一截距离。夜幕降临，群山隐去时，他乘押送人员不备，趁机逃走了。

第二天早晨，在山里藏了一夜的王陵基，听远远的镇上传来了鸡啼。确信解放军押送着俘虏确实离去，这才警惕地慢慢踱进刚刚醒来的小镇。场头，烟雾氤氲中，一个开饭馆的老头，头上包着四川乡间老百姓爱包的白帕子，弓着腰，在饭馆铺面外发火生炉子。

"老板，这么早就开张了呀？"王陵基几十年不改的口音帮了他的忙，他的嘉定（乐山）口音与雅安、名山口音完全一致。

老板循声抬起头来。王陵基注意看去，这是一位满头银发、一脸皱纹、神情忠厚的老人。王陵基一眼就看出，这是个乡下好心的老实人。

老头说："客官你是来吃饭吗？吃饭还早了点儿。"

王陵基说："老板，我可不可以在你这里帮几天忙，打个下手什么的，光吃饭，不要钱？"

"客官贵姓？"老头手中停止了扇扇子，抬起打不直的腰，再次用一双昏花老眼打量着眼前这个说话和气、大清早就出现在面前的陌生人。

"姓戴，叫戴正明。"

"嗨，巧了。一笔写不出两个戴。"老头高兴地说："我也姓戴。"

"我们是一家人。"王陵基乘机套近乎。他说他是成都一家药房的伙计，现在成都很乱，生意做不下去了，药房关了门，他只好出来找事做……结果，经过王陵基一番花言巧语，加上苦苦哀求，开饭馆的戴老头真的就将他留了下来，让他刷个碗、择个菜什么的。

王陵基哪会刷碗、择菜，混了两天，养了养身子，就辞别了开小饭馆的戴老头，开始流窜。绝境中，他独自来到洪雅县一个逶迤的山坡上，目视着滔滔东流的嘉陵江，他想到过死。但是，想到台北方面的不仁不义，他恨得牙痒痒的。"不，我不能死！"他在心中发着狠暗想，我要活着到台湾去，质问俞济时，他为什么出尔反尔，捉弄我王陵基？我要在委员长面前揭露俞济时！党国就是被俞济时这类欺上瞒下、损人利己、专门祸害同志的小人搞垮了的。这时，到这时，他还是相信蒋

273

介石。

江对面是一派典型的川西平原的和平景致：平畴千里，茅竹农舍……然而，景色依旧，却已是江山易人。看着滔滔东流的嘉陵江，走投无路的他心中豁地一亮，啊对了！沿江而下，可以由宜宾而重庆；由重庆而南京、广州……只要设法到了香港，那他就像是关在笼中的鸟儿扑向了自由的山林，到台湾便是水到渠成的事。而沿江直下，他还有许多关系。

有了主意，也就打起了精神。王陵基一路乞讨，终于在一个夜幕降临时分，来在了宜宾城外南山脚下竹根滩一个姓杨的亲戚家。这是一户地主，曾得到过他的好处。其时，川南一带刚刚解放，土地改革还未开始。有些地主对新生政权怀着刻骨的仇恨，王陵基的这个杨家亲戚就是这样的人。

见到黄夜而来的前堂堂四川省政府主席、现在无异于讨口子一个的王陵基，感受到新生政权威胁而一筹莫展的杨地主又惊又喜，忙吩咐家中秦奶妈杀鸡、摆酒，设家宴招待客人。

秦奶妈徐娘半老，人很机灵。主人虽然没有说来客是王陵基，但秦奶妈觉得来客形迹可疑，特别是，主人将客人接进小客厅后将门关紧。他们谈话时头挨着头，小声得像蚊子嗡嗡嘤嘤，一副鬼鬼祟祟的样子。秦奶妈起了疑心，趁主人和客人关在小客厅里谈话，她在烧火煮饭时，问来厨房铺排的女主人："这是啥子显客？"

"哟，省府王主席嘛！"头上梳着发髻，臃肿的身上穿着对襟衣服，手中捏着一柄黄铜水烟袋的女主人少见识。话一出口，发现自己说漏了嘴，赶紧支吾："秦奶妈你少问，做饭要得紧。"

秦奶妈是有相当觉悟的，她知道了，来客肯定就是新生的人民政府正在各地悬赏缉拿的"王灵官"王陵基。趁下半夜，杨地主将王陵基送上停泊在江边码头的合众轮船公司的"永利"轮船时，秦奶妈溜出

274

杨地主家，去当地人民政府报了案。

夜幕中，"永利"轮船顺水走得飞快。王陵基坐在舷窗前暗自庆幸，毫无睡意。耳中满是江水的汩汩涛声，两边岸上影影绰绰的乡村、远山……飞快地往后退去。他想起了一首不知何人的诗："功名富贵若长在，江水亦应向西流。"这很吻合他此时此刻的心境，同时，他的内心重新充满了希冀。

当"永利"轮船驶到江安码头时，天刚微明。兴奋了一夜的王陵基躺到铺上，正要合眼。觉得轮船停在了码头上，随即是"嚁——""嚁——"的几声哨音传进耳鼓，并听到有人喊："船上旅客都不要动!"他心中一紧，赶紧一个鲤鱼打挺坐起。从舷窗内望出去，心就凉了，一队解放军上了船，正挨次搜查过来。

他想逃。但是，哪能逃得出去？轮船停泊在江心。朝阳已经升起，到处亮堂堂的，一片光明，连只苍蝇也休想逃走。

几名挎着手枪的解放军走进了他住的船舱，只见一个身穿长袍，头戴博士帽，从体形看有些熟悉的人，正用手指着他的方向，对身边的解放军说着什么。王陵基下意识地将身子缩起，但是，毫无用处。他们已经看见了他。几名挎着手枪的解放军官兵，在那个身姿有些熟悉的人的带领下，拨开人群，向他走来。他看着那个带着解放军走来的人，心中连连叫苦：完了，完了! 那个穿长衫、戴呢帽、面孔熟悉的人带着解放军，已站在他的面前——他想起来了，这个人姓金，曾经在他的手下当过旅长。

"你看着我干啥子?"王陵基看着姓金的脸色发青，身上虚汗长淌，他说："我不认识你。"

"真是贵人多忘事!"过去的金旅长，揭下戴在头上的呢帽，很幽默地笑笑："王主席，久违了!"说着，双手抱拳作了一揖："我已投降了人民解放军，对不起了!"

275

几名解放军官兵拿出了手铐，上前一步，手铐在清晨的霞光映照中闪光锃亮。手铐"咔"的一声铐在了他的手上。

王陵基只觉得天旋地转，头"嗡"的一响，瘫倒在甲板上。这一天是1950年3月3日。

窗外，一轮红日喷薄而出。照亮了山，照亮了水，照亮了天府之国的锦绣大地。天府之国四川就此翻开了崭新的一页。